朧月書版

朧月書版

Sugar Days

슈가 데이즈

3

Author
少年季節

Translator 鮭魚粉
Cover Design 犀萬

Presented by Boyseason

Sugar Days
Contents

SUGAR

슈가 데이즈 Sugar Days

01

Check And Checkmate (2)

SUGAR DAYS

DAYS

「……利用這種配置，讓應用程式的功能起到彈性化的相互作用，在使用上盡量直觀。目前正透過不同年齡層的測試人員來檢驗使用上的便利性和修復程式錯誤之處，預定更新作業會在這個月內完成。我們準備了許多促銷活動，會從下個月開始鼓勵現有客戶更新手機應用程式，並且吸引新客戶加入。」

徐翰烈正在聽取專案小組的報告，手機開始震動了起來。瞄了一眼，才發現已經晚上八點半了。他關掉手機的提醒，對小組成員們說道：

「瞭解了，剩下未完的部分我會在週末自己看報告書，今天就先到這邊吧。」

徐翰烈出乎意料的作結，令專案小組成員們張大了眼睛，你看我我看你的。要是擺在往常，絕對是三四個小時的馬拉松式會議，就算是星期五的夜晚或週末來公司加班的日子也不曾有過例外。

彷彿要證明他們沒有搞錯，徐翰烈馬上從座位起身，還在發愣的成員們於是也整群跟著他站起來。

「隨便你們看是要繼續工作還是下班回家都可以，我們星期一見。」

用自己的方式道別完之後，徐翰烈便大步走出了會議室。小組成員們習慣性地向他行鞠躬禮，比預料中要來得早的下班沒有讓他們歡欣雀躍，反倒在聽到徐翰烈週末不會來公司的暗示之後露出匪夷所思的表情。

最近為了加快公司體質改善的進度，他們一天也不休息地趕工。這並非強迫性質的加班，只不過徐翰烈自己每個週末都到公司報到，導致小組成員們假日也不敢鬆懈。不料徐翰烈竟突然表示這個週末不用工作，也難怪所有人都如此訝異。

徐翰烈沒有回到他的辦公室，而是直接前往地下停車場。今晚他和金融監督院院長約好要單獨見面。這就是他沒有參加時裝秀並且提早結束會議的原因。

要想按照計畫實現經營革新目標，除了內部管理以外，外部援助也很重要。他今天必須從院長那裡得到明確的答覆，對方要答應不會干涉日迅人壽推動的所有專案業務才行，其中亦包括子公司的設立。雖然不曉得對方會要求什麼樣的交換條件就是了。

電梯剛抵達地下停車場，徐翰烈的手機忽然接到來電。他先看了下來電者，是白尚熙打來的。此刻白尚熙正在參加時裝秀的慶功派對，身為品牌全球大使的他應該忙著到處交際應酬才對，居然還有空閒打電話過來？

煩惱著該不該接電話的徐翰烈最後按下了拒絕接聽。眼前有重要的正事要辦，不能在這個節骨眼分心受到干擾，白尚熙應該也會以為自己是在開會才沒辦法接電話。

徐翰烈把手機調成靜音模式後收進外套內側的口袋裡。電梯剛好也在這時停了下來。

「本部長，這邊請。」

楊祕書把徐翰烈領上他的專用座車。

「禮物呢？」

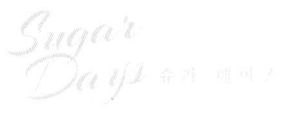

「已經按照您的吩咐準備好了，抵達之後我會找機會交到對方手上的。」

「不知道這樣的禮物，能不能讓那位清廉正直的院長滿意。」

自言自語地說著譏諷的話，徐翰烈坐進車子後座。他雙手抱在胸前靜默閉眼，試圖消除腦中雜念以及安定心緒。這是他和徐朱媛從小一起習得的冥想技巧。

作為一名企業家，會結識到各種社會階層領域的人士，而對方想要的東西和自身的需求不會總是一致。因此必須要互相對付較量，才能從對方身上多拿到一些好處。

但徐翰烈的祖父所使用的必勝訣竅不一樣。他寧願先讓給對方多一點，即便當下看似吃虧，最終卻總是能更加輕易地達成目的。爺爺曾說，這種以退為進的方式能夠顧及對方的顏面，不會得罪人，自然也能為將來的合作打下基礎。徐翰烈這次亦是做此打算。

車子隨即抵達了約定場所，也就是日迅自家經營的餐廳。這裡主要是用來私下招待外部客人，但最近徐翰烈更常和白尚熙到這邊用餐，是個能夠享有不必擔心旁人視線的自由，並且足夠保障隱私性的去處。

然而，客用停車場裡卻不見金融監督院院長的車子。

「看來他還沒到？」

「要聯絡看看嗎？」

「沒必要。」

徐翰烈要他別多事，接著朝車門抬了抬下巴，楊祕書趕緊下車替他開啟後座車門。

徐翰烈這時才一邊下車一邊吩咐道：

「禮物要確實地交給對方，然後你們到時都進去裡面等吧，部屬在停車場徘徊逗留的話觀感不好。」

「是，我知道了。」

徐翰烈把楊祕書留在身後自己走了進去，在入口等待的經理殷勤迎上前：

「本部長您好。」

「客人還沒來吧？」

「是的。」

「帶位吧。」

「請往這邊。」

徐翰烈跟隨著餐廳經理向內走。由於是韓式餐廳，內部古色古香的傳統裝潢結合了現代摩登風格，古董傢俱和老件古玩佈置得宜，從坐墊到餐具，每一樣都是精心揀選。

「為您安排在這個包廂。」

完成待客準備的包廂是完全封閉式的，卻不會令人感覺密不通風。這要歸功於餐廳在換氣與溼度調節方面有特別掌控管理，同時也在香氛和燈光設計上下了不少功夫。空氣中隱約的松柏香使人心情更為沉穩。

徐翰烈仔細審視了一遍包廂內部之後才走進去就座。

「客人到了的話幫我帶來這裡，酒也記得先準備好。」

「好的。」

經理鄭重其事地關上門離去。

獨自留在包廂內的徐翰烈再次看了下時間，已經來到約定好的晚上九點。所以對方是不願等人，打算踩著點進來嗎？真不知道這種沒意義的氣勢比拚要持續到何時才會停止。

想到或許會有什麼突發情況，徐翰烈拿出手機來。未接來電欄並沒有院長的來電紀錄，而是整排都被白尚熙的名字占據。難道白尚熙發生什麼事了嗎？萬一真的有事，應該也會連帶傳個訊息通知一聲的。徐翰烈心中一面樂觀地覺得應該不是什麼大事，一方面卻平白有種不祥的預感。

就在他猶豫著要不要趁現在和白尚熙通一下電話時，門外忽然響起一陣腳步聲。看來是客人抵達了。餐廳經理和客人的步伐越來越近，最後終於傳來低沉的敲門聲。

「本部長，貴賓到了。」

高跟鞋獨有的叩地聲響令徐翰烈歪了頭，而且間或傳來的說話聲聽起來是年輕女性的嗓音。院長是攜伴前來嗎？

「請進。」

徐翰烈帶著戒備回答，從位子上起身。經理安靜地打開門，等待中的客人從大幅開展的門縫之中現身。非預料之中的情況讓徐翰烈眉心微蹙。前來赴約的人不是金融監督院院長，而是某位年輕女子。

對方的態度卻沒什麼驚訝之意，態度像是早知道她要見的人就是徐翰烈的樣子。

「……本部長？」

見徐翰烈愣怔站著沒反應，餐廳經理喚起他的注意。徐翰烈這才掩飾了自己不情願的神色，伸手示意對方在對面入座。女子脫下高跟鞋走了進來，率先主動跟他握手：

「你好，我是閔智愛。」

徐翰烈來回看著女人伸出的手和她的臉龐。初次見面，卻感覺對方很眼熟，可是又無法立刻認出來她的身分。徐翰烈只能透過她的行為舉止、長相，還有她的姓氏等線索來推測她和院長之間的關係。

「有什麼問題嗎？」

見徐翰烈不願意握手，只是一直盯著自己看，女人露出了些許不悅。她當場對徐翰烈的無禮行徑表示不滿，意味了她是帶著與徐翰烈同等的資格來到這裡的。

「我是徐翰烈。」

徐翰烈扯開嘴角一笑，敷衍地回握了下女人的手。女人收回手時臉上的慍色並未消失。

「先請坐吧。」

徐翰烈的肢體語言莫名顯得有些輕浮卻又客氣有禮。女人雖然一臉不情不願，最後還是默默入座，似乎是想說既然來都來了，還是要把事情辦完再回去。

徐翰烈把對面的女人重新打量了一遍，然後開口：

「初次見面恕我冒昧，請問令尊大名是？」

「你不是知道了才來的嗎？」

女人不敢相信地皺起眉，隨即補上回答：

「我父親是閔義葉議員。」

說出自己父親身分時，女人的態度顯得尤其神氣，似乎對於父親相當尊敬。聽到那如此耳熟的名字，害徐翰烈忍不住笑了出來。

閔義葉曾擔任四屆的國會議員，是聲量頗高的下一任總統候選人。他是大多數國民一聽名字就知道的政治人物，權勢地位皆顯赫強大。例如，他和金融監督院院長金道動兩家就是結為姻親的關係。

『你知道閔義葉議員吧？那位倍受矚目的下一屆總統候選人。他們家也在說可以安排個見面的機會，暗示說想談婚事。』

徐翰烈當時明明就間接拒絕了那門婚事，而且姑姑在那之後也不曾提起相關的話題。沒想到對方會用上強迫相親這一招，還真令人傻眼。難道院長提及綜合稽查一事就是為了今天這個場合？不對，說不定是在威脅自己要乖乖配合他提出的要求。這兩種可能性都令人十分不快。徐翰烈對於自己沒辦法任意丟下對方奪門而出的這一點也感到相當不爽。

「呵。」他發出一聲苦笑。閔智愛由於他自始至終的不遜態度，臉色變得更加難看。

這時門外再度傳來敲門聲。

「不好意思，打擾一下兩位。」

餐廳經理的聲音接續響起，然後動作小心地打開門。無聲地一鞠躬之後，經理走進來開始奉上準備好的餐點和酒飲。不亞於西式套餐料理的韓食，五彩繽紛、色香味美地擺滿了一桌子。一併送上的傳統酒散發淡雅竹香，是一種能夠激起食欲的香味。

經理告知說有任何需要都請隨時吩咐，說完便悄悄撤退出去。待門一關上，徐翰烈馬上拿起酒瓶：

「要先來一杯嗎？」

「好啊。」

閔智愛端莊地伸出酒杯，徐翰烈亦是彬彬有禮地為她斟酒，隨後也為自己的酒杯倒了酒。閔智愛仔細地觀察著徐翰烈的一舉一動，默默窺探的目光始終離不開徐翰烈修剪整齊的指甲與那隻白皙光滑的手。

兩人沒有互相敬酒，而是各自舉杯抿了一口。竹葉的香氣在口鼻之間不可思議地變得更為濃郁。徐翰烈輕輕搖晃著杯中淡綠色的酒水，開啟了話題：

「從事的工作是？」

「我是韓國大學醫院神經科第四年住院醫師。」

「喔，原來是醫生？所以才說是很好的結婚對象啊……」

「什麼？」

「沒有，我在自言自語。妳會想知道我的工作嗎？」

「我知道啊，你本來就很有名。」

對方回答的語氣略帶諷刺。畢竟徐翰烈曾多次引起社會性爭議，名字老是上新聞，想要不認識也難，對於她們這種乖乖牌來說簡直與準罪犯無異。

徐翰烈毫不在意地笑笑，像是在自言自語般地說了句：「這樣也敢來赴約，還真是不簡單。」

「這話什麼意思？」

「怎麼會這麼問呢，雖然近期我的形象確實是洗白得有點過頭，但妳應該很清楚社會大眾原先對我的觀感。」

「的確是聽過一些不好的傳聞。」

「那妳還願意和我一起生活？來到這個年紀，應該也知道本性難移的道理吧？」

徐翰烈用不敢相信的口氣酸諷道。閔智愛扯著單側嘴角「嘖」了一聲，背慢慢向後靠去，雙手也環在胸前。她歪了頭，倒想聽聽看徐翰烈會說些什麼。

徐翰烈將剩下的酒喝掉，又往空杯倒了些酒，喃喃著：

「我剛剛還以為金融監督院院長這麼快就換人做了。」

「徐先生的言行還真難以捉摸，沒頭沒腦地是在說什麼？」

「啊？對喔，妳可能被蒙在鼓裡，不知道背後的來龍去脈。我最近正打算擴大公司業務，為了達成這個目標，必須要跟金融監督院或金融委員會打好關係，後續階段才有辦法順利進行，所以我就去見了金融監督院院長。結果他卻約我另外見面商討？我跟他畢竟沒有什麼深厚的交情，有求於他人，總不能兩手空空而來。我想，院長一輩子都在和數字打交道，不知道會如何獅子大開口，於是抱著探究的心情來到這裡……」

徐翰烈拖長了尾音，將鎖定在酒杯上的視線挪到閔智愛身上。見到他臉上顯而易見的嘲笑，閔智愛頓時惱羞成怒地蹙眉，門牙悄悄咬住了下唇。看來，至少這點羞恥心她還是有的。

「妳覺得呢？在我看來，妳那偉大的父親為了龐大的政治獻金，似乎不惜把妳給賣了呢。」

他把酒杯舉到嘴邊，補了句：「都什麼時代了還想賣女求榮。」

閔智愛氣得反駁：「不懂就不要亂說好嗎？我父親才不是那種人。」

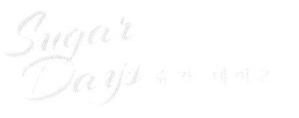

「不是那種人的話，怎麼會想把女兒嫁給我這種傢伙？難道這是妳希望的嗎？好不容易完成那麼艱難的學業後，嫁進豪門當個少奶奶，這就是妳的夢想？」

「徐翰烈先生，你別太過分！」

「不是已經知道對象是我了嗎？妳從來都沒想過他們是在怎樣的盤算下安排這個場合？妳不曉得我可能命不久矣？」

閔智愛只是捏緊了無辜的拳頭。應該沒有人不知道徐翰烈患有先天性的心臟病。徐會長過世後，繼承問題馬上成為眾人關注的焦點，徐翰烈卻偏偏在那個關鍵時刻發病倒下，連續被媒體大肆報導了好幾天。直到現在，他跨越生死關頭、開創人生新篇章的事都還時不時會被拿出來回顧，深怕人們忘記似的，要想不知情也難。更何況出來相親的人，怎麼可能會沒有事先調查過自己的相親對象。

徐翰烈沒有停下，繼續對閔智愛趁勝追擊：

「妳不知道我這種病是會遺傳的嗎？不對啊，妳是醫生耶，怎麼可能會不知道。明知如此還是願意出來跟我見面……唔，反正就算移植手術成功了，也頂多再撐個十年，忍一忍就過去了，這是不是妳的如意算盤？」

「你少欺人太甚！」

「沒什麼好難為情的，我們既然是各有所求才會來到這裡，不如就開誠布公地談一談。對妳我來說，結婚或離婚應該都不是一件容易的事吧？」

「哈……」

「聽說妳的父親是一位強而有力的總統候選人，不過坦白說，目前也只是個候選人，就算現在看似呼聲不小，也要等到結果出來才能見真章。他可能是想趁著現階段聲勢大漲，把自己最珍貴的籌碼拿出來換得高價。但萬一他落選的話，那我豈不就吃大虧了。這個國家有個古怪的現象，就是參選人一旦落選，他的政治生涯通常也會跟著完蛋。到時我便淪落成跟一名普通醫生結婚的局面，這樣的婚姻怎麼能稱得上是門當戶對呢？」

「你現在是在胡說些什麼……」

「我本來就這種性子，有話直說不吐不快，也不太會掩飾自己情緒。不對，是不想掩飾。」

一直多少噙著笑意的徐翰烈臉色瞬間陰沉，眼神一下子變得冰冷，連包廂內的溫度似乎都跟著下降。

「明明是來談公事的，卻莫名其妙變成是在相親，妳覺得我現在心情會好嗎？就算是在處理國家大事的人物，也不能這樣把人當猴子耍吧？」

不滿抱怨著的徐翰烈再次露出一個淺笑：

「閔智愛小姐應該是個聰明人，別因為身邊的人講了幾句話，就和找這種傢伙扯上關係，自己好好判斷一下。和一個充滿缺陷的對象結婚，只會面臨更落魄的局面而已，到時候才去怪罪妳尊敬的父親大人也已經來不及了。」

「你不要太超過了！」

「先越界的人是誰啊？」

徐翰烈不甘示弱地回嘴，閔智愛的呼吸頓時粗重了起來。下一秒，只見她手中抓住了水杯，隨時可能把裡面的水朝徐翰烈潑去。

不料就在這時，門外一陣嘈雜，緊閉的門倏地被打開來。幾乎是下意識的反射舉動，徐翰烈與閔智愛雙雙朝門口看去。原本因不速之客突然闖入而顯得氣惱的徐翰烈，表情驟變。門口那個堅持站著不走的人竟然是白尚熙——徐翰烈腦袋一片空白，呆滯地張著一雙眼睛，無法做出反應。

白尚熙怎麼會知道自己在這裡、是懷著什麼樣的心情追到這裡來的，他一點頭緒也沒有。不，他甚至懷疑起眼前突然亂入的這個人到底是不是白尚熙。太不真實了。就連閔智愛說著「搞什麼啊」的聲音都恍如幻覺般回音重重。

認出白尚熙的閔智愛迅速扭頭朝徐翰烈看過去：

「現在是怎樣？」

她用尖銳的嗓音要求徐翰烈給她一個交代。徐翰烈根本沒辦法說明解釋，他甚至無法詢問白尚熙這是怎麼回事，不知道為什麼，竟是心虛得開不了口。

白尚熙一句話也不說地輪流看著徐翰烈和閔智愛，隨後眼睛鎖定在徐翰烈身上。他安靜地關上門走進來，從坐在大桌子正前方的閔智愛手中輕輕奪下水杯，放回桌上，並用溼毛巾替她覆蓋住被水濺溼的手。閔智愛的臉色忽紅又忽白。

白尚熙的眸光重新投向徐翰烈，不發一語地盯著全身僵硬無法動彈的他，半晌後才終於開口：

「既然氣氛好像也不是很愉快，不如今天就先到此為止如何？」

視線固執地鎖緊了徐翰烈的他對著閔智愛勸說道。乍看之下好像沒在生氣，也沒有表現得特別失望難過。說得更準確一些，是他本來臉上就沒太多表情，難以解讀他內心情緒。

「最近，記者們對我很感興趣。」

白尚熙用他特有的散漫口吻補充道，直視的目光一刻也沒有從徐翰烈身上移開。好不容易才對上他視線的徐翰烈慢慢皺起了眉頭。夾在兩人之間，徹底被忽視的閔智愛因屈辱感而咬住了嘴唇。

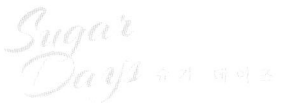

「我被拍到什麼畫面，或傳出什麼消息都無妨……但那邊那位，可能要比較小心一點了。」

白尚熙說完才轉頭朝女人看過去，還淡漠地抬起眉毛，要她自己做出決定。

要是和徐翰烈相談甚歡那也就算了，偏偏在白尚熙闖進來之前，這場相親就已等同於無效的狀態。在這種不上不下的情況傳出緋聞，只不過是徒增麻煩。尤其像她家人身處政治圈，更要格外小心傳聞和注意言行。

「真是讓人不悅，請你務必為今天的事向我道歉。」

閔智愛猛然從座位上起身離開包廂，餐廳經理匆忙追上去為她送行。白尚熙轉頭看向門外躊躇的警衛們，其中一名警衛很識相地走來幫他們關上了門。包廂裡的寂靜更顯沉悶。氣氛頓時緊繃到令人呼吸不再順暢。

白尚熙一聲不吭地注視著徐翰烈，視線灼熱到彷彿能在他臉上燒出一個窟窿來。他冷不防地抓住徐翰烈的手。徐翰烈震了震，試圖抽回手，那股攫住他的力量卻加倍使勁。

「我一直在等，等你願意親口告訴我。」

如喃喃自語般的嗓音依然不帶感情，可是徐翰烈的手卻被他抓到逐漸泛白吃痛。

「翰烈啊，你現在也該給我一個解釋了。」

白尚熙冷靜說道。他態度完全不強橫或咄咄逼人，感覺不出一絲憤慨之意。然而那毫無高低起伏的平淡字句彷彿扼住了徐翰烈的氣管。徐翰烈像個犯了罪的人一樣，胃部自動緊縮，身體僵硬了起來。

白尚熙直盯著不出聲的徐翰烈，忽然站起身。徐翰烈也被他扯得伸長了手臂。他抬起眼望向白尚熙，對方亦用幽邃的眼神回望他。

「起來，走了。」

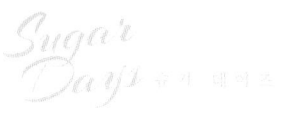

白尚熙又拉了一把，將徐翰烈整個人從位子上拉起來。他一打開包廂門，楊祕書不知何時已經等在外頭。

「本部長，請問是發生什麼事了？」

「……」

「池建梧先生怎麼會在這裡……」

楊祕書依序向徐翰烈和白尚熙詢問事情原委，奈何兩個人誰也不願開口解答。白尚熙不動聲色地穿著鞋，而徐翰烈無法從他的後腦杓移開視線。

白尚熙接著親手為徐翰烈穿鞋。大掌牢牢包裹住細瘦的腳踝和腳跟，慎重地推入皮鞋內。兩邊都穿好之後，他再次沉默地仰視著徐翰烈。徐翰烈的臉更加微妙地皺了起來。

「我先帶翰烈走了。」

從地上起身的白尚熙兀自向楊祕書知會了一句，說完便又捉住徐翰烈的手腕打算離開這裡。

「池建梧先生！」

楊祕書慌忙叫住他。

「怎麼？難不成你是怕我會對他怎樣嗎？」

白尚熙若無其事地反問，同時兩眼往徐翰烈掃去。那是和平時明顯不同的眼神，從中感受不到半點溫度或情感。

他一定是完全誤會了。畢竟徐翰烈自己不僅從來沒有提過要來這裡的事情，又被白尚熙猝不及防撞見與相親無異的那一幕。

徐翰烈長長嘆了口氣之後對楊祕書指示道：

「今天的會面大概是哪裡出了差錯吧，你可以下班回家了。」

「可是……」

「那邊要是聯絡你，就直接轉告他們說這次的安排讓人非常不愉快，沒必要跟他們客氣。」

楊祕書輪番看了看徐翰烈和白尚熙的表情，不再多說什麼地應聲答是。徐翰烈目光於是又轉向白尚熙，只見他神情或眼神依舊木然，並無變化。那道過於直接，甚至令人感到寒意的眸光繼續朝徐翰烈發射而來。徐翰烈又冤又無奈，不由得嘆息。

「喂……」

他正想先大略解釋澄清，以防止誤會進一步加深，白尚熙卻不由分說拽住他手臂。徐翰烈根本來不及抗拒就被他強行帶走。

白尚熙拉著他進了停留在四樓的電梯，用力按下平常根本不會去碰的關門按鈕。楊祕書與餐廳經理寫滿擔憂的臉慢慢消失在電梯門扉夾縫之中。剩下兩人獨處的空間裡，一時只聽得見機械運轉的聲響。

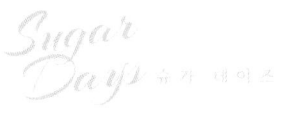

面對這一波三折的情況，原本直瞪著正前方的徐翰烈忍不住低嘆出聲：

「你是怎麼知道要來這裡的？」

「……」

白尚熙仍是沒有回答，面無表情地注視著電梯逐層下降的數字，與此同時卻還是緊抓著他不放。徐翰烈試著抽回手臂想引起他注意，他的視線卻遲遲不願回到徐翰烈身上。

電梯在這充滿壓抑感的沉默之中到達地下停車場。見到白尚熙的車停在這裡，徐翰烈頓時明白他為何能夠毫無徵兆地直闖包廂。先前他帶白尚熙來過好幾次，這裡是最棒的約會餐廳，在這邊吃飯完全不用顧慮他人的視線。為了方便下次來訪，他還把白尚熙的車牌號碼事先登錄在系統裡。

即便如此，尚且存在著其他疑點。白尚熙到底是怎麼知道自己人不在公司而是在這裡？不可能是楊祕書告密的，楊祕書比誰都清楚今天這場飯局有多重要。而且他見到白尚熙時的反應跟自己一樣驚慌。

徐翰烈望著白尚熙，腦中反覆進行各種揣測。儘管徐翰烈的眼神不斷在向白尚熙尋求解釋，白尚熙卻還是一直保持著緘默。他走到自己車子的副駕駛座打開車門，然後輕按著徐翰烈的肩膀讓他坐進去。

反正這件事不方便在這裡解決，他們需要一個能夠好好談話的安靜場所。這麼一想，徐翰烈便順從地上了車。白尚熙往車內伸長了手臂，親自替他繫上安全帶。過程中，兩人的距離近到能夠觸碰到彼此的呼吸。

「白尚熙。」

徐翰烈冷靜的呼喚讓白尚熙頓了頓，始終不肯看向徐翰烈的目光靜靜落在他身上，但除此之外就沒有其他反應了。白尚熙緩慢來回凝視著徐翰烈的雙眼，最後什麼話也沒說地退到車外，關上門。他繞著車子走了半圈，坐進駕駛座，一直到發動引擎踩下油門為止，一次也不願意鬆口。

到了這時候，徐翰烈也開始浮現煩躁的情緒。他不禁要想，金融監督院院長和閔義葉是多瞧不起他才會把今天的局弄成一場相親。沒想到那些人竟然完全不打算隱藏自身的野心欲望。光是被他們這樣愚弄就已經夠讓人火大了，好死不死還被白尚熙撞見產生誤解，徐翰烈的內心無法控制地亂成了一團。

「你要去哪？」

他強壓下怒氣這麼問，但白尚熙還是不答腔，只是無神地看著擋風玻璃外的景象繼續行駛，似乎正在試著理清腦中的思緒。

白尚熙明明應該嚴重誤會了什麼，卻沒有直接衝徐翰烈發火或表達不滿，甚至也不質問他到底是怎麼回事。

徐翰烈暗忖，還是自己根本沒必要如此做賊心虛？不對，假如真的沒事，車內的氣氛不會沉重至此。肉眼雖然看不見，徐翰烈此刻簡直如芒刺在背。本來就已經被強迫相親一事搞得很不爽了，卻還必須按捺脾氣看男友臉色。感覺滿腹的怒火在沸騰，他實在是沒辦法再忍耐下去了。

「喂，我在問你話！你是突然耳聾了嗎？」

徐翰烈怒瞪著白尚熙高冷的臉龐，忍不住發飆。

「媽的，你是要一直閉著嘴到什麼時候！」

「我在讓自己冷靜。」

「……什麼？」

他的聲音又輕又低，淹沒在周遭的噪音之中，徐翰烈頓時無法聽得真切。隱約辨識出來的字句太過突兀，徐翰烈不確定自己究竟聽到了什麼。

「我在讓我的腦袋冷靜下來，這樣不管你說什麼理由我才都有辦法接受。」

就連在補充說明的時候，白尚熙的視線都還是朝著正前方。其實從上車之後他就再也沒用正眼瞧過徐翰烈，完全不理人，就像置身事外一樣。這似乎有些似曾相識的狀況使得徐翰烈不禁開始感到焦躁不安，無奈地打從心底發出一聲幽嘆。

「唉……我知道你見到剛剛那個場面會怎麼想，可是事情不是你想的那樣，這真的是誤會。我去的時候根本不知道那是相親。」

「……」

「欸，白尚熙，你有在聽嗎？」

聽了徐翰烈的解釋，白尚熙還是沒有反應。他就好像看不到也聽不見似的，徹底無視徐翰烈的存在。倘若變成一縷冤魂的話是不是就像現在這樣子？受了不白之冤卻無處申訴，只得含恨下九泉——徐翰烈甚至冒出這種荒誕無稽的想法。

當然，他知道看到那種情況會誤解也是在所難免。畢竟自己還騙了他說是要加班，他會生氣算是情有可原。但是不肯聽自己解釋是怎麼回事？難道是未聽就先猜藉口很爛不屑理會的意思嗎？完全解讀不出白尚熙的情緒狀態，徐翰烈心頭煩悶，感覺像胸口上壓了塊巨石。

「媽的，我為什麼要這麼低聲下氣地解釋啊？」

終於受不了而爆發的徐翰烈狠踹無辜的車底一腳，也耐不住性子地捶了車窗一拳。白尚熙還是默不吭聲，兩眼目視前方，只伸了手過去輕輕抓住徐翰烈手肘讓他放下，像是在無聲叮嚀說：別這樣，你會受傷。儘管做出如此體貼舉止，死不開口的他卻又這般絕情。徐翰烈一氣之下抽回手臂，甩開手不讓他碰。

在那之後，車內便剩下一片寂靜。徐翰烈也不再試圖去說服或安撫白尚熙，而是臭著一張臉盯著窗外看。他自己也受了委屈，這種時候還要一直顧慮別人，不符合他的個性。

沒多久，車子便開上了熟悉的道路，一直開下去最後會抵達白尚熙的住處。看著周

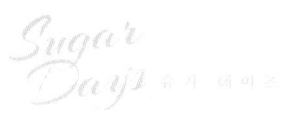

遭景色的徐翰烈微微嘆了口氣。能夠讓兩人自在談話的地方確實就只有家裡了。

直到今早為止，他都以為在招待完院長之後，自己會帶著輕鬆的心情返家。想到這整個週末都可以和白尚熙一起度過，還暗自滿心期待，萬萬沒料到事情會發展至此。

將車子停在專用車位後，白尚熙率先下了車。徐翰烈本來是打算要自己開門出去的，可是白尚熙轉眼已來到副駕駛座，擅自替他開了門。白尚熙並沒有急躁地把徐翰烈拉下車，也沒有出聲催促，但或許他是用那道筆直得讓人快窒息的眼神來達成同樣的效果。

徐翰烈不高興地瞪了白尚熙一會，最後還是認命下車，直接走向電梯口，把白尚熙丟在身後。後方接連傳來車門關閉與自動上鎖的聲響。

電梯一來，徐翰烈便自己進了電梯，也不管白尚熙是否跟上。在門快要閉合的前一刻，白尚熙伸手壓住防夾裝置，尾隨著徐翰烈進了電梯。按了樓層鍵之後，仍是一貫的緘默。明明是個寬敞到多餘的空間，今天卻感覺特別狹窄。壓抑的氛圍令徐翰烈彆扭地轉開了頭。

即使出了電梯，穿過安靜的走廊，最後在玄關大門前站定，白尚熙還是緊緊閉著嘴巴。他用指紋解開門鎖，扶著門撇頭示意徐翰烈進去。所以，這個人是打算繼續進行這種禁語修行，把別人逼到胃痛他才甘心就是了？

本來要進去的徐翰烈在門口停了下來，氣憤地瞪著白尚熙，固執僵持在原地不願進去。白尚熙亦是選擇正面迎上他視線。氣氛驟然緊繃起來。

「到底是想怎樣？你現在是在擺臉色給我看嗎？不問事情來龍去脈，然後又不說你到底是在氣什麼，是要逼我主動求饒的意思？」

「我不想做出粗魯的行為。」

「蛤？意思是說，在你動手揍我之前，要我乖乖閉嘴聽話這樣？」

「我都說了，我不想要用隨便的態度對待你。」

白尚熙只是不斷重複著意義不明的話，臉上武裝著令人不想再看到的那副淡漠神情。徐翰烈根本搞不懂他到底在想些什麼。

他不爽地推開白尚熙走進房子裡，打算就來好好看一下對方所謂既不粗魯又不隨便的態度到底是哪種做法。

白尚熙跟隨他進屋之後大門自動關上。徐翰烈雙手交叉在胸前，就站在玄關看著他。頭頂的感應燈在兩人臉上打出大片陰影。

「現在可以說了吧，別再折磨人了。有什麼抱怨或不滿通通說出來。」

白尚熙這下總算願意開口了。啟齒的動作彷彿按下了慢動作播放一般，仔細清楚地映入徐翰烈的眼中。

「所以……我以後，會變成你的情夫嗎？」

「什麼？」

這個問題實在太過莫名其妙，徐翰烈倏地皺緊了眉頭。

「好吧，就算是那樣我也無所謂。」

白尚熙欣然點頭。面無表情的臉難以讀出他此刻心思或情緒，使得徐翰烈一時不知該如何回應他那句無厘頭的發言。

以為他是誤會了自己有意與別人交往一事，正想向他解釋澄清，他現在卻說就算是那樣他也無所謂——這是身為一個交往對象該說的話嗎？徐翰烈對白尚熙那種無論什麼衝擊都不會產生一絲裂痕的堅強心理素質，還有如同置身事外的超然態度非常不滿。

「去你的，你是在說什麼鬼話……」

他猛然揪住白尚熙衣領，白尚熙卻不為所動，筆直鎖定在徐翰烈身上的眸光也連閃也不閃一下。徐翰烈再次感受到了一堵高牆矗立眼前的那種挫敗感。

『你又不知道當他遭逢不利處境時，他的態度會不會發生改變。』

徐翰烈不明白自己為何偏偏在這時候回想起這句話來。

白尚熙是在時裝秀上聽到別人說了什麼嗎？還是白尚熙終於發現文成植最近一直在他頻道語帶玄機爆料的那些事了？

種種猜測一個接著一個浮現，而且是失控地朝著單一方向飛速發展。嘴上說著不管白尚熙想法為何都沒關係，說自己無條件信任白尚熙，實則內心還是有些不安的。畢竟人一旦擺脫了艱困的時期，通常都會迅速遺忘過去的辛苦而開始懈怠。

徐翰烈抓著白尚熙領口的手發起抖來。

「無所謂？為什麼？反正我已經被你搞定了是不是？甜頭也嘗夠了，現在拋棄也不可惜了？」

「我是說如果這就是你想要的、這麼做對你有好處的話，不管是成為你的戀人還是情夫，我都無所謂。但假如你想叫我乖乖滾蛋的話，這點我辦不到。翰烈，我真的沒辦法離開你。」

白尚熙的聲音一點也不激動，徐翰烈卻能從中聽出有道無形的裂痕正在迸開。光是看他因咬牙而鼓脹的下顎、額間凸起的血管就能知曉。某種不明的情緒在白尚熙體內醞釀已久，像隨時有可能爆發一樣，處於岌岌可危的狀態。映照著徐翰烈的那雙眼也恍若失去了生機，看起來空洞無神。

白尚熙覆上徐翰烈耍狠抓住衣領的手。他明明也沒用多大力氣，徐翰烈竟無法把自己的手抽出來。

「導演、工作人員、共演的演員或公司同事們……大家的交往都是建立在互惠互利的前提之下，你的婚姻應該也是一樣的吧？總之，無論如何，我會想辦法去試著理解。」

臉上還帶著匪夷所思的表情，徐翰烈身子忽地一震，原來是白尚熙陡然朝他湊近。眼前一道陰影覆蓋在臉上，讓徐翰烈反射性地後退。白尚熙則是堅定不移地朝他靠近，漸漸將他往角落逼去。

雙腳停留原地又退後，佇立了一會又退縮，節節敗退的徐翰烈最後背部抵上了屏風門。意識到自己已無處可逃，徐翰烈本能繃緊了全身肌肉。當白尚熙用雙手攫住他時，他肩膀禁不住顫抖了一下。

「可是，有先和我商量徵得我的同意，跟你自己一個人做完決定之後才告訴我，這兩者是有差別的。我不是已經說過很多次，叫你不要把我排除在外？」

「哈！我要瘋了。你才是啊，為什麼同樣的話要逼我重複這麼多遍？都說了事情不是你想的那個樣子！」

「是啊，當然不是，是的話還得了。」

「講話別這麼陰陽怪氣！」

「你說誰？我嗎？」

「你現在根本就不相信我說的話嘛！」

「我很想相信你，也不想懷疑你。我現在正拚盡全力努力做到這一點。」

白尚熙的雙手隨著他說出的每句話逐漸上移，從手臂、肩膀，一直到頸項、臉頰。他小心翼翼捧住了徐翰烈的臉，以從未有過的焦慮神色窺探對方充滿反感的一雙淺褐色瞳孔。

「應該就像你所說的，其實沒什麼大不了，都是我搞錯了……可是為什麼我會心煩意亂成這樣？是我最近被逼得太緊了嗎……」

「白尚熙，你才是到底發生什麼事了？怎麼會突然間這個樣子？」

「突然間？沒有啊，已經有一段時間了，我沒辦法讓你離開我的視線範圍。你的表情、你的眼神、動作、聲音……就連你的每一個呼吸我都不想錯過，總是自己一個人因分離而乾著急。偏偏你又有很多事都瞞著我，搞得我越來越焦躁。」

白尚熙語調十分平靜地傾訴，但兩隻眼睛卻不斷在揣測徐翰烈的真實想法。他沒有將自己的情緒明顯表露出來，恐怕連他都不知道自己為什麼會變成這樣，看起來混亂無措。但顯然他是真的很受傷，直勾勾瞅著人的眼神中彷彿懷著埋怨，令徐翰烈難以招架。

「唉……我不曉得是什麼讓你這麼難過，但我沒有刻意隱瞞你什麼。有些事沒告訴你，是因為那些事情我自己就會處理掉，沒必要特地說出來……」

「對啊，你總是這個樣子。」

「啊？」

「反正你身上發生了什麼事或者有什麼煩惱，都不用讓我知道也沒差。我只要在你背後傻傻搖著尾巴，等你心情好的時候得到你的寵幸，這樣就夠了是吧？」

「靠，幹嘛把我的話曲解成那種意思？你現在是因為自己覺得很受傷，所以也不想讓我好過是不是？」

徐翰烈憤怒地想甩開白尚熙的手，沒想到白尚熙一動也不動。「放開我！」徐翰烈再次試圖掙脫，白尚熙卻湊上去吻住他。他的舌從嘴角開始一遍遍舔著徐翰烈的唇瓣，然後轉而叩關口腔。徐翰烈生氣反抗的舌瞬間被推擠到壓迫喉嚨的地步，霎時因難以呼吸而捏緊了白尚熙的手。

白尚熙將他整個人固定在自己和門扇中間，稍微有些蠻橫地將他吞噬。相貼的舌肉激烈翻攪到產生痛意，接著又是一陣狠吮猛吸，完全不給人換氣的空檔。

嬌嫩的口腔黏膜經過他大肆戳捅，散發出一抹淡淡血味來。徐翰烈發出嗚咽呻吟，就連好不容易才吐出的氣體都被一併強迫吞了回去。驟然間的呼吸困難讓他感到胸口發緊。

徐翰烈發揮微薄的求生意志推拒著白尚熙，沒想到非但推不開他，還反過來被白尚熙的大掌托住後背，將他緊緊鉗制。這下子真的成了完全掙動不了分毫的狀態。

「嗚、不能呼……」

他竭力扭頭閃躲，白尚熙馬上又追過來銜他的嘴。他含住徐翰烈微翹的上唇，舌頭在唇珠上打轉施壓，又忽然側過頭把溼糊不堪的舌抵在下唇瓣搓揉。大量積累的唾液很快在口中沸湧變得黏稠。唇與唇緊密貼合，從略微分開的縫隙中，不停逸出粗濁的氣息和溼濡的水聲。就連背後倚靠的拉門，也因為兩人一刻不停歇的推擠拉扯而搖搖欲墜。

「唔、嗚……」

嘴巴被反覆堵住，無法正常呼吸。被大力壓迫的肺部也傳來陣陣刺痛。頭部因缺氧而昏沉沉的，膝蓋發軟直不起來。就算張眼，眼前也是模糊一片，什麼都看不清。簡直像是身上壓著千萬斤的石塊，渾身重得透不過氣。

徐翰烈掙扎的手慢慢、慢慢地喪失力氣。白尚熙直到他反抗的動作完全平息下來才鬆開嘴。升溫的唾液在兩人盈著水光的唇瓣之間，牽出一條長長水絲。

徐翰狼狽地大口換氣，胸部也在劇烈起伏。為了承接白尚熙的吻而持續張開的下頷此刻痠痛不已。

「哈啊、哈啊……你這個瘋子，是打算要悶死我嗎？」

他氣得揚拳打在白尚熙的肩膀上。白尚熙恍若未覺，眼睛眨也不眨地死盯著他的雙眼。兩人對峙般地相覷，一時之間只聽得見喘息聲在迴蕩。急促的呼吸使得肩膀背部上上下下，感應燈也反覆暗了又亮。

然而就在下個瞬間，白尚熙突然一把抱起了徐翰烈。整個上身刹那向前傾斜，令徐翰烈完全來不及反抗。白尚熙一手攬住他大腿，拉開屏風門走進屋內。

同時，他抬起頭，還想要再繼續接吻。仍然喘個不停的徐翰烈不願就範，揪住他後腦杓，將他從自己眼前拉開來。白尚熙不介意接吻被拒，改為進犯徐翰烈脖子。儘管有襯衫領子阻撓，嘴巴親到的究竟是皮膚還是衣服他也不管，對著頸部發出聲響地吻了個遍。接下來更突然在細嫩的肌膚上毫不留情地張嘴咬了一口。當即感覺到一陣劇痛的徐翰烈不禁歇斯底里地亂吼，身體胡亂掙扎了好幾下，白尚熙卻只是更加執拗地啃著他脖子。

「好痛！」

徐翰烈再次抱怨並推開他，也在他肩上不爽地搥打。但白尚熙頑強得很，就連徐翰烈往反方向躲避，或畏縮地低下頭，也擺脫不掉他啃上頸部的動作。宛如一隻亟欲交配而激動亢奮的公狗，不懂得何謂收斂節制。徐翰烈露在襯衫外的脖頸很快被他咬得一片斑駁。

白尚熙無法滿足於此，甚至對著薄薄的那層表皮狠心吸啄了起來。敏感的部位襲來陣陣刺麻的痛楚。

「你他媽的，痛死了啦！」

徐翰烈掙扎的動作變得劇烈，但他越是掙扎，對方就越大力地箍緊他，拚命朝著他的臉頰脖子或耳際亂啃一氣。為了制服徐翰烈的反抗，白尚熙使出了比平時更大的力道，動作也不由得粗暴了起來。在這過程當中，尖利的虎牙數度劃傷徐翰烈皮膚，身上各處也都是白尚熙掐出來的手痕。

沒過多久，徐翰烈眼前忽然天旋地轉，引發一陣嚴重的眩暈感。在他緊緊閉上雙眼的瞬間，感覺身體被移到一個柔軟舒適的地方。一個不留神，他人已經被白尚熙放躺在床上。

白尚熙將徐翰烈雙手按在頭頂上方，自然地欺上他身體，粗壯的膝蓋伸進胯下壓迫徐翰烈的中心部位。徐翰烈被他刺激得一縮，氣喘吁吁地火大抗議。

「哈啊、哈啊……強暴人倒是很在行嘛，還說什麼不想粗魯地對待我？」

「強……暴……？」

白尚熙過分緩慢地反芻著徐翰烈的話，慢到惹人生厭的地步。同時他的手從徐翰烈的下腹部穩穩地滑向腹股溝，在突起的重要部位上抓了一把。徐翰烈不禁咬唇閉眼，下半身深深抵在床墊上。白尚熙修長的手指慢慢拉下徐翰烈褲襠拉鍊，微小的吱啦聲響奇異地在耳邊環繞。滑進拉鍊之間的手按在緊身內褲上揉了揉綿軟的性器。他似乎已熟知摸哪裡會讓對方覺得舒服，大手靈巧自在地移動著。

徐翰烈用力咬緊了臼齒，即將爆發的吐息重新倒抽了回去。對方巧妙地專挑他弱點下手，摸到他下半身都在簌簌哆嗦。

「都興奮成這樣了，強暴……你說強暴……」

白尚熙歪著頭呢喃，似乎不太能接受這個說法，說著還用指頭輕彈了下徐翰烈的性器。變得敏感的性器毫不意外地抽動，給予熱烈的反應。徐翰烈羞恥得一下子燙紅了臉龐。

「去你的……」

白尚熙並沒有表現出性急的態度。他直視著徐翰烈的雙眼，慢悠悠地解開徐翰烈腰間的皮帶和褲頭，一雙手動得緩慢無比。徐翰烈光是看著他的動作都感覺胃在緊縮，下體因急迫的期待感而脹大，甚至若有似無地偷蹭著白尚熙的手。

褲子前襟完全打開的那一刻，白尚熙的臉也逼近他面前。兩人的距離幾乎是鼻尖挨著鼻尖。白尚熙觀望著徐翰烈動搖的眼瞳，長指故意掃過內褲隆起的部位。當他的手直接深入褲襠裡，壓迫陰莖的同時還一邊撫摸著會陰，徐翰烈不禁當場低喘出聲。孱弱的鼻息楚楚可憐地顫抖著。

「說吧，只要你開口拒絕，我隨時停手。」

「呼呃、等下……」

徐翰烈猛然扣住白尚熙的臂膀。但白尚熙不受影響，手掌繼續上下帶著弧度地滑動著，不時亦用大拇指在陰囊繞圈給予刺激。徐翰烈漸漸不再阻止他的撫摸，反而開始急切地攫住了他的手臂。

「呃嗯、呃……不、哈呃、呃……」

由於對方專攻徐翰烈最敏感的地方愛撫，徐翰烈繃緊的下巴沒一會便向後高高仰起。白尚熙的唇於是重新貼上他毫無防備的頸項。已經受到一番摧殘的表皮光是氣息拂過都有些刺痛。徐翰烈忙著呻吟，累積在嘴巴裡的口水被迫咕嚕地流進喉嚨裡，突起的喉結明顯跟著浮動。

白尚熙的唇緊緊含住喉結吸吮，同時不斷動著他的手，並且不時把手伸進胯部內側更深的地方去搔刮肉穴口，害得徐翰烈膝蓋瑟縮一彈。

「哈呃……等一下、等……」

「只要你說不要，我就不會再繼續了。」

白尚熙在他耳邊溫聲低語，頎長的手指將他發硬的陰莖夾在指縫間輕輕摩娑，偶爾也不忘用大拇指轉圈刺激著龜頭。

徐翰烈性器內部驅散不了的陣陣熱流匯聚在一起，原先煩躁的呻吟隨之消失。就連他本來因憤怒而僵硬的身軀，都因為鼠蹊部傳來的熱度與酥麻感明顯軟化。

白尚熙不停在緊身內褲上愛撫的手突然在性器上抓了一把便鬆開來，徐翰烈本來在甜蜜痛苦中掙扎的四肢大大一顫。不過空虛也只是暫時的，緊身內褲的一角馬上被掀開卡在陰囊底下，已發硬的性器便向外彈了出來。

白尚熙重新仔細包握住熟透發紅的肉柱，比起剛才速度更快地摩擦。他對著變得敏感不已的地方大力壓迫並迅速套弄，把徐翰烈刺激得全身賁張，受不了地扭動。白尚熙的每個指關節都成為按摩的凸點，甜美地劃過興奮的性器，弄得徐翰烈哀叫連連。

「哈呃呃、哈呃、嗯……哈呃、嗯、呃……！」

白尚熙一手摟著徐翰烈肩膀，將他溫柔地束縛在自己懷裡，然後伸出舌頭從他燒紅的側頸往上舔至耳下，隨後被他含進嘴裡的耳廓變得十分滾燙。他的舌尖像搔癢般勾勒著蜿蜒的耳骨，接著鑽進耳道裡。耳朵洞被舔得溼漉漉，使得徐翰烈躁動地打了個寒顫。同一時間，那隻不留情面壓榨他分身的手掌也沒有停下動作來。凶猛襲來的快感讓徐翰烈奮力掙扎。

但好像要一鼓作氣將他推向高潮的那隻手，忽然無預警地將他拋下。

「嗚！呼呃、呼……嗚呃……」

措手不及的解放感使得徐翰烈向上拱起身子，空虛地頂胯。腹部及大腿因刺激忽然消失而沒有充分得到滿足，顫抖著表現出深深的遺憾之情。白尚熙毫不客氣地將他被考珀液沾溼的手舉至徐翰烈面前：

「你不要嗎？」

「……你這王八蛋。」

輕佻的反問逼得徐翰烈爆出咒罵的話。他眉頭深鎖，皺著臉，看起來顯得相當鬱悶。豐腴的唇片忙著喘息而不停翕動，間或混入幾道焦急的嘆氣聲。

白尚熙緊盯著他充滿怨氣的眸子，手緩緩落下。光是稍微往腹股溝靠近，徐翰烈的性器便自動感應到一般，自己湊了過去。白尚熙挑眉，故作驚訝狀。徐翰烈一邊不甘心地忿忿咬住下唇，性器卻貼著白尚熙的手重重磨蹭。

白尚熙假裝對他的動作睜一隻眼閉一隻眼，手握成了圈，讓徐翰烈能夠盡情進出其中，自己則是把臉埋在他頸窩處，持續用鼻梁在細緻的肌膚表面蹭來蹭去。他深嗅了一大口徐翰烈乍然濃烈發散的體香，兩側下顎線條又繃緊了幾分，隨即張嘴對著側頸就是一咬，然後再到處啃齧，細膩的表皮沒三兩下就布滿點點紅斑。直到差不多已經沒有完好的地方可以下嘴時，白尚熙猛然叼住領結，用嘴將它解開。

「呃、嗚……靠、啊……哈呃……」

徐翰烈下半身就在白尚熙手上快速地摩擦。不光是他的臉蛋，就連耳朵和脖子也都變得血紅。白尚熙腦袋在這時從頸部向下移，嘴巴咬上徐翰烈襯衫的鈕扣。他只利用舌頭，將釦子一顆又一顆打開。襯衫前襟逐漸開敞，胸口接觸到了外部的冷空氣。徐翰烈溫度高漲的身子微微哆嗦著。

白尚熙用眼睛逐一記下他的每個反應，冷不防隔著襯衫輕拂他胸部。出乎意料的感覺讓徐翰烈的下身一顫。他的注意力還沒有機會轉移，白尚熙就已經開始大力擼起他發硬的性器。反射性蜷縮的徐翰烈慌忙抓住白尚熙手臂。一轉眼，白尚熙的舌頭已隔著薄薄一層襯衫抵上徐翰烈的胸，將乳頭吞進嘴裡。

襯衫一下子溼了一塊，很快就連下方的乳頭都被舔溼，如實地感知到肥厚舌肉的動作與觸感。上下夾攻，同時湧現的快感讓徐翰烈難受地扭動著四肢。兩隻手一下子推著白尚熙的胸，一下子又將他拉近，不知該如何是好。

「呃、呃嗯、呃……啊呃、那個……」

白尚熙規律地動作，不厭其煩地對著徐翰烈進行品嘗探索。襯衫被他吸吮得起了褶皺，被唾液染溼的部分變得有些透明，連下方發紅的乳肉都透了出來。舌頭抵在那一處重重搓揉的感覺、溼濡的乳尖被吸附起來的感覺，都再再變得更加鮮明。儘管如此，這樣的快感卻還是不夠，總令人焦急得想要更多。徐翰烈一心只想擺脫這股讓人到不了頂點也無法再承受更多的曖昧刺激。

他試著使出全力推了推身上的人，然而無濟於事，全身猶如卡在岩石縫裡，被強壓得動也不能動。見徐翰烈大動作抵抗，白尚熙表現得像是願意配合，順從地放開他。想不到才隔沒幾秒卻又立刻含住徐翰烈另一側的乳頭，也使勁擠壓他隨時會射精的性器，力道大到他吃痛的地步。

「哈啊、啊嗯、嗯、呃、呃啊！」

徐翰烈起起伏伏的胸口頓時大幅膨脹，只見他四肢一僵，渾身儼如有電流經過地蜷曲顫抖。緊接著，完熟的性器爆射出白物來。白尚熙握著那一根的指縫間緩緩滲出了黏膩的精液。

「嗚……呃……哈啊、呼、哈啊……」

直到最後一刻都在白尚熙手中頂弄下身的徐翰烈脫力癱倒，原本死命反抗的身體也頓時力氣盡失。射精後出現的乏力感導致他昏昏欲睡。徐翰烈抬起手臂遮擋著雙眼，不讓白尚熙看見。

隨著神智逐漸回籠，自己單獨亢奮射精一事似乎讓徐翰烈覺得自尊心受損。等到呼吸比較穩定了，他咬著嘴唇按捺心中火氣。白尚熙通常都會在這時候安撫他不滿的情緒，要麼是用手，要麼是用嘴，溫柔地替他解救被折磨的下唇。他會在徐翰烈泛著紅暈的臉頰上落下數不清的啄吻，一直吻到徐翰烈高興為止。

但今天的白尚熙似乎沒有多餘的耐心。他靜靜看著徐翰烈，兩手勾住內褲邊緣，連同褲子一併褪了下來。在他指尖輕微掃過大腿表面的過程當中，微妙的緊張感讓徐翰烈身子忍不住僵硬。

前一秒還如此小心翼翼的白尚熙，下一秒卻忽然對著徐翰烈的膝窩處揉按了起來。徐翰烈膝蓋不由自主一震，緊緊夾攏合併。白尚熙順著光滑的小腿和纖細的腳踝沿路緩慢往下按摩，另一方面卻不帶絲毫猶豫的一口氣扒掉掛在腳踝的衣物。

徐翰烈本來還戰戰兢兢地看著白尚熙，卻忽然用手肘從後方撐起身體，自行曲膝往兩旁大開雙腿。白皙的長指將自己摩擦泛紅的陰莖往上輕撥，露出底部的肉穴來。

「你就別再鬧脾氣了，快過來吃你的飯啊。」

沒料到徐翰烈會出招挑釁，白尚熙巨大的身子微晃，平滑的額間爆出粗獷的青筋。實際上，此刻的徐翰烈整個人宛若熟透的果實，紅撲撲的兩頰、耳朵、胸部、膝蓋、指梢，和他的性器，還有下面的嫩穴，從頭到腳都泛著美味的色澤。他被汗水浸淫而發亮的肌膚，及一雙變得水潤的眼眸，也都讓白尚熙看了口水不停分泌。

可是白尚熙卻緩緩搖頭拒絕，抓住徐翰烈的腳踝就是一拉，徐翰烈被迫向後躺倒在床上。白尚熙向上撐起徐翰烈雙腳，將他兩條手臂扣壓在床上。

視線重新在咫尺間交會。白尚熙自上俯瞰著徐翰烈，喉結無可掩飾地在滾動。徐翰烈彷彿想翻白眼，嘲笑他道：

「反正待會還不是會吃得又急又猛，你想裝矜持到什麼時候？」

「我要是真的盡情大快朵頤，你確定你受得了？硬是在裝腔作勢的到底是誰？」

白尚熙不正經地回擊，揪起徐翰烈襯衫往兩旁大力一扯。襯衫上的鈕扣在他稍嫌暴力的行徑下蹦跳彈飛。他兩手撫過徐翰烈裸胸，將襯衫往徐翰烈肩膀後方剝開來。外套和襯衫糾結在一起，大幅縮小了兩條手臂的移動範圍。白尚熙就這樣托起他後背，毫不猶豫地把嘴貼上他完整暴露的手術傷疤。即使是如此輕淺的接觸，不僅是疤痕本身，就連兩側乳頭都起了陣陣的酥爽。經過了前面那番折騰，徐翰烈全身上下都變得敏感得不得了。

白尚熙沿著朝左彎曲的弧形疤痕逐寸親吻，很快就碰上淡粉色的小肉丘。他用鼻梁輕輕地去玩弄、按壓它。徐翰烈忐忑地瞅著他的動作，在對方張嘴一口叼住自己胸乳的時候緊緊閉上了眼。因缺乏刺激而難受的肉團被舌尖擠壓得凹陷進去，再被狠狠吸起。被吸的明明是胸，卻連性器都跟著發麻。白尚熙的大手恰巧在這時包覆住徐翰烈的龜頭輕柔揉捏，時機絕妙得就好像他早已把徐翰烈身體會有的反應掌握得一清二楚。

「呃、嗚……啊……啊嗯、呃……！」

徐翰烈很想忍著不發出聲音，嘴裡卻還是一直洩漏出甜甜的吟叫，無法克制地弓起上身。他艱難地扭動身子來躲避，白尚熙卻輕易地追上來，鍥而不捨地吸吮小巧的乳尖，彷彿一定要從裡面吸出東西來他才肯罷休，猛吸之餘不忘一邊撫弄著性器。

接著從某個時刻開始，白尚熙舌尖轉為對著變挺的乳頭輕輕摩擦使其放鬆，也開始溫柔愛撫徐翰烈的分身。在強弱的瞬間切換下，徐翰烈連喘口氣的時間都沒有，就因為瘋狂上湧的快感不停踢著雙腿悶哼。他的性器也迅速站立，汩汩淌出糖漿狀的考珀液。

「唔、停、停呃……嗯、哈呃……！」

白尚熙大拇指堵住奮力張合的鈴口，突如其來地吞噬徐翰烈另一邊乳首。他用力吸附上面光滑的皮肉，手在下方撩撥著飽滿的會陰部。徐翰烈被搞到上氣不接下氣，火大地拍打白尚熙肩膀。白尚熙這時才終於抬眸，斜著眼與他對視。

「哈啊、哈啊……你一直搞這些小動作到底想怎樣？」

「我不是很盡責地在扮演我的角色嗎？」

「……什麼？」

「既然是狗，就要乖乖舔好舔滿嘛，如果想受到主人寵愛的話。」

聽他一副自嘲的語氣，看來心態已經扭曲得頗為嚴重。徐翰烈很是震驚。但他都還沒來得及回話，白尚熙托著他背部的手就已開始下移，導致他腦袋必須抵著床鋪支撐身體。別說是出聲講話了，就連呼吸都很艱辛。白尚熙把徐翰烈腰桿提起來之後，馬上對著雪白的肚子一口咬下。近處傳來的刺痛與灼熱使得徐翰烈的性器撲騰彈起，柱身在白尚熙下巴附近摩擦。

白尚熙對那傢伙愛理不理，一路向下舔到肚臍，然後沒半點顧忌地把舌尖塞進那小小的凹縫裡。隨著敏感地帶被弄得又溼又熱，徐翰烈整個身體變得緊張僵硬。白尚熙為了不讓他逃走，牢牢掐住側腰固定他身子，豎起舌頭朝著肚臍眼猛鑽。一種奇異的感受從肚子內側經由骨盆擴散到後膝窩，惹得徐翰烈身子抽搐連連。

「呃、嗯……那裡不太……呃、別弄了……」

宛如在揣摩褶皺的形狀，或是想鑽進最隱密的深處，舌頭不斷往內戳刺。每每摩擦到層層捲起的內側皮膚時，全然勃起的性器便會劇烈晃動柱體，硬得堪比石塊的龜頭不知何時已經戳在白尚熙的臉頰上。

然而白尚熙這回也僅是專注啃著光滑的下腹，完全忽視那根的存在。他輕輕掃過渾圓的陰囊，向下移動的手又去搔癢極其柔軟的大腿內側，唯獨對哆嗦顫抖的性器置之不理。當徐翰烈再也無法忍受，抬手試圖自行撫慰時，白尚熙甚至逮住他的手不讓他碰。

「哈呃！放手……你快點！」

儘管都已經出聲催促，白尚熙還是慢條斯理地撫摸他大腿內側，齧咬他的腰間肉，一副神態自若的模樣。他還若有似無地用手從膝蓋一路壓迫到鼠蹊附近，助長那股興奮。徐翰烈的骨盆內側持續蓄積著發癢的熱意，充血漲紅的陰莖硬得發痛，像是遭受到了不合時宜的酷刑折磨。

「靠、停……」

「停下來？」

「我是說你趕快給我放進來！」

徐翰烈對還在裝糊塗的白尚熙咬牙切齒地罵，氣不過地握拳朝他大腿揍下去。不知怎麼回事，白尚熙竟然聽話點頭，即刻鬆開對徐翰烈腰部的箝制。

徐翰烈只稍微放鬆了幾秒，肩膀忽然被扣住，轉眼人已經被翻面趴伏在床上。白尚熙按住他後頸不給他反抗的餘地，並一把脫去束縛著徐翰烈手臂的外套與襯衫。接下來，徐翰烈的腹部被他大力托高，只將下半身撐起。

「嗚、你在幹嘛……呃啊！」

徐翰烈抗議的話未能說完，便死死咬住了嘴唇，本欲呼出的混濁氣體也隨之倒吞了回去——白尚熙那張俊臉正往徐翰烈的臀縫裡埋。乾燥卻柔軟的唇先是覆在洞口輕啄了一下，隨後溼滑的舌便黏膩地捲了上去。白尚熙發出露骨的咂吮聲，嘴巴對著乾澀的穴口一吻再吻。

「不、呃、呃嗯、哈呃……啊、呃……嗚！」

徐翰烈搖著頭，嘴裡發出一連串的哀叫，腰部不停地顫。白尚熙抓著他大腿的手改為握住他分身。就在下一秒，他的下半身便在那股強大的束縛感下自行動了起來。儘管徐翰烈極力想要忍耐，卻還是忍不住聳動著腰桿在白尚熙手中抽送。白尚熙還配合他的動作，手掌隱約反覆捏握。一種強烈到令人受不了的顫慄感不斷竄起，徐翰烈頭皮發麻，開始感到恍惚，手腳也都不可控制地發抖。

舌尖在已被吸軟的後穴裡進出著，白尚熙忽然牢牢捏緊手中性器，從陰莖根部一口氣擠到頂端，再用整個掌心去包覆研磨發硬的龜頭。清醒狀態下難以承受的衝擊性快感淹沒了徐翰烈，眼前白光閃現。他所能做的就只有抓緊被子，失控地發出吟哦。

「哈呃、呼呃、嗯、呃啊、啊！靠、呃嗯、哈呼呃……」

他搖晃著腦袋瓜想甩開這種迷茫又甜蜜的折磨，但起不到任何作用。他只聽見耳邊持續充斥著自己急促的喘息和興奮的呻吟，以及赤裸裸的嘬吸聲。強勁的尿意在他胯部內側發出陣陣刺痛，隨時會憋不住而失禁的感覺讓他兩腿膝蓋不停打顫，指尖也禁不住蜷曲站立。

口水趁著他顧不得注意之時沿著下巴流了出來。下身在不停歇的摩擦下又痠又麻又熱。徐翰烈在這波無止盡的刺激當中無法回神。

「呃、呃嗯、嗯、痛、啊、呃……！」

原先逐漸加快手上節奏的白尚熙嘴巴忽然離開了後穴，開始順著筆直的脊椎骨一節一節向上親吻，甚至瞬間放掉了手中的性器。正攀向頂點的徐翰烈還沉浸在濃濃的餘韻當中，多頂了幾下腰。不同於方才的空虛感迫使他主動抓住白尚熙手臂往自己肚子下方帶。白尚熙故意把那隻手撐在床上，堅持不碰他。

「哈呃、哈呃呃……為什麼……」

茫然無措的徐翰烈稍微轉過頭看著他，繼續央求似的扯了扯白尚熙的胳膊。白尚熙靜靜注視著徐翰烈心急的模樣，緩慢搖了下頭。見狀，徐翰烈氣惱地皺緊眉頭，直接飆出髒話：

「幹！你是在發什麼神經啊！到底想要我怎樣嘛，你這王八蛋！」

「這樣就生氣了？你的狗狗只不過是稍微耍了下性子罷了。」

白尚熙一邊把徐翰烈發燙的耳朵含進嘴裡一邊喃喃道。他用整片舌頭溼濘舔拭耳廓，同時輕輕搓揉扭曲徐翰烈的乳頭。徐翰烈毫不意外地發出甜蜜的吟聲：

「呃嗯、嗯……」

「既然敢把沒教養的野狗帶回來家裡，就要能承擔這樣的後果啊。」

白尚熙的嘀咕帶著諷刺，說著，從一旁的抽屜裡拿出潤滑液和保險套。他將保險套戴在長指上，打開潤滑液的一系列動作極為淡定從容。徐翰烈則是呼吸粗重地偷瞥著他的一舉一動。那隱含期待與擔憂的雙眼，很快隨著潤滑液大量淋在臀縫流經穴口而緊緊閉了起來。

「呼呃、呃、呃嗯……」

無論經歷過多少次，徐翰烈仍舊無法習慣凝液冰涼的觸感，或臀縫一片溼滑的感受。當凝液完全填滿淺淺凹谷開始向外溢出滴落，白尚熙隨手拋開瓶身，有些發狠地咬上徐翰烈後頸。

「哈呃……！」

他像隻發情交配中的狗，不停齧啃著充滿徐翰烈味道的後頸，同時一手探進他臀穴裡。手指穿過氾濫成災的凝液放進後穴，入口的一圈軟肉輕柔又迅速地將他含住。白尚熙轉了轉套上保險套的兩根手指，稍微翻弄幾下，然後使勁向內推送。清晰的異物感讓徐翰烈身子瞬間僵住，咬緊了牙根隱忍。

白尚熙不疾不徐地左右擺動手腕，挖探著內部光滑的黏膜。徐翰烈的四肢一顫一顫的，反應相當誠實。

「呃嗯、呃……嗚……」

似乎在尋找著什麼，白尚熙鎮定卻又執著地在黏膜上刺探刮按。不曉得過了多久時間，屏息輕哼的徐翰烈忽然一陣顫抖，全身緊繃。來不及壓抑的連綿呻吟也被突然的抽氣聲噎了回去。

白尚熙歪頭注視著徐翰烈那顆後腦杓，徐翰烈也馬上一臉焦急地轉頭回望。四目相交的片刻，徐翰烈小幅度搖了搖頭。

「自己的主人見異思遷看上了別人家的狗，你說有哪隻狗會覺得開心？個性再溫馴的傢伙，也是會不高興發脾氣的。」

「那裡不、行……呃嗯、呃……！」

白尚熙摟住掙扎的徐翰烈，牢牢箍緊他身子，然後對著剛才的同一個地方快速進攻。劇烈翻攪內部嫩肉的手指要退出前，指尖故意在敏感點上奮力壓按，隨後才輕輕刮著內壁抽離出來。

「啊啊！啊……！嗯、嗚！啊！」

徐翰烈的大叫聲中充滿了怒意，像是在制止白尚熙而抓著他的手也一個勁地發抖。敏感點被不停戳按的他渾身血液都沸騰了起來。腦袋承受不了急遽增加的血流量，以至於出現暈眩的症狀。視野呈現一片黃澄或一整片空白，畫面反覆在跳轉。

白尚熙用鼻梁搓揉徐翰烈紅得彷彿滴血的耳根後側與頸子，同時大肆攪動他下方的軟肉。在他無情的手活之下，徐翰烈強撐了許久的身體終究還是崩塌垮下。他胸部腹部皆平貼在床上，剩下手腳無助地掙扎。每次搖頭時，發紅的耳朵便會磨蹭著床鋪，被壓扁變形，進一步削弱了現實感。毫無情感交流可言，唯有一種與疼痛無異的駭人性欲支配了他整副肉體。

不停擴張著小洞、動作飛快地搗弄甬道的手指頭倏地往前列腺周圍按下去，並且猛烈地翻攪著。徐翰烈在這剎那驚恐地倒吸了一口氣，身子像被定住，緊接著全身有如電流通過般，大幅度地顫抖搖擺。

「呃、呃啊、靠……啊呃呃呃……！」

當即在下一秒，暴躁的呻吟與濃濃的精液同時從他體內爆發而出。灼燒的體溫從最高點一落千丈，渾身泛起雞皮疙瘩。令人發怵的解放感使得徐翰烈不自覺狠咬牙根，緊握成拳的兩手也泛白輕顫。

「哈啊、呃、哈啊……媽的……」

接連射了兩發，他筋疲力盡地攤開四肢，好像連勾動手指頭的力氣都沒了。可是體內被喚起的那股肉欲始終沒填補到，內心因欲求不滿而煩躁不已。有種釋放到一半硬生生被打斷的感覺。

「呼呃……」

忽然感覺屁股碰到了某個硬梆梆的東西，還在等待呼吸平復下來的徐翰烈冷不防回頭，對方硬挺的性器正對著自己臀部蹭動的畫面隨即映入眼簾。白尚熙一面手淫一面盯著徐翰烈的後穴，那裡溼溼亮亮的，在射精餘韻之中縮放不止。

徐翰烈只瞥了一眼，就看到白尚熙的性器已經是膨脹到極致的狀態，就算現在立刻射出來也不足為奇。也不知究竟積了多少，前端腫得像牛角一樣彎曲，漲成了殷紅色。噙著透明考珀液的尿道口不斷一張一闔。都變成這樣了，虧他還能忍得住。

「這凶狠的傢伙口水直流呢……唔、你到底是要逞強到什麼時候？」

徐翰烈猛然抓住白尚熙的性器，一邊和他對視一邊慢慢轉身躺下，手上緩緩套弄性器之餘不忘觀察著他的反應。白尚熙果不其然地皺起眉間咬著牙，不只額際，連下顎也都炸出青筋。儘管他憋得再努力，上半身仍忠於徐翰烈給予的刺激，大幅晃動了起來。

「看吧。」徐翰烈嘲笑他，把他的性器往自己屁股方向送。他將粗壯的陰莖放上自己的屁股溝，還偷偷動了下腰。

要是在平常，抵擋不了誘惑的白尚熙必定會在這時乖乖舉白旗投降。該是輪到他打破那張倔強的面具，隨著噗哧一笑化解僵局，獻出甜蜜香吻的時候了。

可是白尚熙卻向後退了開來，粉碎了徐翰烈心中的期望。性器自然地從手中滑出，原先面色蒼白卻自信滿滿的徐翰烈一下子皺起了眉頭：

「你瘋了是不是？今天為什麼這麼反常？」

「我也不知道為什麼。」

別人都已經在發火了，他卻回答得如此淡然。好像他上面的腦袋和下半身各有意識毫不相干，臉上表情沒有半點波瀾。動情或動怒，整個過程都是自己一頭熱，徐翰烈感覺像是遭受到對方惡劣的欺負。

「算了，你不想做就給我滾。」

徐翰烈不爽地推開白尚熙，正要起身時又被攔住。白尚熙兩手抓住徐翰烈肩膀，凝視著他怒氣騰騰的雙眼。彷彿想從徐翰烈眼裡打探出什麼，專注地盯了好半天。徐翰烈細看才發現，對方總是平靜的雙眸正在微微顫抖著，似乎不單純是因為興奮的緣故，像是急不可耐地在苦尋著某樣東西。他到底想要什麼？白尚熙眼底的混亂原封不動地傳遞過來，令徐翰烈頓時感到心慌。

瞬間，白尚熙直接湊過來吻住他的嘴。徐翰烈正想開口說句話，也因此無法阻擋白尚熙長驅直入的舌。莫名急促的鼻息淺淺散布開來，接著柔軟的舌便纏上徐翰烈。不同於先前粗魯的吻，白尚熙悄悄吸吮他舌頭、嘴唇與黏膜這些地方，動作深情無比，充滿了對徐翰烈的迫切渴望，令人忍不住要懷疑這和剛剛使性子的是否真的是同一個人。

好一陣子之後，兩人才深深吁氣，小心翼翼地分開了雙唇，在極近的距離之中對上彼此的眼。

「我也不懂自己為什麼會這樣。」

白尚熙溫柔撫摸著徐翰烈呼吸還沒平復的臉頰，向他剖白。或許是全身上下感官都還處於敏感狀態，被白尚熙拂過之處，寒毛都跟著聳立起來。兩人數度交換著迷濛的視線與不平穩的呼吸。

沒多久，禁不住破壞這股僵持的張力，白尚熙撲上前一把將徐翰烈擁住。徐翰烈也閉緊了雙眼用力回抱他。兩人身軀直接交疊倒在床上。他們用盡全力禁錮著彼此，力氣大到肺部都受到壓迫，接吻激烈到像在肉搏。瘋狂糾纏的唇舌之間，甚至縈繞著一絲絲血腥味。

白尚熙飢渴地吞下徐翰烈的呼吸，讓彼此軟舌盡情交融，同時替自己的性器戴上套子。他舉起徐翰烈的雙腿往前壓，快爆炸的性器猴急地在溼軟洞口磨蹭。徐翰烈悶哼一聲，嘴裡用力吸緊了白尚熙的舌。那是一個要白尚熙快點進入下面極樂天堂的吻。白尚熙眼前發白，性器也猛點著發紅的腦袋，叫囂不已。

他竭力強行壓下想進入的本能，好不容易才分開了嘴。見徐翰烈重新撲上來，白尚熙在他嘴角安撫性地親了一口，靜靜端詳著他。

「我最近一直陷入糾結，本來是打算自己一個人解決的，但沒有成功。」

白尚熙說著讓人似懂非懂的話，表達自身心底的痛苦。徐翰烈觀察著他的表情，眼神中混合了滿溢的情欲與懵懂。隨著如硬石的龜頭抵上自己的下體，徐翰烈咬牙皺眉。經過剛才一番折騰，已被開拓完全的後穴偷偷包覆住龜頭頂端，吸咬著保險套的儲精袋。

「呃！……我越是努力解決，越是出現反效果，變得很茫然無措，不知道該怎麼辦才好。」

白尚熙低頭，眼神淒涼地看著徐翰烈，然後一聲不響地猛插進徐翰烈體內。粗碩的肉棒一口氣沒入至根部，徐翰烈倒抽涼氣，向後仰起了頭。浸淫在期待之中的身子受到猝不及防的一擊，激動地產生痙攣。

「呼呃……呃……呃、痛……」

「呃、呃……好像是哪裡出了差錯、哈啊、我不知該從何下手解決。」

「嗯、呃……等、呃啊！啊、哈呃、啊、嗯！」

「呃、哈啊……我怕是自己太小題大作，會重蹈覆轍地毀了一切。」

白尚熙在不斷坦白自己真實感受的過程中持續頂撞著下身。事先用手指刺激過的內壁被性器完全填塞，又被凹凸不平的表面反覆刮劃。圓鼓的臀部也被結實的大腿啪啪衝撞，遭受一次又一次的擠壓。脹大的性器一再重擊、狠力搗攪，黏膜漸漸開始發燙了起來，或許哪邊被戳出一個洞來也不無可能。

「呃嗯、呃……啊呃、慢、慢一點……哈呃！呃、呃……啊嗯、呃！」

「哈啊、哈、你也、呃、會這樣嗎？嗯？呃、明知道、你對我有多好……哈呃、呃、卻還是想要一再確認、哈啊、不然就會很焦慮……」

「到底是、呃、嗯、為什麼、呃！啊！嗯呃、呃、靠……哈呃！」

「呃、翰烈啊、呃、嗚、徐翰烈，你依然……哈啊、喜歡我嗎？」

「媽的、在說什麼、廢話、啊呃！哈呃！呃嗯……！」

「就算結婚了、呃、你也願意繼續讓我、待在你身邊？」

白尚熙不斷追問，完全沒有停下劇烈頂弄的動作。他宛如在進行一場審問，把徐翰烈逼至絕境，放肆地肏他，持久到似乎想把他肚子裡面弄成自己性器的形狀。龜頭直插到底部再整根拔出的大幅抽送反覆進行著。原本光滑的腸膜被巨物搗得一個勁地蠕動，反而更加刺激白尚熙的性器，害他益發興奮。石柱般的生殖器爆發力十足地破開徐翰烈的下體。

疾風驟雨般的快感教人難以把持。徐翰烈最終彷彿快要失去神智一樣。即便他竭盡所能地想憋住不叫，口中還是禁不住發出尖銳的呻吟。

「哈呃呃、嗯啊、呃、嗯……停下、停、嗯、呃啊！」

「回答我，就算你以後有了一個像你的孩子、唔呃、是不是也能讓我一直陪在你身邊？」

白尚熙將徐翰烈用力的手指頭一根一根扣在自己手裡，纏著要他給出答案。他扭轉著插在徐翰烈肚子裡的性器，對著內壁的某處猛刺。硬挺的龜頭無情搗碾著集中了所有感官的那一點，不能與之前相比的強烈灼燒感一下子蔓延了整個骨盆，甚至衝上頭頂。差點噴發的喘息被徐翰烈重新吞回肚子裡，逼得他快速搖著頭。被白尚熙抓住的手因察覺到不祥的預感而掙扎了好幾下。

「嗯？」白尚熙看著他不安晃動的瞳孔不放棄地追問，下半身輕輕後退拉開一段距離，營造出最大的緊張感，再倏地貫穿剛才那個部位。好比一塊大口吸水的海綿，舒服的酥麻感在體內炸了開來。徐翰烈的呼吸也變得更為紊亂無章，腳趾用力到泛白蜷縮。

「不行、不……哈啊、嗯、呃嗯、不、啊呃、啊！」

白尚熙攫住慌忙逃脫的徐翰烈的兩條手臂向後拉扯，並且將自己的下身緊緊貼上他扭來扭去的身體。他對徐翰烈的挾持與壓制加深了兩人之間的結合。將抖個不停的的徐翰烈控制在身下，白尚熙一刻也不停地享用著大餐。肉刃殘忍地整根沒入攪動，碾碎頂端接觸到的部分，每一下動作都規律地將徐翰烈纖瘦的肚皮頂了起來。那輪廓或體積怎麼看都和白尚熙的龜頭差不多。

白尚熙這時突然單手擒住徐翰烈雙手手腕，聳腰的動作受此影響而暫停。徐翰烈隨即用惴惴不安的眼神望向他，眼角不知何時泛出一層薄薄的水氣。

白尚熙瞥了他淚溼的眸子一眼，目光無意中轉向了他的腹部。徐翰烈順著他的視線看去，然後開始搖起頭來。白尚熙在這一刻早已伸手微微按壓著那塊被自己性器頂到隆起的肚皮。

「別……啊呃嗯、哈呃、嗯、啊、啊！」

拒絕的話語隨著新鮮空氣的吸入帶進了喉嚨裡，兩條腿也持續在空中踹踢。白尚熙一意識到徐翰烈顯著的反應變化，馬上重新狂烈地頂撞起來，同時手掌也更使力地壓迫腹部規律向上隆起的那一處。

「哈呃、嗯、你這、瘋子、啊！呃啊、呼、啊、呃啊、嗯！」

徐翰烈通紅的耳朵一直在床面摩擦、被擠成扁平狀。他忘我地呻吟，叫到嘴唇和喉嚨都乾啞不已，就連吐氣時都會引發一絲痛感。

儘管如此，白尚熙還是不願停下擺腰的動作，反倒還針對徐翰烈的敏感點重重夯幹。前列腺得到平時好幾倍以上的刺激，酸麻得難受。徐翰烈掛在眼角的淚水終於沿著臉頰潸潸滑落。

白尚熙並沒有因此對他手下留情，一面發狠地抽插，一面溫柔親吻他被汗液淚水弄得溼亮亮的臉蛋。世界上恐怕沒有比這還要甜蜜卻又殘酷的拷問了。

「嗯、停、停下……哈呃！嗯！」

「嗚、呃……回答我，你會不會再次拋棄我？」

「哈呃呃、哈呃、你到底、呃、是在胡思亂想什麼……」

「你以為我喜歡這樣？」

「呃啊！」

「我才不願去想像那種事情！」

「哈呃、嗯……你這瘋子……呃啊、媽的、你是在吃醋嗎？」

沒想過的問題讓白尚熙頓時遲疑，像是被戳中了要害。他一瞬停下了所有動作，呆呆看著徐翰烈。徐翰烈只是皺著一張臉，急促喘息著，帶著深深淺淺紅痕的胸膛為了汲取不足的氧氣，忽上忽下地努力起伏。

白尚熙就那樣怔愣了一下子，隨即「嗯」了一聲承認。

「應該是在吃醋沒錯。」

「哈啊、哈啊、唔……我都說了那是誤會，拜託你也聽一下別人說話好嗎！」

「對啊，都說是誤會了，你不可能會那麼做的……但我卻還是怒不可抑。」

白尚熙把手伸到徐翰烈背後將他緊攬入懷裡。感覺穴口在性器表面吞吸著催白尚熙快點放回裡面來，他於是毫不猶豫地讓身體下墜直直插入。徐翰烈的身子不出所料地拱起，兩片顫抖的唇瓣微張，從縫隙間擠出茫茫的呻吟。

餘波還未完，白尚熙又埋進他白皙頸間恣意吸吮，往他的小穴馳騁進出。黏膜被摩擦得火辣辣的，受到嚴重的蹂躪。

熱燙的刺痛讓徐翰烈胡亂蹬腿掙扎。白尚熙今天發了狠往死裡幹的氣勢讓他毫無招架之力。

「呃啊！呃、啊啊……！」

「又是只有我一個人被蒙在鼓裡，才會造成這種誤解。這讓我很不好受……」

白尚熙說到後來話音逐漸消失，驀地停下動作。經過一段縱情抽插後的甬道緩慢蠕動，以填補暫時的空虛感。徐翰烈體內引發強烈顫慄，整個人抖得停不下來。

「我當時就像之前那樣，整顆心沉了下去，眼前什麼都看不見。」

沉浸在極致快感震撼之中的徐翰烈拉回神智，眼珠緩緩映出白尚熙的身影，不可置信的雙眼裡流露出費解之色。

長久以來，白尚熙體內像是儲存著一座無法估算深淺大小的冷卻池，無論是多燙的熱鐵丟進去也會迅速冷卻。那池子又大又寬，儼然是一座深邃的湖泊，不管做什麼都無法掀起丁點波瀾。頂多製造出些許漣漪，但也是不一會就消失了。

而徐翰烈正是那座湖泊的第一道波紋。他是徹底顛覆了白尚熙沉寂人生的獨特存在。光是想到這一點，就能帶給徐翰烈一種世上任何事物也比擬不了、令他悸動不已的成就感。

「奇怪的是，這種心情無法排解。」

白尚熙抱緊了徐翰烈，誠實傾吐他內心的痛苦。頭顱一直往徐翰烈肩上拱，或是緊扒著他不放的這些動作，看起來十足讓人心疼。

同一時間，徐翰烈的心跳開始異常加快。源自脈搏的悸動似電流，霎時竄向四肢百骸的最末端。下腹也被觸發一陣麻癢尿意，沒辦法憋住。

徐翰烈腰部自己動了動，下一秒突然渾身一僵。性器哆嗦著柱身，吐出了一股股清澈的水柱。色澤透明，看起來近似尿液，而且量多又稀薄，稱不上是精液。白尚熙兩眼發直地望著完全濺溼了自己腹部及大腿的清澈體液。

失禁的屈辱感和意想不到的解放感一併湧上，徐翰烈下巴忍不住發顫，緊緊咬牙的顎關節發出了咯吱聲來。

「哈嗯嗯、哈嗯、嗯……哈啊、哈呃、媽的，每次吃起醋來都這麼可怕。」

徐翰烈用氣若游絲的聲音不爽抱怨。在兩人交往之前，徐翰烈故意找女人到飯店的時候也跟這次一樣。白尚熙當時就擺出高深莫測的表情把人趕走，恐怖得讓徐翰烈再也不敢生起那種念頭。

徐翰烈還隨著洶湧的餘韻瑟瑟發抖，罵聲連連。白尚熙嘴唇一下又一下按在他氣噗噗的臉上，對著他道歉。但感覺起來不是非常地發自內心。

徐翰烈生氣是有道理的。明明都說了會解釋給他聽，是他自己一意孤行地誤解、嫉妒。感覺有理說不清，還平白遭受這一番欺負，徐翰烈很是委屈。但在冤枉的同時，卻又有種奇妙的征服感——自己終於成為白尚熙平靜心湖唯一激起的波濤了。

氣喘吁吁的徐翰烈兩手捧住白尚熙的臉，像個抱住心愛娃娃不放的小孩，每根手指頭都在使力，把白尚熙光滑的臉龐按出指痕來。白尚熙有些訝異地俯視著他。

「唉……憑什麼要我放棄啊？」

徐翰烈露出極為憤恨的表情。乍聽之下難以理解他所指為何。白尚熙緩緩輪流看著他那雙充滿自己的眼睛，努力試著解讀他心中的想法。

「我為什麼非得在你和原本就屬於我的東西之間做出取捨，本來就都是我的！」

白尚熙仍然不太明白徐翰烈說的是什麼。不過聽了他這句話，倒是想起徐朱媛曾經的對話內容：

『如今爺爺也過世了，沒有人能再為翰烈遮風擋雨，他現在是四面楚歌的狀態。本來就因為身上的病被人逮住把柄了，如果這時再爆出奇怪的醜聞，你說他會落得怎樣的下場？你或許以為現在所有事情好像都朝著有益於你的方向在發展，所以自我感覺很良好，我告訴你，池建梧你的存在對翰烈來說就是個污點，是他人生當中不能被發現的一項瑕疵。你有聽懂我的意思嗎？』

並不是所有人都歡迎徐翰烈回到公司。去看徐宗烈就知道了。和他一樣會覬覦別人東西的那種人，總會選擇打擊抹黑或設圈套陷害對手的小人手段，而非提昇自己競爭力光明正大地爭取。因為那種方式相較之下簡單輕鬆得多。而白尚熙的存在之所以會成為徐翰烈的弱點、害他處境變危險，也是出於這個原因。

徐翰烈一直是個想要什麼都能入手的既得利益者。要他為了得到一樣東西而必須放棄原本的所有物，他是絕不會輕易接受這種情況的。

「不管是你，還是公司，通通都是屬於我的。」

徐翰烈將白尚熙臉龐握得更緊，小幅度搖頭，像是不願意放手、絕對不會放手一樣，拚命拽著他。兩人自然地額頭相碰，眷戀的鼻息交錯在一起。僅是聽他這樣講，白尚熙就能理解到徐翰烈這段期間一股腦地埋首衝刺工作，為的其實都是自己。他不可能聽不出來。

「我愛你。」

徐翰烈的告白似在感慨。白尚熙眼睛睜大了起來。太過震驚，以至於他的身體和思考迴路都瞬間凍結。徐翰烈總是用他的肢體語言或眼神來表達他熱切的愛意，從來不曾這樣親口承認過。

「我說我愛你，你這個臭傢伙。」

「……」

「你覺得我有可能隨便對別人說出這種話嗎？就非得要用說的才會懂？」

語氣憤慨的徐翰烈忽然整個人震了下，低頭往自己肚子方向看去。原來是把他肚子塞滿滿的性器突然動了動，遂在裡面噴射出某種大量的東西。分明戴了保險套，不明的液體卻填滿整個甬道，滿到都溢了出來。肚子裡和穴口不用說，就連床單都溼了一片。

「什麼啊、媽的……」

「呃、呃呃……唔、呃……」

白尚熙碩大的身軀整個僵硬，低低發出了呻吟。從他緊咬的牙關之間傳出軋軋的磨牙聲，下顎也頑強地繃緊了線條。

他的前額在徐翰烈肩膀上使勁磨蹭，對著泥濘的下體再多肏了兩三下。折騰了一番的性器激動搖晃柱體，將大量凝聚的快感渣滓一滴不剩地發洩殆盡。

「啊呃……嗚、靠，你真的是花樣很多耶，白尚熙。」

徐翰烈雖然嘴上不饒人，但還是奮力摟住他高潮時嚴重發顫的後背。白尚熙身體肉眼可見地膨起，粗壯的大腿肌肉搏動，敲打著徐翰烈的大腿內側。如氣球般脹大的胸肌無情擠壓在肺部上，因呼吸困難而嗚咽的徐翰烈耳邊，傳來近似嘆息的悶聲低吼。

徐翰烈感到吃力的當下還是交夾著雙腿，牢牢纏住白尚熙的腰，並且更用力圈住他脖子，對想要撤出的他說：「不要拔出去。」

一時間，臥室裡只聽得見兩人粗重的呼吸聲。隨著吸氣吐氣而上下起伏的身子黏糊糊相貼在一起，隨後才分開來。白尚熙的腦袋絲毫不忌諱地在徐翰烈汗溼的側頸蹭個不停，只要是嘴唇碰得到的地方，無論是肩膀、脖子、耳朵，還是臉頰、頭髮，他一概奉上親吻。

「哈，你說什麼？不要拋棄你？誰說我要放你走了？」

本來沒說話的徐翰烈陡然用一副不可理喻的語氣嘟囔了起來。還在不解是什麼能把性子那麼悠哉的白尚熙逼到這種地步，得知真相之後，他越想越覺得無言。

「說什麼結婚？像我的小孩？你到底是把我當成什麼人了……相親那種東西我老早就拒絕了，今天會去赴約也是為了見金融監督院的院長。你看到的那個女人，是對方私自安排刻意撮合的。為了以後不用再牽扯進那種事，為了不讓任何人干涉我，我做了多少努力……」

徐翰烈把背後的實情全部說出來，然後嘆了口氣抹著臉。不悅地瞪著白尚熙的目光也默默向下垂落。一臉不開心的他，繼續含糊不清地咕噥著類似獨白的話語。

「說白了，要是沒有你在我身邊，那我活著有什麼意義？一定要讓我把這麼沒出息的事全部解釋給你聽才行？平常觀察力不是很強嗎，為什麼偏偏這種事你不懂？」

白尚熙沉默地看著抱怨中的徐翰烈，伸手輕輕捧起他下巴，讓他不得不和自己對眼。畢竟直接親口說了「我愛你」，還被迫揭露自己一直想隱藏的心思，徐翰烈的臉色顯得有些害臊。

白尚熙俯首吻上徐翰烈額頭，接連溫柔吻他的眼皮、眼角、還有鼻梁和嘴唇。臉頰上的細毛在柔情的撫慰下豎立而起，熱烘烘的頸部也泛了一層小顆粒。

「對不起，是我不夠從容。感覺我不知道的事情變得越來越多，一時急昏了頭。」

白尚熙甜蜜地連連吻著徐翰烈，又說了好幾聲：「抱歉。」鋪天蓋地的親吻攻勢澆熄了徐翰烈的怒意，他突然主動上前，啄了白尚熙嘴巴一口。伸手撫摸著白尚熙依然留有手印的臉龐，徐翰烈抱怨道：

「白尚熙，我不想讓你變成我的弱點。」

「嗯，我也是。」

白尚熙覆上徐翰烈的手，抓過來將嘴唇埋進手心裡。他的嘴沿著掌紋一下一下地按在徐翰烈手上，愛憐地親了好一陣子。

「為了不成為你的弱點，希望對你來說能多少增加一些存在價值，我的野心日復一日地膨脹。姜室長還問我要不要緊，說我突然變了一個人，這樣子很奇怪之類的。」

參雜了玩笑成分的回答逗得徐翰烈「噗哧」出聲。白嫩嫩的肌膚閃耀著水光，配上一個略顯倦意的微笑，竟是漂亮得不得了。白尚熙原先急切的雙眼恢復了以往的平穩，落在徐翰烈身上的眼神盈滿了愛意與戀慕。

「你想守護的那些，不過是我想要繼續厚顏無恥占據你身旁位置所留下的痕跡。如果那會妨礙到你，那就乾脆清除掉吧。就算讓我回到過去一無所有的狀態，甚至陷進更慘的泥沼裡也無所謂。我說過了，從以前到現在，我想要的始終只有你而已。」

白尚熙追問著：「知道嗎？」一邊緩緩低下頭。正要直接吻住徐翰烈，徐翰烈卻忽然捏住他臉頰。超出預料的反應讓白尚熙雙目微微睜大。

「別笑死人了，憑什麼要我做選擇，那些我全都要。不管是你，還是原本就屬於我的東西，我一個都不會放過。」

徐翰烈一臉憤懣地信誓旦旦道。手足無措了幾秒的白尚熙，很快便露出拿他沒轍的神情笑了出來，並回了聲：「好。」徐翰烈當場揪住他衣領，粗魯覆上他的嘴。白尚熙嘴角微揚，溫順地回應這個充斥著疼痛的吻。

正如徐朱媛所說的，也許白尚熙這個人就是徐翰烈的污點之一沒錯。尤其是當他的名氣變得越來越響亮的同時，他也將成為對徐翰烈來說更加致命的弱點。

縱然如此，白尚熙並不願輕易退卻，也不想乖乖消失。見到徐翰烈為了把自己留在身邊孤軍奮鬥的模樣，雖然心疼難過，但他希望徐翰烈能繼續像現在這樣對自己貪心；他希望自己無論從前抑或現在，都能成為徐翰烈活下來的唯一理由、成為徐翰烈永遠選擇的那個對象。

他對徐翰烈的獨占欲就是如此蠻不講理。依戀，或是癡迷，難以定義為某個單一名稱的貪欲煎熬著白尚熙的心。他像是要對抗內心產生的那股飢渴，更用力地將徐翰烈擁緊在懷裡。

徐翰烈被小心地放入溫水嘩嘩流著的浴缸裡。身體剛碰到水，他就「啊」的痛叫一聲。經過一整夜摩擦與吮吸的皮膚，光是表面輕微接觸便刺痛不已。徐翰烈的身上確實變得斑駁不堪，幾乎找不到一處白皙完好的部分，到處遍布著如瘀青般的清晰齒痕。

「……該死的，全身關節都在痛。」

徐翰烈垂下頭看著自己身體碎念，也翻轉胳膊檢查特別灼痛的手臂內側肌膚。直接用雙眼確認過身上的慘狀之後，徐翰烈長嘆了一口氣。怨嘆完，他不忘瞪向了把別人搞成這副模樣、自己卻淡定自若的罪魁禍首。

「有必要把人咬成這樣？叫你幾聲小狗狗，你就真的以為自己變成狗了喔？」

「抱歉。」白尚熙跨進浴缸裡一邊道歉。他和徐翰烈面對著面，坐下時帶起滿池子的水激烈傾瀉，破碎的水花聲在耳邊搗亂了半晌。白尚熙的道歉之所以顯得輕浮，應該不單是因為他的話幾乎被水聲淹沒的關係。徐翰烈的腳踩上他胸口輕抵，向他抗議：

「你那張臉看起來一點都不覺得抱歉好嗎？所以是完全沒有要反省的意思？」

「確實是不怎麼感到抱歉。」

對方厚臉皮的回答讓徐翰烈發出傻眼的感嘆聲。白尚熙輕柔包握住徐翰烈清瘦的腳踝，疑惑歪頭，精緻的俊顏上掛著真心無辜的表情。那股特有的漫不經心屢次讓看著他的人感到挫敗。

「我從以前就一直不太能理解，所謂有誠意的道歉、發自內心的歉意，到底是什麼意思。」

「蛤？」

「一般來說，既然知道自己這樣做不對，明白這是事後需要道歉彌補的事情，應該一開始就不會做了吧？」

他慵懶摩挲著徐翰烈的腳踝踝骨周圍，開口狡辯道。徐翰烈一時氣結，咂嘴道：

「哈，你有沒有良心啊？一般人是打了人會因為愧疚只能縮著腿睡，你倒好，打了人還能伸腿呼呼大睡？你那叫做自我辯解，犯了錯卻說『我沒有別的選擇』、『我才是被害者，那個傢伙比我更壞』，是不是這樣？」

「是自我辯解沒錯。」

白尚熙乖乖承認，把嘴巴貼上徐翰烈的腳踝內側。他維持著動作，只轉動眼珠子覷著徐翰烈，繼續說道：

「我大概是這段時間承受了不少壓力，也無暇去思考太複雜的事情……發現你竟然背著我偷偷和女人見面，瞬間氣到什麼都不管了。」

「結論就是說，你把怒氣發洩在我身上就對了？」

「不是發洩怒氣，是排解負面情緒。」

白尚熙立刻更正徐翰烈的話。

「翰烈啊，我很傷心。」

聽到他吐露出真實心聲，徐翰烈不知所措地看著他。平常總是無從了解這個人的心思而為此感到煩悶，因為他永遠一副淡漠從容的樣子，不願把內在感情或想法表達出來，令人只能乾著急。這樣的白尚熙，頭一遭把自己的感受一五一十地說出口。

「我覺得很寂寞。」

白尚熙再次吐實，臉頰在徐翰烈腳背上揉蹭著。徐翰烈不由自主蜷縮了一下，膝蓋逕自繃緊，連下顎都起了雞皮疙瘩。睜圓的雙眼牢牢盯著白尚熙的臉，一瞬也沒有移開。

「我只盼望一件事，就是我和你能夠像空氣一樣，成為對方生命中不可或缺的存在，理所當然地待在彼此身邊。但那些我不了解的事、你不告訴我的事一樣樣地增加，讓我越來越茫然無助。」

白尚熙靜靜注視徐翰烈的眼，感覺他眼中透露著一種難以言喻的孤單和悲傷。應該是自己看錯了，徐翰烈心想。

「就算我想忽略那種心情，內心卻不禁感到怒火中燒。我一直在想那股憤怒的來由到底是什麼，結果……好像就是寂寞吧。」

對一個無欲無求的人來說，人生本來就沒什麼得失可言。既然無所失，自然也就毋須焦慮。過去的白尚熙就是這樣的人。

是故，白尚熙此生頭一遭對「徐翰烈」萌發的情感渴求，正是導致他產生不安情緒的唯一因素。

「以後覺得傷心寂寞你就直說，別拿宣洩情緒當藉口折磨人。」

徐翰烈一臉惱怒地喘著氣，還用被抓住的那條腿輕踢了白尚熙一腳。白尚熙不以為意，溫柔吻著他的腳背和踝骨周圍。

「狗狗也需要一點抒發的管道啊。主人明明說我是最好看的，卻一直把我冷落在一旁，我只好耍了點任性。」

白尚熙臉皮很厚地回嘴完，牙齒忽然咬上徐翰烈腳踝，也小口小口吸吮那層薄薄的皮膚。微弱又發癢的刺激使得徐翰烈白裡透紅的腳趾頭不時蜷起。

「唔……」

「不會說話的狗有什麼錯呢？錯的是那個把他丟在一旁不陪他玩的主人吧？」

「你喔，就只有在情勢不利的時候才會假裝自己是小狗啦，奸詐的狐狸。」

「我有嗎？」白尚熙佯裝無辜，一邊幫徐翰烈從腳踝處耐心按摩至小腿肚。他的手指在水中按壓著徐翰烈沒有半點贅肉的腳掌心，然後接連撫摸著膝蓋及大腿。

偏偏徐翰烈現在稍微動一下就全身痠痛，他已經好久沒有做到肌肉緊繃成這樣的地步了。白尚熙在徐翰烈結束休養後一直都很克制，做愛時一定會戴保險套，只要看到徐翰烈有些吃力的樣子就會馬上打退堂鼓。雖然性能力和需求異於常人的他能做到懸崖勒馬這一點，實在很了不起，但徐翰烈畢竟也是正值壯年期的成年男子，欲壑難填造成的不滿逐漸累積。

昨晚也因為家裡的保險套存貨不足而傷腦筋，還剛好發生在性事正如火如荼的階段。

『啊嗯、嗯、呃……快點、快……』

白尚熙已經硬得無以復加的性器不停在後穴口磨蹭著不進入，搞得徐翰烈心急如焚。徐翰烈索性拉過他大腿，自行將屁股往他重要部位頂，煽動他趕緊放進來。白尚熙深深擰眉，咬著牙，拚命地搖頭：

『不行，沒套子。』

『唔……沒差啦，哈呃、直接進來。』

『我幫你用吸的……』

『靠，都主動送到嘴邊了，還不吃是怎樣！』

徐翰烈煩躁地推倒白尚熙，騎到他身上去，完全不給白尚熙反應的餘地。屁股一沉，徐翰烈直接往他挺直的性器坐。始終堅持抗拒的白尚熙分身一下子受到強烈的緊絞，不禁仰頭從喉嚨深處發出呻吟。薄弱的理智被排山倒海的快感所擊敗，他的腰很快自己上頂了起來。射精的前一刻，徐翰烈兩手兩腳併用地牢牢箍住他不放，不讓他把性器拔出去。

『哈呃、嗯……呃、像我的小孩？你來讓我懷一個試試啊。』

徐翰烈用力含住他滾燙的耳尖，拉扯的同時竊聲私語著。

『白尚熙，我們的小孩如果能長得像你的話更好，一定會是個漂亮的孩子。』

一連下來的幾句悄悄話，聽得白尚熙埋在對方肚子裡的生殖器一鼓一鼓地抽動直跳。徐翰烈此後的記憶便有些模糊，只記得他們瘋狂地做，做到後來他連一根手指頭也抬不起來。

他正在稍微回想昨晚的情形，下方倏地傳來刺痛。往下一看，白尚熙分開他的膝蓋，手指正探進他腫到不行的後庭。大概是見到混濁的精液漏出來，擴散在清澈的溫水裡，白尚熙想幫他把留在體內的東西清乾淨。問題是穴口周圍的軟肉紅腫得嚴重，手一碰就痛。徐翰烈「啊」了一聲，扣住白尚熙手臂，匆匆併攏膝蓋。

「不要碰，還很痛。」

「裡面的東西要弄出來才行。」

「反正它自己會流出來，不然就是被身體吸收吧。」

徐翰烈無所謂地答著，腳伸向白尚熙身體中央。白尚熙的視線自然追隨他那條白皙的腿。徐翰烈用後腳跟碾壓那不同於夜晚的軟趴趴肉莖，腳底板踩著它搓揉玩弄。那玩意體積龐大，質感軟綿，感覺就像在揉麵團。

徐翰烈的頭稍微偏向一側，利用腳趾頭間隙輕捏性器，嘻嘻竊笑。白尚熙用手逮住他作亂的長腿，對著腳掌由下向上重重地舔。徐翰烈試圖拔腿逃離，但白尚熙扣住他整條腿，執意對他進行甜蜜的懲治。腳底實在太癢，徐翰烈忍不住大笑了起來。身體動來動去的關係，原本平靜的水面也開始晃動，就連水波引起的水花都令人發癢。

胡鬧了一場之後，徐翰烈下巴靠在浴缸邊緣懶洋洋地笑了，看起來一副筋疲力竭的模樣。

「是說你好久沒有射這麼多了呢，床單應該一片狼藉吧？」

「我看連床墊都得換了。」

徐翰烈垂下眼再次「噗」地笑了。靜靜望著他的白尚熙情不自禁，像流水般靠過來吻他的嘴。徐翰烈下意識先是一愣，隨後便任由白尚熙蜻蜓點水般碰著唇瓣，沒多久便扭頭主動回應起他的吻。受到水氣浸潤的嘴唇和舌頭吸吮起來有股淡薄的水味。

在和徐翰烈接吻的當下，抑或是結束後，白尚熙不斷地替他愛撫僵硬的脖頸和耳周。隨著緊繃的部位放鬆下來，徐翰烈滿足地呼了口氣，突然轉過頭親吻白尚熙的手掌心。

「還真是活得夠久才能見到這種事發生，不可一世的白尚熙居然也會吃醋。」

他開心地笑瞇了眼，並在白尚熙手上揉了揉赤紅的臉頰。冷不防想到了一個問題，徐翰烈開口問道：

「話說回來，你是怎麼知道要去那裡找我的？」

「這很重要嗎？」

「不然呢？因為涉及敏感資訊，我們在保密上下了很多功夫，結果卻被你破解闖入。回答我，是誰告訴你我去相親這種鬼話的？」

白尚熙僅是聳了下肩膀，看來是不打算老實招供。不曉得是單純不想透露情報來源，還是擔心洩漏出去的後果，又或者只是他鬧彆扭不想講。「嗯？快說啦。」徐翰烈溫聲催促，保證自己不會洩漏出去要他放心，不停地盧他。

「你以為你不說我就不知道嗎？是宗烈對吧？那種派對他是不可能缺席的。」

簡單推測完，徐翰烈「嘖」了一聲，不爽地咬著下唇琢磨著，小聲嚷嚷：

「但就算是這樣，他應該也不曉得詳細的時間地點啊，是怎麼知道的？難道他收買了安部長？就憑他那點能耐是怎麼辦到的？該不會是派人監視之類的吧。」

徐翰烈左右歪頭，做出各種推斷。一直看著他沒出聲的白尚熙終於開了口：

「我聽到你相親的消息，就跑去公司找你了。」

「你跑去找我？」

「不管那個消息是真是假，總之我就是不顧一切地想見到你。半路上也打了好多通電話。」

「啊……」

片段記憶驟然閃過腦海。剛從公司離開的時候，還有車子移動的期間，徐翰烈都有看到白尚熙的來電，只是當時眼前有要緊事要辦，才選擇忽略，刻意不接。他以為白尚熙那時還在慶功派對上，應該不是有急事要聯絡，等事情辦完再回電也不遲。

所以那時白尚熙就已經在公司附近了嗎？徐翰烈思忖著。他認為白尚熙沒必要知道自己工作或行程的細部內容，所以僅告訴對方說自己要加班。

可是說要工作的男友不但不接電話，大晚上的還從公司偷偷溜出去和女人見面，況且還聽到了他要相親的這個假消息，這種情況要不誤會也難。如果換成是自己，應該也會跟白尚熙一樣。或許會當場抓狂，直接把桌子掀了。

「所以，你就這樣偷偷摸摸跟在我背後，上演捉姦的戲碼？」

「算是吧。」

「……蛤？」

「怎麼，我這樣很噁心？」

徐翰烈否認，手指在白尚熙的胸溝上劃著。白尚熙的目光跟著他泛紅的指尖移動，又白又細的手指搔癢般逆向滑過豐厚胸肌之間的溝壑，觸摸著筆直的鎖骨。

「原來白尚熙現在也會做出這麼可愛的事情來啊……」

眼神帶著陶醉之意的徐翰烈勾起單邊嘴角。白尚熙老實承認自己在吃醋的時候，徐翰烈的反應就不太正常了，現在更是因為白尚熙誤會並暗中跟蹤自己而興奮竊喜。

見到他這種異常的態度，白尚熙無可奈何地笑了出來。每當他斂下眼眸輕笑的時候，就會讓徐翰烈升起一種沒來由的衝動。這回他也沒忍住，瞬間伸出雙臂抱住白尚熙脖子，坐上他大腿，讓彼此的唇瓣相銜。

凶猛的舌撬開嘴唇闖入，和白尚熙的相撞在一起，嘴裡不可避免地感受到一陣刺痛。也許一個人的個性就連在接吻時也無所遁形。白尚熙在心中暗自發笑，自動傾斜身體幫助徐翰烈坐在自己身上，兩手也牢靠地托著後腰，將他摟住。

徐翰烈猛烈地與他舌吻，直到下巴開始發痠才斷斷續續發出喘息，嘴唇依依不捨地又貼了一下才分開。他的兩隻手輕輕包覆住白尚熙的臉，不停撫弄著這張面龐。

「哈啊……其他人都虎視眈眈地盯著我，我隨時可能掛掉的事他們都一清二楚，所以應該都在等待著下一次機會到來吧。」

「那些人真過分。」

「這也不是第一天的事了，四面八方隨時都在試探著要奪取我的東西，我怎麼能夠坐視不管，必須好好宣示主權，表明說這是我的所有物，讓那些人不敢隨便覬覦。要是有哪個傢伙敢再來胡說八道亂說話，我就把他修理一頓，要他罩子給我放亮點。」

徐翰烈一邊甜滋滋地熱吻著，還一邊肆無忌憚地放狠話。白尚熙聽了忍不住搖頭，再次失笑，惹得徐翰烈羞惱地詢問：「你笑什麼？」白尚熙重新把他摟抱住，仰頭定定看著他。他們肚子和胸膛互相貼著彼此，就這樣溫情對視了許久。徐翰烈敢打包票，就算是面對剛出生的寶寶，他也不會露出此刻這般憐愛的眼神。

「知道了，以後別那麼急躁，不要什麼事都想自己一個人處理，好不好？」

白尚熙邊問邊在他胳膊上輕微磨蹭著臉龐。徐翰烈繃著臉，勉為其難點頭答應。接著突然往白尚熙肩膀撾了一下，幾乎等於是威脅地叮囑道：

「你可別到時候才反悔。你要是怕得想從我身邊逃走，我是絕對不會放過你的。」

「嗯，泥沼也好，牢籠也好，地獄也罷，我會跟著你到天涯海角。」

白尚熙順從地起誓，像在夢囈一般，又補充一句：

「不過，有你的地方又怎麼會是地獄呢？」

「少拍馬屁了。」

徐翰烈不以為然地翻了個白眼，主動湊前親了一下他的嘴。隨後兩人便不約而同地啾、啾、啾，規律地互相碰著嘴，兩具身子徐徐交纏在一起。他們互相拉扯擁抱的動作極為自然流暢，卻能從中感受到某種迫切的意味。

不久，充滿溼氣的浴室裡響起水流穩定沖刷的嘩啦啦聲。結合為一體的兩個人酣暢淋漓地交合，流瀉出香甜的呻吟。那模樣宛如大草原上的獵食者在享受著閒適的休憩時光，浸溺在無與倫比的舒心感之中，連空氣和呼吸全都沾染上了甜味。

02

The Fast Break

快到上班打卡的時間，辦公大樓的管制閘門前排起了長隊。十二部電梯一刻不停地上下升降，還是難以解決一樓大廳壅塞的人潮。少數幾名員工開始衝向緊急逃生梯以避免遲到，但那也屬於低樓層部門才能獨享的特權。

一臉無聊地排隊等待的職員之中，可以看到一對特別年輕的男女，他們是不久之前剛進公司的實習生。兩個人不停看著手錶和電梯顯示的樓層數，急得直跺腳。等待的電梯很快來到，鬆了一口氣的兩人尾隨著前方的職員們快步前進，沒想到才剛進電梯就出現超載的提示。他們只好又退了出來，隨便按下旁邊的上樓鍵，焦急等待著其他電梯的到來。

就在快要遲到的絕望感降臨之際，最內側的電梯終於亮起上樓燈，喜出望外的兩人連忙朝那部電梯奔去。一股不太對勁的直覺讓他們倆轉身向後看，一樣在等電梯的其他職員們都留在原地，沒有一個人有動作。兩人面面相覷，歪著頭不明白為什麼。

但是九點鐘的提示音已響，他們顧不得細究，爭先恐後地衝進電梯裡。抬頭定睛一看，兩人皆渾身一震——電梯裡的人竟然是徐翰烈。顯然他們是搭到了管理者專用的電梯了。

「啊，很抱歉。」

兩人慌慌張張道歉完就往後退，退到電梯外時才趕緊鞠了個躬。徐翰烈盯著他們兩個，忽地開口：

「不進來嗎？」

「咦？」

「你們沒有搭上這班電梯的話，鐵定遲到的。」

徐翰烈抬手看著手錶，嘴裡喃喃道。兩個實習生再度相對望，也偷瞄了一眼楊祕書的表情。

「呃，雖然是這樣沒錯……」

「我們搭下一班電梯就好，您先上去吧。」

僅僅猶豫了片刻，實習生們便開口謝絕了徐翰烈的提議。徐翰烈一臉無法理解地環視著電梯內部，動作極為刻意。

「為什麼要躲那麼遠？這裡面又沒有什麼洪水猛獸。」

「什麼？啊，不是的，不是那個意思……」

「不然是什麼，因為不能和高階主管共乘電梯的不成文規定？」

「呃，那個……」

「你們來公司實習，就是為了學這些沒用的東西？」

實習生們當場愣在原地，支支吾吾說不出話。大廳這裡總共有十 一部電梯，其中兩臺是高層專用。當然，碰到非常繁忙或特殊情況時也是有例外的。雖然此刻情況屬於前者，但找不到幾個職員能夠神經大條到敢和代表級的主管共乘一臺電梯。當然也沒有主管會邀一般職員一起搭乘。

「短暫的尷尬也總比遲到來得好吧？」

徐翰烈用他的招牌冷諷語調挖苦著進退兩難的實習生們。兩人交換了幾個為難的眼神，最後心一橫，閉著眼走進電梯裡，也齊齊朝向徐翰烈再度彎腰行禮。大廳裡的其他職員們就像在目送一艘註定遇難沉沒的船，但他們的眼神迅速消失在緊密關上的門縫中。

電梯裡安靜得過分。沒有人敢隨便動作，連呼吸聲都盡可能壓到最小。身為一名高階主管，照理來說應該要主動詢問兩人的職位或所屬部門、負責的業務、工作上的困難這類問題。再不行，至少也可以試著聊聊今天的天氣等比較輕鬆的話題。

然而徐翰烈卻是心不在焉地看著電梯內部的螢幕，始終一言不發，臉上更是沒什麼表情。感覺電梯裡的氣氛因此越來越緊繃，似乎比待在水裡還要令人窒息。

不確定過了多久，突然響起一陣手機震動聲。實習生們緊張到在聽見聲響的同時肩膀跟著一抖。即便知道通話內容會被這兩人聽見，徐翰烈仍是不甚在意地接起來電。

「嗯，當然在公司啊。你沒看時間喔？」

冷冰冰的語氣與剛剛和實習生對話的時候沒什麼兩樣，面無表情的臉龐同樣沒太大變化。儘管如此，周遭的空氣卻好像莫名變得飄飄然，就像原本尖銳的空氣粒子瞬間圓潤了起來。但這只是一種微妙的感覺，並不確定這種變化是否屬實。

「你睡得好好的我幹嘛要叫你，你不是凌晨才回來的嘛？今天也是從下午開始就要忙一整天了吧？」

仿若從哪裡吹來了一陣蕩漾的清風。實際上身處在這座四面封閉的電梯裡，是不可能有風吹進來的。

「你是三歲小孩喔？起來沒看到人的話，當然是上班去了啊。」

就連責罵對方的話語都滿溢著甜膩的氛圍，聽得實習生們後腦杓平白無故出了汗。兩人死命地盯著牆上的螢幕，盡可能分散被徐翰烈通話內容吸走的注意力。他們此刻的唯一願望就是希望電梯能快點抵達辦公室，最好是越快越好。

「……少不正經了。」

徐翰烈輕笑一聲，嗔罵他的通話對象。不久前那冰冷的姿態已消失無蹤，從電梯門板反射出來的臉乍見竟充滿笑意。實習生懷疑自己是否一時眼花，很想轉頭去確認，可惜終究沒那個膽子，四顆眼珠子沒有目標地到處亂轉。

電梯終於停下。兩個實習生連忙走出去，不忘朝著徐翰烈恭敬道別。徐翰烈的手機仍然貼在耳朵上，只對他們點了點頭。當門慢慢關上時，他繼續通話。只見他撇向側邊的臉上不可思議地出現一抹開朗燦笑。儘管兩人是在電梯門扇闔上的前一刻親眼看見的，還是覺得不敢相信。

他們維持著鞠躬的動作，就這樣望著緊閉的電梯門，過了好半晌才直起腰來。臉上依舊掛著迷迷糊糊的表情。

「……本部長結婚了嗎？」

「應該還是未婚吧？」

「那就是……他的戀人囉？」

「是吧？我還是頭一次看到本部長的笑臉耶。」

「廢話，我們之前根本沒見過本部長本人啊。」

「不是，因為我常去搜他刊登在新聞上的照片，不管是在哪裡被拍到，他永遠都是一號表情，看不到他笑的樣子啊。」

默默聽著的實習生同事歪了歪頭：

「妳去搜他的照片？智珉小姐為什麼要搜本部長的照片？」

「啊，因為本部長是我哥的好友、不對，算是好兄弟？」

「蛤？智珉小姐的哥哥跟本部長是好朋友？」

倉促之下的回答讓同事露出更為困惑的表情。這時才發現說錯話的實習生趕緊擺手糾正說法：

「不是啦，不是我親哥哥，就只是個認識的人。透過好幾層關係才認識的一個哥哥啦！欸，我們別在這裡聊天了，趕快走吧，要遲到了！」

恰在這時，從辦公室走出來的實習生導師發現他們，詢問他們在那裡做什麼。兩名實習生如同合唱似的向導師齊聲問好，趕忙進了辦公室。

「本部長您好。」

徐翰烈一進祕書室，李祕書便從座位起身有禮地頷首。平常總是直接從她面前經過的徐翰烈今天卻回了句「早安」，嗓音和語調隱約有種輕快感。兩位祕書瞬間交換了一個意外的眼神。

一路跟進本部長辦公室的楊祕書安靜地觀察了下徐翰烈的神色。是因為剛剛跟白尚熙通電話的關係嗎？徐翰烈的心情看起來非常愉悅。是他沒有完全表現出來而已，其實從白尚熙的公寓接他上車的時候，就已經是現在這種狀態了。

徐翰烈馬上察覺到楊祕書盯著自己的眼神。

「幹嘛那樣看我？」

「您今天看起來狀態特別好。不曉得是不是發生了什麼開心的事？」

「看起來很好嗎？」

連反問時的語氣都是輕飄飄的。

「不好起來不行啊。」

徐翰烈嘀咕了句讓人聽不懂的自言自語，感覺像是他給自己的一個提醒。

短短幾天發生了什麼事？與金融監督院院長的單獨會面變成了烏龍相親，徐翰烈應該很不爽才對。也不知道白尚熙是怎麼發現的，連他都闖進去攪和，搞到當時兩人都在情緒激動的狀態下離開了餐廳。在那之後肯定是大吵了一架。楊祕書整個週末都聯絡不上徐翰烈，就連白尚熙也沒消沒息，他為此簡直擔心得半死。

幸好看徐翰烈此時散發的氛圍，兩人大概已經解開了誤會。現在問題是在至今仍持續沒有回應的金融監督院院長那邊。對方並無預期中擔憂的那樣強烈抗議或表示出不滿的跡象，但也沒有為擅自安排相親之舉提出道歉或任何說明。

「對了，朴成近副社長來了嗎？」

楊祕書正在琢磨著那天的事，徐翰烈忽然這麼一問。本部長找朴副社長又是為了什麼事？

「我現在馬上去確認。」

「嗯，如果有在位子上的話，跟他說我想跟他談一下。」

朴副社長的派系是徐翰烈一當上代表就會立即清算的勢力，兩邊已成了水火不容的關係。現在光是專注於當前待解決的事務就快要分身乏術了，這種時候約朴副社長見面究竟是想進行何種談判？楊祕書雖然心生納悶，但還是默默應聲說他知道了。

「……」

眼皮緩緩掀起，倏然開闊的視野裡出現熟悉的天花板。大概是已經天亮的緣故，四周一片明亮。

「嗯……」白尚熙疲倦地吐了口氣，翻過身。他習慣性伸手往旁邊一攬，卻什麼都沒有撈到。閉著眼摸索了一陣，隔壁空無一人。他稍微抬起頭確認房外有沒有動靜聲，結果一樣半點聲音都沒聽見。

他拿起桌上的手機，時間已接近上午九點。徐翰烈通常這時候早就出門上班了。看來自己睡得太死，連他走了都不曉得。對方不時在自己頭髮上撫摸、揉著耳朵的觸感還清晰地留在身上，也還記得自己在睡夢中將那隻手拉過來，連連親吻手腕內側與手掌。難道這一切都是夢嗎？

放在床頭的枕頭明顯有人倚靠過的痕跡。白尚熙一把抓起凹陷的枕頭，毫不猶豫地把臉埋了進去。淺淺淡淡的，但上面確實有徐翰烈的味道。白尚熙臉貼著柔軟蓬鬆的枕頭，放肆地搓揉，不由得發出了滿足的呻吟。他沒睡多久，腦部還很昏沉，身子有如灌了鉛一樣，嘴角卻抑制不住地向上翹——世上再沒有比當時更接近天堂的快樂了。

昨晚他到凌晨深夜才回家。《以眼還眼》和《人鬼：The Revival》接連殺青之後，他沒什麼喘氣的時間，隨即又投入代言廣告和畫報、品牌活動等緊鑼密鼓的行程。公司還安排他上方言課，為即將開拍的《Spotlight》做準備。由於他在這部新戲裡扮演的「永軾」過去曾是一名北韓革命戰士，將體脂率降到個位數的運動訓練也是不可或缺的。年底甚至還會以韓國為起點，進行亞洲巡迴粉絲見面會，真的是忙到有幾個分身都不夠用。

徐翰烈也依然忙於公司的事務，因此他們必須忍受一整天只剩下夜晚能共睡一床，珍惜清醒時短暫的交談時間。

『別不知足了。』

每當白尚熙抱怨這件事時，徐翰烈總是沒好氣地斥責，但也會不停用手摸著他的臉龐和頭髮予以安撫。白尚熙在腦中回想他臉臭臭的模樣，忍不住輕笑了一聲，然後用快要把徐翰烈枕頭擠爆的力氣，緊緊抱了一下才放開。懶散耍廢的身體一下子從床上翻坐而起。他並沒有刻意出力，但全身的肌肉還是微微抽動著。

白尚熙以裸裎的狀態走出臥室，隨意地撥著一頭散亂的髮絲朝廚房走去。下意識搔抓的寬闊背上全是指甲留下的模糊抓痕。不過與之前相比，這種程度不過是在抓癢而已。

前不久，徐翰烈某天聚精會神地瞅著站在烹飪臺前的白尚熙。意識到他的視線，白尚熙問他怎麼了，徐翰烈搖了搖頭表示沒什麼。但等白尚熙再度專心準備餐點，他又繼續投來直勾勾的視線，兩道目光鎖定著白尚熙的背。白尚熙洗澡時照了下鏡子，總算知道了原因，也終於明白為何徐翰烈吃飯時會時不時低頭偷覷著自己的指甲。

明明被折磨一整晚、叫到好像快要不行的人是他，卻會為了這種小事在意，白尚熙覺得他未免也太可愛，當場衝出浴室一把將他緊抱，親他親到心滿意足才停下來。

在那之後，白尚熙某次偶然注意到徐翰烈的手指甲被修剪得很短，裡面粉紅色的柔軟指肉都露了出來。他輕輕撫過那率先碰到皮膚而非指甲的指尖，陌生的感覺讓徐翰烈蹙起了眉頭，宛如要藏起令他害羞的東西一樣，想暗中抽回被握住的手。

白尚熙重新抓住他，對著每一根手指頭盡情舔拭及嘬吸，被吸得發紅的指節前端全都被口水泡得皺巴巴的。徐翰烈擺出一副不悅的神情，張嘴往白尚熙鼻尖咬下去。白尚熙笑著想要吻徐翰烈的嘴，徐翰烈向後躲開，在他臉頰上又啃了一口，才心甘情願地與他接吻。

即使是從冰箱拿出礦泉水的短短瞬間，自然浮現的這些片段不自覺地軟化了白尚熙的嘴角。此刻身處的廚房、客廳、浴室，或臥室、玄關，甚至是更衣室，整個空間與家中的每一樣物品，都承載著他和徐翰烈的回憶。由於滿屋子都是徐翰烈的香氣和痕跡，導致白尚熙時常沒發現擴香瓶早已用罄。從今往後，兩人將會更加相愛，還會有更多歡笑的時刻在等著他們。

臉上一直掛著傻笑的白尚熙正要喝水，因嘴唇碰到瓶蓋而頓了一下。顧著沉溺在甜蜜的回想裡，竟連礦泉水的瓶蓋都忘了轉開。他搖搖頭，自嘲地笑了出來。每當感覺自己幸福過了頭、忍不住憧憬著更美好的未來，或是反覆體會到此種情境時，他總會心癢得無可救藥。

白尚熙過了半晌才開始喝水，邊喝邊看著對面牆上掛著的那幅畫。曾經讓他感到陰沉憂鬱的作品，今天看了卻有些不同的感觸。第一次接觸這幅畫時，他只注意到那占據整張作品的灰暗色調，但現在，吸引他視線的反而是形成對比的鮮艷色彩。會有這種差別，似乎不單單因為現在是早上，光線特別充足的緣故。

先前誤會盡數冰釋，兩人一起迎接日光的那個早晨，他曾佇立在這幅畫前。不知何時醒來的徐翰烈走近他身後，額頭靠上他的肩膀。白尚熙溫柔拉過他手臂，將白皙的胴體鎖在自己懷裡，唇瓣在對方高溫的後頸與耳際糾纏了好半晌。

『這幅畫哪裡吸引你？』

鼻梁搔癢般摩擦著徐翰烈的耳朵後方，白尚熙開口問道。徐翰烈這時整個人已經完全靠在白尚熙身上，因此當他側頭過來反問的剎那，直接與白尚熙臉貼臉蹭了一下。

『怎麼，你不喜歡嗎？』

『我沒有欣賞畫作的眼光。』

『哪需要什麼眼光，一塊黏土和一個箱子拿來擺在一起，都可以稱為是藝術品了。』

徐翰烈微微聳肩，目光回到那幅畫作。

『就只是去姑姑的美術館瀏覽了一圈，特別被這幅畫吸引罷了。』

徐翰烈接著簡單轉述從姑姑那裡聽來的畫家背景故事，白尚熙沒說話地傾聽著，聽完伸出雙手使力摟住了徐翰烈。徐翰烈雖然抱怨著「什麼啦」，卻沒有推開這個令人窒息的擁抱。

『畫還真是神奇。』

『怎麼，知道了背後的故事，現在看起來頗像一回事了？』

『那個我不懂，不過了解那些背景之後，確實生出許多感受。總覺得有點心酸、令人惋惜，同時也想要給他支持鼓勵。』

『因為和某人的故事很相像的關係？』

『不是。』

白尚熙托起徐翰烈的手掌讓他張開然後握住。接著他輕輕摸著那些泛紅的指尖，繼續把話說完：

『我們的畫好像需要更多明亮的顏色呢……例如粉紅色之類的。』

說著，白尚熙的手在徐翰烈胸部上搔抓，突然的襲擊讓徐翰烈發出開懷的笑聲來。

白尚熙憶起當時情景，臉上漾起一個無聲的笑。他忽然很想聽到徐翰烈的聲音，就算是一下下也好。他沒有花太多時間考慮，就決定要付諸行動實現這個願望。

白尚熙隨即撥電話給徐翰烈，一邊打開了冰箱。猶豫了一下吃什麼好，最後拿出一盒香草冰淇淋。在他用嘴巴咬開蓋子的時候，回鈴音停了下來。

「嗯。」

「你在哪裡？」

「當然在公司啊。你沒看時間喔？」

「出門前怎麼不叫我。」

「你睡得好好的我幹嘛要叫你，你不是凌晨才回來的嘛？今天也是，從下午開始就要忙一整天了對吧？」

不管說什麼仍舊是這種凶巴巴的語氣，但其中偷偷暗藏著給對方的愛意和體貼關心。一旦明白這就是徐翰烈的表達方式以後，他的每一句話白尚熙都覺得可愛無比。

「至少可以跟我說一聲拜拜啊，明知道我起來後會找不到人。」

「你是三歲小孩喔？起來沒看到人的話，當然是上班去了啊。」

「我睡覺的時候還夢到你了，雖然知道是在做夢，但一想到反正睜開眼就能抱到人，就不覺得夢醒了很可惜。沒想到真的醒來時你卻不在身邊，你知道那失落感有多重嗎？」

「……少不正經了。」

白尚熙每次說一些肉麻話逗他，總會在延遲幾秒後得到他的一聲斥責。他完全可以想像徐翰烈現在會是什麼樣的表情，沒辦法親眼目睹還是有些遺憾。看來姜室長所言不假，他的病情確實是滿嚴重的。

「至少讓我聽聽你的聲音，比較不會那麼難過。」

「越來越會撒嬌了，以為自己這樣很可愛啊？」

「我愛你。」

「……無話可說的時候就只會這一句是吧？」

「我嗎？才不是這樣。」

「臉皮還這麼厚。」

「我這叫誠實坦率，憋在心裡或是拖延沒有任何好處。」

「您說得是。」

「翰烈啊，我愛你。」

「唉……」

沒有停歇的告白硬是要逼徐翰烈給出一個回答。擺在平常的話，徐翰烈頂多敷衍地「嗯」一聲，然後就會拿工作當藉口逃避。但是不曉得怎麼回事，他今天卻只是靜靜屏住呼吸，製造出一小段停頓。彷彿被誰推了一把，他用細若蚊蚋的聲音囁嚅：

「……我也是。」

「嗯？你也怎樣？」

「嘖，我也愛你啦！」

白尚熙裝聾作啞，刺激得徐翰烈不耐煩地吼完他就秒掛電話。天底下有哪個人說我愛你會這麼凶的？白尚熙情不自禁地傻笑了出來。已融化的冰淇淋沾在他手上不斷往胸口滴，搞得黏答答的，他卻無暇清理，站在原地笑了好久。

以後不用再繼續追問了。他已經曉得，哪怕是半刻鐘，他們對彼此的心意也不曾有過分歧。光是此一事實得到確認，就讓他心中產生了無窮無盡的餘裕。

他感覺此刻的自己無所不能，心中充滿了愉悅的預感，好像不管遇到什麼事，他都能迎刃而解。

徐翰烈不請自來地闖進副社長的祕書室。楊祕書雖然替他傳達了見面的意向，但得到的回覆卻是對方現在正在忙，會找時機再聯絡。副社長的祕書們停下手邊的事，先是露出一臉的迷惘，然後才手忙腳亂地起身向徐翰烈行禮。早在他們接到徐翰烈說要見面的聯絡，並且副社長無緣無故提出拒絕的那時起，就已經能預料到這一幕的發生。

「本部長您好，請問有什麼事嗎？」

「人在裡面吧？通知他說我來了。」

「咦？冒昧請問一下，您是否有預約呢？」

徐翰烈笑了，事實上是個勉強抬起嘴角的假笑。祕書們微微縮起肩膀，很是緊張。

「就只是公司內部蓋個印章而已，這樣也要預約？」

徐翰烈完全沒有要放棄的意思，往辦公室撇了下頭要祕書傳話，還默不作聲瞪著緊閉的門扉。無可奈何之下，祕書當中的其中一位只好按下內線呼叫。副社長人明明就在裡面，卻隔了好半晌才接起電話。

「副社長，徐翰烈本部長來了。」

話筒另一端的副社長立刻回了句什麼，可以聽見他趾高氣昂的聲音隔著門斷斷續續傳了出來。他究竟劈里啪啦地說了些什麼並不難猜。祕書用一臉為難的表情兩手握住了話筒的上下兩端。

「詳細的情形不太清楚，聽說是需要您蓋個章……」

祕書越說越小聲，一邊偷瞄著徐翰烈的臉色。他試圖轉述副社長的話，卻怎麼樣都開不了口。冷冷看著那扇門的徐翰烈忽然邁開大步走向前，祕書們根本來不及攔阻，他已經直接闖了進去。

「搞什麼啊！」正自己一個在練習推桿動作的副社長勃然大怒。跟在徐翰烈後方的祕書不停地低頭道歉。

「您既然在辦公室，為什麼要這樣為難下屬們？是打算躲我躲到什麼時候？」

徐翰烈毫不客氣地走到沙發坐下，對站在門邊躑躅的祕書交代說用不著準備茶水。見對方不斷顧慮副社長和自己的臉色，他便往門外抬了抬下巴，讓對方出去。不爽地瞪著徐翰烈的朴成近於是撇頭示意自己的祕書離開。

「請來這邊坐吧。」

徐翰烈立刻建議他坐下。這裡明明是朴成近自己的辦公室，一時卻有種被反客為主的感覺。

徐翰烈對朴成近充滿敵意的目光渾然不在意，把帶來的文件放在沙發桌上敲了兩下，要對方過來瞧瞧。朴成近的臉明顯漲成了豬肝色，恨恨咬著嘴唇強壓怒火，堅持不肯跨出一步。徐翰烈嗤笑，預先下了最後通牒：

「這次過後，我再也不會來拜訪副社長了。所以您要不要先聽聽看這對您來說是利還是弊，聽完再作判斷如何？」

朴成近哼了一聲，原本堅持不動，但半晌後還是走過來就座。顯然是想看看徐翰烈到底有什麼多了不起的主意。

「好吧，有何貴幹？徐本部長竟然會想見我？」

「有件事想跟您商量。」

「好好一個聰明的年輕人，跟一個失勢的老頭子是能商量什麼？」

對方不出所料地回予嘲諷。「就是說啊。」徐翰烈無所謂地笑笑：

「或許您已經有耳聞，不久前我和人壽保險協會會長以及金融監督院院長見了一面，也在那場聚會中見到其他競爭公司的代表們。聽說定期舉行那樣的餐聚，是為了促進人壽保險圈的互助與和諧？但我又還沒當上公司代表，而且我們公司還有副社長在，我當時就說，我怎麼好意思越俎代庖呢。聽說在這之前，一直是由副社長代替具代表在出席參加這類聚會的。」

「所以咧？」

「結果在場那些人都說，反正我馬上就會成為日迅人壽的主人了，哪有什麼差別，藉機會提前和大夥打聲招呼，熟悉一下也很好啊。」

「你說這些話的用意是什麼？難道是想跟我炫耀嗎？」

「怎麼可能。」

徐翰烈擠出一個虛假的微笑來。朴成近的臉色變得更加不悅。

「您不覺得難過嗎？竟然被自己苦心經營了一輩子的應酬聚會剔除在外。」

「又不是不懂事的小毛頭，哪有這麼多事好難過。我還要感謝我們徐本部長為我分擔辛勞呢。」

「您是說真的？」

徐翰烈斜揚起單側嘴角，背部慢慢後靠。他雙手抱胸，審視般地打量著朴成近。朴成近沒辦法承受那道揶揄的目光太久。

「本部長要笑到什麼時候？您這樣的大忙人應該不是特地跑來查看我心情如何的吧？」

「是啊，再待下去也只會害心情變得更糟而已，我就簡單說一下重點吧。」

徐翰烈爽快點點頭，接著轉達了一個出人意表的消息：

「金融監督院院長威脅說要對我們公司進行綜合稽查。」

「什麼？綜合稽查？」

朴成近的臉部肌肉因突如其來的通知而瞬間鬆開，表情有如遭到雷擊。他也一直在暗中注意著徐翰烈的動向，不可能不清楚徐翰烈為了改善公司架構正在籌備什麼樣的專案，以及相關工作進度的現況。甚至可能早已察覺，或者至少猜測到徐翰烈對院長等關係人士遊說的事實。

韓國人自古以來便是個禮尚往來的民族，無論是報恩還是報仇都一樣講求等價交換的原則。假如院長真的接受了徐翰烈的政治獻金或招待，照理說預定的綜合稽查應該會被延後才對。結果遊說的交換條件反倒是要接受稽查，朴成近不禁對個中緣由感到好奇不已。

徐翰烈不以為意地聳了下肩。

「也不是什麼大事，就是對方想要的和我能提供的東西不一樣罷了。他們比想像中要來得利欲薰心呢。」

「哈？難道不是本部長又恣意貿然行事了嗎？擺出一副自以為是的樣子，在外面到底都是怎麼辦事情的？」

「沒必要對我發火，被擺了一道的人是我。」

朴成近皺起眉頭，露出難以理解的表情。得罪人的是金融監督院院長，卻演變成日迅要接受綜合稽查這種不利的情況，怎會有這種荒唐事？而且還是挑在業務擴張繁忙之際，無非是想要故意找麻煩。

「對方突然想跟我聯姻。」

朴成近因徐翰烈補充的這句話而愣住，他出神了好一會，什麼話也沒說，似乎是忙著在腦中打著算盤。他也知道院長與總統候選人的姻親關係。既然徐翰烈惹惱了對方，代表他已經拒絕了那門婚事，想必是嚴重傷到了對方的自尊心，藉綜合稽查之名行報復之實也是有可能的。

朴成近深深大嘆一口氣，抹了把臉。

「為何一副好像世界末日的樣子？」

「徐本部長，你是真不懂還是假不懂？有哪間公司沒有做過假帳，莫非你真的不曉得企業們為什麼要這麼害怕稅務調查或綜合稽查？」

「往好處想的話，趁著這個機會，讓公司渙散的氛圍煥然一新，好好撣掉那些雜亂的灰塵。不是只有口頭上整天喊著要革新，而是要讓公司徹底重組，真正脫胎換骨才對嗎？」

「問題可沒你說得那麼簡單。」

朴成近變得鬱悶起來。在這種情況下，掌控公司的計畫可能會被打亂。然而徐翰烈卻看起來一點都不緊張，用他一貫游刃有餘的姿態說著別人聽不懂的話。

「何必要拿還沒發生的事來自尋煩惱？對方假如還懂得尊重、知道羞恥的話，應該沒有必要在大選前還用這種小動作私下陷害我們吧。我的意思是，對於無可預料的事，只能我們自己先做好防範工作了。」

「唉，到底是哪來的自信讓你這樣老神在在的……」

「我不是老神在在，是告訴您說現在杞人憂天也改變不了什麼。對方是否有意要和我們槓上目前無從得知，所以只能先做好萬全的準備。只要準備好萬全的對策，就沒有畏懼的理由了，不是嗎？」

徐翰烈向他尋求認同。朴成近沒回話，只是一臉的憂愁。前任會長的年輕繼承人想讓公司改頭換面而到處亂闖，終究還是闖出了禍來。不知該如何解決這個問題才好，他一想就頭疼。

一派輕鬆的徐翰烈還語帶調侃道：

「話說回來，從副社長的反應看來，您跟他們應該是沒有什麼關聯囉？」

「啥？你這人是把我當成什麼了！」

「我這難道不是合理的懷疑嗎？此刻最想扳倒我的人應該就是副社長了吧，啊，還是我和閔議員真的結為親家的話，會讓您更加眼紅？」

「我說你啊，徐本部長！」

「是看副社長剛才表情太過嚴肅，所以我開個玩笑，轉換一下氣氛。」

「現在還有辦法開玩笑是嗎？哈！也罷，我跟你還有什麼話好說的，也不知道你到底是想把這個公司搞成什麼樣子。」

朴成近不敢領教似的搖頭咂嘴。徐翰烈臉上仍是見不到半點反省之意，繼續笑道：

「既然您不喜歡開玩笑，那我就說得直截了當一些——請幫忙做好應付綜合稽查的準備，畢竟副社長比我更了解公司之前的情況。而且，既然您能在我們會長大人的鐵腕之下安然倖存，私生活怎樣我是不曉得，但我想您應該是沒有動過公司的錢。」

朴成近驚愕地倒抽了口氣：

「憑什麼要我幫徐本部長收拾殘局啊？」

「反正您就算什麼都不做，到了明年也差不多就要離開這個位子了，不想就這樣退休的話，至少也該嘗試一下最後的掙扎吧？」

「你說什麼？」

「再繼續講下去也只是浪費時間而已，不如就乖乖配合怎麼樣？外界都已經在計劃著要對我們公司出手了，要是連副社長都不肯配合，我會覺得很遺憾，有點忍不住想把『前官禮遇』這類的制度通通撤銷掉呢。」

聽了這番隱晦的威脅，朴成近感到不可置信。他用鄙夷的眼神看著徐翰烈，好像覺得他很可笑：

「年輕小伙子沒什麼社會經驗所以我看你是不懂啊。你在院長面前也是如此放肆嗎？對上級有事相求，身段就要放低一點，不能用這麼高傲自負的態度，還有要為先前的無禮言行向我致歉。」

「有事相求？您覺得我是在拜託您嗎？我是來跟您做交易的。」

「交易？」

「是的，交易。要說服您為我做事，我怎麼可能只出一張嘴呢。畢竟，已故的徐會長當初會如此看重您肯定是有原因的，所以我還是想給您一次表現的機會。」

「哈……」朴成近一邊哀嘆一邊搖頭。過於荒唐的情況接連發生，他甚至已經失去了回話的意願。徐翰烈也不在乎，用下巴指了下他帶來的那份文件。正在氣頭上的朴成近只是盯著看，沒有做出任何行動。徐翰烈於是親自翻開文件，推到朴成近面前。

「其實這些事情只要得到具代表的批准，我就都能夠全權處理，不過還是要尊重一下副社長的意見。您可能已經聽說我計劃成立保險代理人子公司的消息。我認為，無法滿足客戶需求的企業是沒有未來可言的。當今這個世代，不但要費心經營個人資歷，還有太多吸引注意力的事物和接收不完的資訊，你說人們哪有時間去關心保險的事情，根本懶得逐一比較分析保險商品，對他們來說只覺得浪費精力。但是天有不測風雲，如果沒有做好保障，可能會遇上各種可怕的意外。假如他們能從值得信賴的公司一次獲得符合個人需求的保險、儲蓄，甚至退休金的諮詢，對客戶來說不是簡單方便又省時？如果也能提供量身訂製型的專屬保單，那就更完美了。」

徐翰烈環顧了一下四周，順便通知對方一個新消息：

「我也在考慮出售這棟辦公大樓，畢竟母公司要夠穩定才有辦法設立子公司嘛，這樣外面那些人也才不會又來找碴。只要能轉手給可信任的買家，然後再跟對方簽署租賃合約，公司運作方面是不會有任何影響的。」

「你這種做法頂多是拿來快速止損的救急手段吧？」

「您應該也知道，我們公司的現況必須使用這樣的手段。參考過周邊行情，我們這裡應該可以賣到大約三千億韓元。」

「就要年底了，誰會願意在這時候出手買下這棟大樓？這又不是區區幾塊錢的東西。若是以投資項目為考量，買方就更沒理由配合我們的條件要求。」

「這點您不必擔心，我會以 SSIN 娛樂的名義買下這裡。」

聞言，朴成近瞪圓了兩隻眼睛。SSIN 娛樂是徐翰烈親自創立並經營了一陣子的經紀公司。與大多數娛樂經紀公司相同，他們除了演藝事業外，亦涉足房地產與租賃業務，因此應該不存在法規制度上的問題。考慮到 SSIN 娛樂是徐翰烈獨自創立的公司，且如今已在業界穩定立足，資本實力應該相當雄厚。不過這樣就等於徐翰烈是自掏腰包買下日迅人壽的總部大樓了。

買樓房對徐翰烈來說簡直像在買鞋一樣，更何況，從他個人立場來看，似乎也不算是什麼太虧本的生意。朴成近不禁再次對於這個年輕人的財力、決斷力以及聰慧的頭腦感到驚嘆。

「副社長正巧是商品介紹和銷售的專家嘛，想必對於客戶的經濟狀況或投資傾向的分析評斷也會有獨到的見解。」

徐翰烈再度開口，將朴成近飄遠的思緒喚了回來。徐翰烈這句話是基於朴成近在金融業的工作經歷所做出的推斷，看似沒什麼特別的貶意。但聽在朴成近耳裡卻不是那麼高興。

「所以你想對我說的話到底是什麼?別老是拐彎抹角的，直接講重點。」

「性子還真急，聽說您小白球打得很勤奮，結交了不少大人物，現在是您大顯身手的時候了。」

朴成近還是沒能明白徐翰烈的意思。也許他是在懷疑徐翰烈向自己發出這項提議的動機。

「保險代理人子公司順利成立的話，我答應讓您坐上代表的位子，年薪或福利那些待遇都將維持不變。比起晚年被狼狽地趕出公司，不如為公司經營革新做出貢獻，為子公司的設立增添助力，留下一個帥氣的形象，這樣退休後的生活也更無後顧之憂啊。」

徐翰烈提供了比預期還要好的條件。興許是太過意外，朴成近的面部神情出現短暫的呆滯。他會如此訝異也不奇怪，畢竟自從徐翰烈重返經營崗位之後，兩人如仇敵般始終互不對盤。朴成近馬上假咳了幾聲，收起呆愣的表情，也緊抿住嘴，裝出一副深思熟慮的模樣。

「當然，」徐翰烈保留了一點餘地：

「副社長您不願意的話，也還有許多適合這個位子的人選。不過副社長至今為止對日迅人壽也是付出過不少辛勞，比起到其他地方一年又一年過著如履薄冰的生活，繼續留在日迅，從各方面來看不是都比較好嗎？」

徐翰烈拿朴成近不安定的處境來呼籲，催促他做出選擇。隨後他整個人向後靠著椅背，以極其高傲的姿態垂眼看著朴成近。

「由於事態急迫，沒有辦法給您太多時間考慮，您決定怎麼做？」

✦

「……呃啊！」

文成植發出了一聲慘叫。他張開眼睛，好不容易開啟的視野卻是一片漆黑。猛眨了好幾下眼睛，還是什麼都看不見。他不停轉動頭部感知周遭環境，沉沉的頭痛疼得他直呻吟。一股明顯的麻醉劑味道沿著氣管衝上他的鼻腔。

呼吸不禁快了起來，他一邊深呼吸，冷靜地回想腦中最後記得的事情。他和友人在外面喝酒，然後叫了代駕坐車回家。他在後座打著瞌睡，結果車子忽然停下，一群陌生人衝了進來。他完全來不及反抗就遭人蒙住了眼，類似毛巾的東西摀住了他的口鼻。剛察覺到一陣溼濡，他隨即丟失了意識，大概是被氯仿之類的麻醉劑迷昏的。

這是哪裡啊？到底是誰把自己帶來這裡的？文成植身為一名前記者，職業的特殊性讓他得罪了不少人，一時猜想不出可能的人選。過去經常聽到跑社會新聞或政治新聞的記者遇上危險或遭到威脅的消息，但沒想到這種事情會發生在娛樂記者出身的自己身上。文成植開始認真思索，他必須先沉著地判斷情勢，才有辦法擺脫這場危機。首先要確認周圍是否有人看守、是否能憑一己之力脫逃出去。

文成植重新試著掙動了下全身，只有脖子以上能夠自由動作。他的兩隻手臂被反綁在背後，連跪地的雙腿也捆綁在一起，無法動彈。他掙扎著試圖向前移動，結果只是白費力氣，很快便累得頭部抵在地面氣喘不休。才動了那麼幾下而已，就讓他出了滿身的汗。

四周感覺非常空曠，從一點小小動靜就會引發巨大回音的這一點便可得知。文成植臉頰貼著的那塊地板上，不知是發黴還是青苔的一股惡臭，伴隨著潮溼氣息緩緩蔓延上來。

「嗚嗚……嗚嗚嗚！」

危機感逼得他大聲嘶喊，卻因為嘴巴裡面塞了東西，只能發出一連串悶堵聲。透過飄忽傳來的回音，文成植總算明白自己被關在一個多廣闊的空間裡。

他沒有辦法憑著自己的力量從這裡逃出去，必須找人求救才行。可是要怎麼做？手機不知道被拿去哪裡，何況他現在連一根手指頭都動不了。

當他意識到自身情況的危急性，後頸一陣悚然。他是個獨居的自由工作者，不知道要過多久才會有人發現他失蹤。對了，車子！假如警察發現他被丟棄在外面的車子，也許會因此展開調查。碰上昨晚那種事，說不定代理駕駛司機已經去報警了。

他想盡量保持樂觀，這時腦中卻浮出一個念頭，想到：「萬一代駕司機是那些綁架犯的同夥呢？」還有「萬一自己的車子也落入他們手中？」各種可能的推測接連冒出來。儘管自己的消失總有一天會被發現，犯人終將遭到逮捕，但自己能否平安活到那個時候卻是個未知數。

「嗚嗚嗚嗚嗚！嗚嗚！」

文成植死命掙扎，扯開嗓門大吼，冀望自己奮力的呼喊能被人聽到。

不知道是不是誠心的祈求起了作用，他聽見鐵門被大力打開，感覺外頭冷冽的空氣猛地灌了進來。雖然剛才吼叫是希望能夠有人來救他，但如今面對陌生來者，他的心情卻是複雜的。從腳步聲判斷，進來的可不只一兩個人。然而，沒有人過來關心被綁架的他是否安好，或發生了什麼事，這意味著這群人早就知道他被困在這裡，而不是偶然路過來解救他的人。

好幾個人的腳步聲同時朝他走來，彷彿他們正在四周圍成一圈，從上方俯視著他。

文成植不由得把頭往下縮，蜷起整個身子。

也不曉得過了多久，某處響起一陣手機的震動聲。文成植一驚，倒抽了口氣，慌忙四處張望。熟悉的震動聲來源就在他的前方。

不一會，手機特有的震動音停了下來，某個男人接起來電。

「是的，他已經醒了，請問該如何處置？」

陌生的嗓音報告著文成植的狀態，還用了「處置」這個詞。文成植腦中頓時閃過一些刑事案件殘酷的情節，一種不祥的預兆從他的背脊爬了上來，膝蓋也在發麻。

「嗚嗚嗚、嗚嗚、嗚嗚嗚！」

「是，請您稍後。」

講電話的男人似乎是被誰派來的，始終維持著恭敬的態度在聆聽對方的吩咐。教唆者的指示很快便經由男人口中傳達給其他人。

「確認看看他身上有沒有藏了什麼東西。」

「是。」

一群人井然有序地開始行動，立刻解開文成植身上的繩子，壓制住他的四肢，使他無法反抗。緊接著，他們一件不留地扒光了他身上所有的衣物。一下子成了全裸狀態的文成植嚇得全身發抖，茫然的恐懼令他連舌頭都蜷縮起來，發不出半點聲音，甚至沒有餘力去感受裸身的羞恥或屈辱。

「沒有在他身上找到錄音設備，手機已經另外處理掉了。咦？啊，好的，我知道您的意思。」

與教唆者通電話的男人再次對他的手下們發出命令：

「體內也要檢查。」

「是。」

什麼叫檢查「體內」，這是要如何檢查？不妙的預感掠過腦海。文成植驚慌失措地掙扎著身體，甚至向半空中揮動拳頭，激烈抵抗，可惜他所有的嘗試皆以徒勞告終。強行壓制住他的其中一名壯漢朝他側腹狠踢了一腳。

「少亂動！」

「嗚嗚！」

文成植瞬間眼冒金星，痛得全身癱軟。那些手下把癱倒在地上的他撈起來，讓他呈四足跪姿。其中一人掐開他下顎檢查他的嘴巴內部，另外則有人撐開他屁股，檢查他直腸裡面是否有藏東西。

「嗚嗚、嗚嗚嗚嗚！」

文成植感覺自己體內受到掏挖，渾身劇烈地震顫。那些人根本不管他的反應，完全把他當成一塊肉在對待，忠實地執行著命令，直到確認他身上沒藏匿任何東西之後才退開。一下子沒了支撐的文成植無力地向前趴倒在地。過於衝擊的情況一個接著一個發生，逃跑之類的事他連想都不敢想。

「確認過了，沒有找到任何東西。」

儘管眼睛還是被蒙著，文成植卻能感受到周圍一道道的目光扎在他身上。這些人既然連綁架、傷害這種事都做得出來，大概也敢隨意取人性命。他不知該如何說服這些人，不管提出哪種建議，肯定都無法輕易奏效。

這種時候只能卑躬屈膝地求對方饒命了。文成植不知道自己究竟做了什麼冒犯到那名教唆者，總之非得請求對方原諒不可。得出這樣的結論後，文成植艱難地挪動雙腿，終於跪了起來，用被綁住的雙手拚命求饒。

「嗚嗚嗚嗚、嗚嗚嗚！嗚嗚嗚嗚！」

「好的，現在幫您拿給他聽。」

那名手下冷靜的聲音與文成植絕望的哀求形成鮮明的對比。聽到對方朝他靠近，文成植渾身緊繃，豎起了所有神經。一個藍芽耳機猝不及防地被塞進耳朵裡，嚇得他全身瑟縮了一下。儘管他很想鎮定下來，身體還是不聽使喚地抖如篩糠，牙齒不停在咯咯打顫。

陷入極度恐懼當中的文成植好不容易才勉強抓住一絲理智。現在能把他從這裡解救出去的就只有那名教唆者了。思及此，一連串未經思考的「對不起」、「是我錯了」從他口中迸出來。當然，這些話語都被塞嘴的物體堵在喉嚨裡，沒辦法完整傳達他想表達的訊息。

「嗚嗚嗚、嗚嗚嗚嗚、嗚嗚嗚嗚嗚！」

「原本那麼沉著的一個人，今天好像特別吵呢。」

文成植把在喉頭的呼吸強吞了回去。光聽對方講話時冷嘲熱諷的調調和那道聲音，他就知道對方是誰了——一定是徐翰烈不會錯的。

空白的大腦開始快速運轉了起來。徐翰烈綁架自己的理由——果然是打算封嘴，不讓白尚熙的過去曝光嗎？就只是為了隱瞞那個祕密，竟然使出這種手段來對付人？文成植頓時怒不可遏地激動抗議，起泡的唾沫一道道從他被塞了東西的口腔縫隙間流了下來。

「嗚嗚嗚！嗚嗚嗚嗚！」

「還真有精神啊，不對，該說你傻嗎？文成植記者，啊，現在不是記者了對吧，文成植……先生？你是還搞不清楚狀況嗎？」

「嗚嗚！嗚嗚、嗚嗚嗚！」

「如果你還想安然無恙地離開那裡，就別再吠叫了，聽我講話。」

徐翰烈用沒有半點溫度的聲音警告他。即使文成植已經氣得齜牙咧嘴，終究是不敢再繼續反抗。

他盡可能逼迫自己鎮靜下來認清現實。無論用什麼法子，都不可能抓到徐翰烈。除了現在的通話內容沒有錄下來之外，這支手機也很有可能是無法追蹤的非法門號。車子既然已經被徐翰烈派來的人接手，行車記錄器裡面的檔案應該已被刪除，放在車內的採訪資料或錄音機、相機等東西應該也全被他們沒收了。就算路上的監視器有捕捉到他被綁架的畫面，但因為沒拍到徐翰烈，只要這幫人保持沉默，警方也很難查到背後的主使者。即便徐翰烈教唆綁架和暴力的行徑被揭發出來，他只要調動檢察官或律師這些人脈關係，絕對可以輕鬆逃過法網的制裁。

不過，這些問題都是他得先保住小命後才需要擔心的。按照徐翰烈的說法，他能不能安全活過今晚都不曉得。到時恐怕還會有專業人員來把現場處理得乾淨溜溜，甚至屍骨無存。

咕嚕一聲，文成植緊張地吞了下口水，喉結明顯抖了抖。

「怎麼了？你既然敢跟財閥玩威脅恐嚇這一套，不是應該做好了這種程度的覺悟嗎？」

「嗚唔……」

「如果你一直保持著紳士風度，那我也會客客氣氣待你，我們分明有機會成為良好的合作關係。然而，文成植先生卻使出那種賤招，簡直是膽大包天。那我也必須報以這種程度的回禮，才算是合乎禮數吧？」

「呼呃、呼……」

「雖然現在說是有點晚了，但我其實真的很討厭當記者的人。他們拚命挖掘別人的隱私，自以為舉著正義的旗幟，得意洋洋地吹噓，殊不知等到他們自己的隱私或人權受到侵犯時，卻又軟弱得半死，就像現在的你一樣。」

「嗚嗚嗚……」

「當初是想說放著不管，日後或許派得上用場，就先給了你一點獎賞，沒想到你竟然食髓知味，開始得寸進尺起來？我還能怎麼辦呢？收拾缺乏管教的畜生，就是要用打的才有效啊。」

「嗚嗚嗚嗚嗚！嗚嗚嗚！」

「你好像還有很多話想說是不是？怎麼，難道你以為宗烈會來救你嗎？」

徐翰烈精準看穿了文成植此刻的心思。事實上，想要對付或懲罰徐翰烈，唯一的辦法就是和徐宗烈靠攏。徐翰烈當著他的面嘲笑他那短淺的心計。

「文成植先生，看不出來，你好像滿喜歡那種老掉牙的英雄救美故事？那你現在演的就是可憐的女主角囉？自己的性命危在旦夕，卻還心心念念想著宗烈一個人，這樣看來，在交往的應該是你們倆吧？」

徐翰烈諷刺的語調極為輕蔑，並勸對方說最好趁早打消那種念頭。

「宗烈他都快要自顧不暇了，我們性格火爆的會長大人過不久好像又要和他一決高下，這次就連宗烈應該也沒辦法輕易脫身。你也知道的，就算狗改得了吃屎，毒蟲還是戒不掉毒品的。」

「嗚呃呃……」

「更何況他的私生活那麼不檢點，我們嫂子應該也不想再和那個人生活在一起了。他八成會被民事和刑事訴訟糾纏個好幾年吧？你還奢望一個可能被逮捕的傢伙來救你？少做大頭夢了，如果不想被當成一塊嚼完就吐掉的口香糖，勸你最好給我清醒一點。」

說完，徐翰烈馬上又改變了語氣，遞出最後的橄欖枝。

「文成植先生，你不是認為自己是世上最聰明的人嗎？所以請動動你的腦子想一想，該怎麼為你先前的無禮行為向我道歉，這是我給你的最後一次機會了。」

為了生病的兒子決定脫北的「永軾」正要帶著家人們跨越圖們江。雖然是江水都結了一層冰的嚴峻寒冬，但天黑得快，早晨來得晚，正是最佳的時機。

永軾和他的妻子及生病的兒子三人，身上只穿著一件內褲，藏身於黑暗中，在避開崗哨警衛兵的嚴密監視後，縱身跳入漆黑的江水中。永軾將兒子緊緊綁在自己身前，妻子則是頭上頂著裝了衣服的包袱，江水在兩人腰間蜿蜒而過，但水流相當湍急，就連要站著都不容易。儘管步履蹣跚，隨時都有可能會被沖走，他們卻必須盡可能地減少動靜，不斷地奮力向前行進。對於經過嚴苛訓練的永軾來說，這或許並非難事，但對他的妻子來說，卻是足以喪命的危險挑戰。

到最後，結凍的鞋子因無法耐受壓力而爆開，隨水流沖刷而來的小碎石和樹枝從那些縫隙跑進來扎傷了腳。他攙扶著疼痛呻吟快站不起來的妻子，摟著她繼續向前邁進。

一家人的磨難並未就此結束。就在他們快要抵達中國領土時，正在巡邏的邊境警衛隊開始用手電筒不停照射著江水。永軾連半點思考的時間都沒有，趕緊和家人們一同潛進漆黑的江水之中。尖銳的水流像錐子一樣鑽入全身的孔隙，胸腔也刺痛不已，感覺隨時會無法呼吸。他狠狠壓住因求生本能而掙扎的妻兒，力道之大，幾乎快將他們溺斃，持續堅持到水面上閃爍的光束減弱為止。

「OK！很好！」

一聲爽朗的喊叫聲宣告了進度緩慢的拍攝終於結束。白尚熙和他的搭檔女演員同時從黑沉沉的水中抬起了頭，長時間閉氣憋得他們「噗哈」出聲地換氣。大口喘息的女演員最終還是不小心嗆到水，在一旁咳了好一陣子。

《Spotlight》開拍的消息傳開時，唯一引起爭議的就是關於白尚熙的選角。由此可見，扮演永軾妻子的是獲得大家公認的實力派演員。她透過諸多作品展現了真實而嫻熟的演技，許多人都期待她在這部作品會和金導演展現出怎樣的合作火花。但就連經驗豐富如她，今天的拍攝看起來著實也不輕鬆。

畢竟要在這樣的深夜裡，在看不到水深的溪谷中一遍又一遍重複拍攝著相同的場景，確實吃力。通常，顧慮到現場控制和安全性的考量，這些場景都會使用水槽進行拍攝，不可避免地需要用到大量的CG特效。

可是金導演希望能盡量減少電腦特效，以增加戲劇上的真實感。結果就是眾人必須在這個烏漆墨黑的夜晚，在整片黑的溪谷當中演出死命渡江的場景。由於水深只到腰部，而且流速不快，所以並沒有出動特技替身演員。

實際上的危險性是沒那麼高，但時值深秋，水溫比預想中要來得低，僅身著一件單衣在水中無數次地穿梭，體溫和體力都迅速流失。當演到為了躲避邊境警衛隊而暫時潛進水底時，演員們的肉體和精神方面都逼近了極限。到了最後階段，連揮動手臂的力氣都所剩無幾。

「現場暫時整理一下，然後馬上進行下一個場景！」

金導演親自大聲向眾人宣布。她雖然個子不高，相貌也偏隨和，但在現場卻威風凜凜地發號著施令。也許正是因為她一絲不苟的嚴格態度，才能打造出如此高完成度的作品。如果這就是她拍片的方式，演員當然是會尊重和接受，但身心還是難免感到疲憊。

白尚熙吁出一口長氣，搖了搖頭。他的搭檔演員面無血色地露出笑容：

「導演很不簡單吧？」

「這強度簡直堪比游擊訓練。」

「可不是嘛。平常看不出來，但一旦開拍，她就像金剛不壞之身一樣。」

「確實如此，前輩，您辛苦了。」

「你也辛苦了，啊，是說我剛剛好像抓得太大力了，有沒有抓傷你啊？喔，你的臉頰這裡也傷到了。」

「啊……」

白尚熙摸了摸對方指的地方，臉上刺痛的感覺似乎真的是破了皮。大概是在水中拍攝的時候被樹枝或對方的指甲劃到臉，至於他手臂和雙腿上的掛彩就更不用提了。

「沒關係的，前輩您受傷的地方也去擦個藥，回宿舍休息一下吧，晚點見。」

「嗯，你也是。」

白尚熙朝對方彎下腰鞠躬，姜室長連忙過來扶他。白尚熙感覺自己兩邊腳踝像是掛著二十公斤的沙包。

「喂，你還好嗎？會不會想吐？水咧？不喝水沒關係嗎？」

擔心的姜室長問了一堆問題，遞了瓶水過來。白尚熙光是聽到水這個字就覺得胃在翻攪，無精打采地搖搖頭：

「不好意思，暫時別跟我講話，我連張嘴的力氣都沒有了。」

「哎唷，你這身體都要凍成冰塊了。還有這些傷口怎麼辦哪？」

萬分憂心的嗓音沉沉地震動著灌了水的耳膜，整顆腦袋都在嗡嗡作響。白尚熙兩側下顎線條驀地一緊，體內湧上一股噁心感。吐出來不知道會不會舒服一點，他摀著難受的肚子，整個人癱進保母車裡。姜室長趕緊坐上駕駛座，打算發動車子。

「是要回宿舍嗎？」

「當然啊，回去洗個熱水澡暖暖身子，身上那些傷口也要處理一下，才不會變嚴重。」

姜室長一口氣列出要做的事，立刻把車往附近的宿舍開去，也一邊咂嘴一邊把暖氣開到最強。

「嘖，實在是，怎麼就沒有一天不受傷的。」

「拍這種作品不受傷才奇怪吧，要多小心翼翼才能不受傷？」

「你這個當演員的，對自己身體也太不在乎了吧，馬上就要拍畫報了，臉上的傷是要怎麼辦才好？」

姜室長頻頻望著後照鏡，為了他臉上多出來的傷口難過。白尚熙似是覺得無言以對，笑道：

「什麼啊，結果不是在擔心我，而是在擔心影響工作？」

「都一樣啦，小子，我就叫你意思意思，稍微做做樣子就好了嘛。」

「你覺得導演會允許這種事？今天光是同一場戲就拍了多少次了。」

白尚熙撥著全溼的頭髮，又接著說：

「而且，難得爭取到這個機會，當然要好好表現啊。」

聞言，姜室長瞠目結舌地再次看著後照鏡，懷疑自己耳朵是否聽錯了什麼。白尚熙倒映在鏡中的臉龐看起來平靜如往常，更加令人起疑。自始至今，姜室長總是摸不透白尚熙心裡在想些什麼。

「你什麼時候變得這麼野心勃勃了？再這樣拚下去，說不定哪天小命都要沒了。」

滿載關愛之情的指責讓白尚熙又再「噗哧」笑出聲。他望著映出自身倒影的車窗，呢喃著一些難以理解的話：

「人們似乎都把我當成一顆不定時炸彈。翰烈還為了我獨自煞費苦心，擔心有人隨意引爆我這顆未爆彈，或者不小心被其他亂竄的火花波及。」

「突然間說這個是什麼意思？你是還在介意之前那個叫文成植的記者抖出你過去的事嗎？他那個頻道都已經刪除了好不好。」

「又不能保證未來不會再冒出像他那樣的人，畢竟那已成為我的黑歷史，時光無法倒轉，改變不了這個事實。老實說，我並不在乎是否有人對我指指點點，所以也不覺得特別後悔。但一想到我的過去會成為他的一大污點，我就覺得我必須做些什麼才行。話雖這麼說，可是要我離開他或者放棄他，這點我實在是做不到。」

「怎麼老是說一些讓人聽不懂的話啊你，是徐代表說你什麼了？還是他們家的人對你有意見？」

白尚熙微微搖頭否認。接下來的話就像是在喃喃自語似的：

「既然都說我是個麻煩的未爆彈，那我寧願成為引爆炸彈的雷管，讓任何人都不敢隨便將我移除。」

「唉唷，建梧啊，拜託你說得明白清楚一點行不行哪？」

「我只是在自言自語，姜室長隨便聽聽就好。」

「你說了一堆什麼未爆彈、炸彈、雷管這些奇奇怪怪的話，然後叫我聽過就算了？」

「嗯，這樣對你來說比較輕鬆吧？」

隨著有聽沒有懂的對話延續，姜室長的神情也暗了下來。在聽到不知道比較好的警告之後，他也莫名地不想再繼續追根究柢。

大約在這時，車子抵達他們當成臨時宿舍的一間民宿前。白尚熙說了聲：「我先進去了。」便迅速下了保母車走進民宿裡。姜室長默默看著他的背影，肩膀垂了下來，忍不住長嘆了一口氣。

只要白尚熙沒有退出演藝圈，他的過去隨時都有可能讓他的演員生涯毀於一夕。不知道這個不安的標籤還要跟隨他多久。正因為他在童年時期深受貧困和匱乏之苦，又歷經了一段坎坷的少年歲月，姜室長由衷企盼白尚熙未來的人生能夠走得平順安穩。

徐翰烈在辦公室待到很晚。他已經沒吃晚餐了，還連續好幾個小時一直盯著螢幕上的報告。在此之前，則是持續進行了不同與會者的各種馬拉松會議。例行股東大會在即，有很多事情需要準備。由於當前難以立刻展現顯著的業績成果，只能依據目前已有的數據來說服股東，給予他們信心。

徐翰烈把頭向後仰了一會，僵硬緊繃的脖子出現一陣疼痛。他輕輕按了按乾澀的雙眼，隨著血液開始循環，原本堵塞的腦袋也覺得舒暢了一些。

是因為工作進度沒有達到預期的目標嗎？他雖然什麼東西都沒吃，肚子卻不感到飢餓。他不禁擔心再這樣下去，事情會不會發展到不可收拾挽回的地步，心中甚至湧現一股前所未有的焦慮感。

每當感到不安的時候，徐翰烈總會再三檢查自己的業務計畫。儘管他的計畫比較激進，但仍在合理範圍內。假如進行中的業務能按照計畫順利啟動，對公司必然有利。唯一的問題在於股東們面對新計畫的態度。儘管大家都高聲呼籲要順應時代進行經營革新，並透過開發新產品來增加銷售，但每當真正提出具體方法時，往往反應平平。

值得慶幸的是，曾是外部威脅因素的金融監督院院長那邊始終保持著沉默。說要執行綜合稽查說得很大聲，卻對上次相親侮辱人一事裝死不予回應。難道會是白尚熙上次對女方隱晦的要脅奏效了嗎？假如消息走漏出去，閔議員的自尊心和聲譽無疑會比徐翰烈遭受到更大的損失。

也許是因為快要總統大選了，閔議員約束家裡人不要有太大動作，以免在這時候引發不必要的麻煩。如果是這樣的話，這個令人擔憂的隱患可能會在閔議員當選總統後再次浮現。

這正是徐翰烈為何要利用文成植提前動手處理禍根的原因。文成植從徐翰烈手中被放出來後，沒過多久便刪掉了他的 YouTube 頻道。而且在刪除之前，他上傳的最後一個影片裡，故意洩漏了與閔議員相關的負面消息。一般路人可能完全不明白這是在說什麼，但閔議員那邊肯定一看就知道是在爆他們的料。

人們普遍猜測，文成植突然刪除頻道的原因是受到上一個影片的主角所施加的外部壓力。假使閔議員當上總統，這種猜測很可能會被視為既定事實，也就是大家會認為這個傳聞是真的。順利的話，就不需要再依靠文成植進一步的揭露或操作，那些與閔議員有關的事也能無聲無息地掩蓋過去。閔議員那邊今後將會持續監視文成植的動向，文成植想必也不敢再輕舉妄動，徐翰烈等於是用了以夷制夷的牽制手段。

身居高位，本來就有許多令人煩惱的事務，肩負的責任也更加巨大，最近的徐翰烈尤其是忙得片刻不得閒，即使下班回家也無法輕易入睡。唯一值得安慰的是，白尚熙也因投身《Spotlight》的拍攝而變得忙碌起來，至少不會一個人被冷落在家中。

徐翰烈深深陷進椅子裡，正猶豫著是否該休息一下，外面突然響起一陣敲門聲，並且未經允許便擅自打開門。內線電話沒響，他以為大概又是楊祕書來勸自己下班回家了。

可是預期中的聲音並未響起。他訝異地張開眼朝門口看去，習慣性深鎖的眉頭在見到是白尚熙的那一刻瞬間舒展開來。

「怎麼回事？你今天晚上不是要拍戲嗎？」

「設備出問題，拍攝臨時取消了。本來是想馬上打電話給你的，但我猜你可能又在開會，就聯絡了楊祕書，結果他說你還沒下班。」

白尚熙小聲關上門走了進來，表示：「很久沒有親自來護送男友回家了。」聽到他捉弄人的語氣，徐翰烈「噗」地一笑，把旋轉椅轉了回去。白尚熙示意他到沙發這邊來，然後自己先走過去坐好，也將帶來的東西往桌上放。

徐翰烈揉著還很僵硬的後頸，乖乖站起來走到沙發那邊。白尚熙靜靜看著他，忽然伸出手來，徐翰烈毫不猶豫地握住他的手。白尚熙把人輕輕拉過來坐在自己大腿上，徐翰烈的一隻手臂自然地摟住了他的頸子。

白尚熙手隔著單薄的襯衫，從徐翰烈直挺的腰往上摸，整個大掌牢靠地支撐著徐翰烈的後背，仍然交握的手也習慣性地不停摩挲著對方。徐翰烈出神望著白尚熙揉捏自己指尖的動作。意識到他的視線，白尚熙冷不防扯了下他的手，在他臉頰親了一口。

「每天都在加班，不累嗎？」

「公司的事就是這樣嘛，勉強還撐得下去。」

「認真工作的男人看起來是很性感沒錯……」

白尚熙拉長了句尾，包覆在徐翰烈腰身的手陡然使力，就連貼著徐翰烈屁股的大腿也繃緊了一瞬。白尚熙嘴唇湊在他耳邊，「但我怕你身體吃不消。」說完直接往耳朵啾、啾、啾地吻。徐翰烈原本怕自己身上有汗味，還歪過頭躲著他，但在他不依不饒的熱情攻勢之下，最終還是舉了白旗。

「先前作為一名病人休息得夠久了，如果這麼快就開始唉唉叫的話，會給公司帶來困擾的。」

徐翰烈對自身的標準嚴苛得像是在談論別人的事情一樣。隨後，他的目光朝桌上瞥去：

「那是什麼？」

「晚餐，聽說你還沒吃飯。」

「覺得沒什麼胃口，好像吃了東西會消化不良的感覺。」

「我不是說過了，再怎麼樣三餐還是要正常嗎？」

「你知不知道，你最近比楊祕書或我姊還要囉唆耶。」

「這不是應該的嗎？以後我就是你的監護人了。」

「少在那邊監護人長監護人短的，根本就沒被合法承認。」

「怎麼，希望昭告給全天下知道？這樣就能心甘情願地聽我嘮叨了？」

「我隨便說說而已。」

徐翰烈似乎不想再跟白尚熙辯駁下去，伸手推開他，打算移到他旁邊的位子去。白尚熙一把將徐翰烈摟進懷中，非得再親他臉頰一口才肯放他走，然後才把買來的東西一樣樣拿出來擺在桌上。

徐翰烈光聞味道就覺得很不尋常，一看才發現是上面鋪滿起司的辣炒年糕、海苔小飯糰和乳酸飲料的套餐組合。一掀開餐盒蓋子，那股辣味就撲鼻而來，徐翰烈立刻皺起眉頭。

「唔，搞什麼，又是要我體驗庶民小吃嗎？」

「時間太晚了，沒有什麼東西好買，但我又不想讓你餓肚子，而且炸的你也不喜歡。我問其他人他們壓力大的時候喜歡吃什麼，他們都推薦吃這個。」

白尚熙聳了聳肩，親自幫徐翰烈拆開免洗筷遞過去，也把乳酸飲料倒進紙杯，放到他的面前。徐翰烈不是很樂意地低頭看著那碗辣炒年糕，完全沒有要動筷子的意思。

「怎麼了？你該不會也沒吃過辣炒年糕吧？」

「這不是小朋友在吃的東西嗎？」

「你小時候有吃過？」

「你到底把我當什麼了，當然有吃過啊！」

「是喔？你姊不是連泡麵都不給你吃，真的會餵你吃辣炒年糕？」

「每年過年都會吃年糕湯啊，辣炒年糕有什麼大不了的，阿姨們很常煮給我吃。」

「你吃的那種是加了牛肉和醬油，煮成甜甜的口味對吧？」

聽到白尚熙的猜測，徐翰烈宛如祕密被識破，露出一臉不妙的表情，無端擺弄筷子的手也跟著頓了一下。白尚熙臉上綻放淡淡笑意：

「年糕湯是很好吃沒錯，不過這個也很讚喔。」

「你不是很辛苦才瘦下來的？打算就這樣一夕破功？」

「不過是為了電影暫時調整成這樣的體態罷了，而且也不可能只吃了幾塊年糕就身材走樣吧？」

「……好欠揍。」

白尚熙無意炫耀，徐翰烈卻立即對他進行尖刻的指摘，嘴唇也微微不悅地翹了出來。每當徐翰烈出現這種反應時，白尚熙仍分辨不清他究竟是真心嫌棄，還是口是心非。

「莫名其妙想發脾氣的時候，正是品嘗辣炒年糕的絕佳時機。」

「你又在亂講什麼了。」

「心情變得煩躁，可能是身體需要更多碳水化合物的一種信號。」

白尚熙再度用下巴指了指辣炒年糕，鼓勵徐翰烈說：「你吃吃看嘛。」徐翰烈隨意攪了攪那碗年糕，用不滿的語氣咕噥著：

「明明說是我的監護人，卻老是推薦我吃一些不好的東西。」

「好不好要吃了才會知道。」

「什麼意思，像你這種嗎？」

「我的話，應該不用試吃就知道了吧？你姊不是也阻止過你嗎？」

白尚熙答得理直氣壯，讓徐翰烈一時無話可說。他隨即無奈搖頭，抱怨似的嘟囔：

「看來很清楚自己的斤兩嘛。」

「反正人生只有一次，追求快樂有何不可？當然要嘗盡一切可品嘗的事物。」

「你的人生觀根本早就走歪了吧。」

徐翰烈發出調侃的笑聲。白尚熙也跟著笑了起來，忍不住出手按摩揉捏他耳垂，反覆拉扯那一小塊飽滿的軟肉，再輕捏他臉頰一把，辯駁道：「那是你解讀的問題好嗎？」

徐翰烈揮開他煩人的手，要他別弄了，然後像是敵不過他的逼視，不得已地夾起一塊年糕。他將年糕表面有點乾掉的醬料稍微弄掉一些，才小心放進嘴巴裡。豐厚的唇瓣因充滿嚼勁的年糕緩慢又忙碌地動作著。沒多久，他慢慢吞下口中的食物，喉結滾了幾下，唇部的動作也漸趨和緩。

完全吃下去之後，徐翰烈不發一語地繼續瞪著眼前的辣炒年糕。

「怎麼樣？味道還不錯吧？」

「……」

問他話他也不回，這次則是一口氣同時夾了年糕和魚板塞進嘴裡。纖瘦的臉頰被他剛剛吃的那一大口食物撐得鼓了起來，因咀嚼而開始努力地蠕動。白尚熙靜靜地看著他進食的模樣，伸手在他後腦杓輕撫。

「想要把工作做好，就要規律吃三餐，餓著肚子會影響大腦運轉的。」

徐翰烈一個字也沒回，就只是慢條斯理地嚼食著。儘管白尚熙的手在他後頸騷擾個不停，他也是默默喝著乳酸飲料。手掌游走過的每一處，皮膚上的細絨毛都會自動豎立，偶爾還會泛起雞皮疙瘩。這一切都是僅限於白尚熙才能得到、也只有白尚熙才能獲得允許的——徐翰烈身上細胞所給予的熱絡反應。對於白尚熙來說當然是心憐又可愛得不得了。

泛濫的愛意促使他猛然抱住徐翰烈一陣亂吻。

「你到底有沒有要讓我吃啊，我會嗆到啦。」

徐翰烈雖然不滿抱怨，還是任由白尚熙盡情對他上下其手。被摸得舒服了，還會主動把身體貼過去，或用臉頰輕輕回蹭，像是要白尚熙再多摸摸他。兩人剛在一起的時候，徐翰烈動不動就炸毛、隨時一臉的防備，對比當時模樣，如今的變化真心讓人感動不已。

彷彿事先預謀好的，白尚熙攬著徐翰烈的肩膀不停齧咬著他耳朵。從襯衫露出些微皮膚的後頸也被他親吻了許久，流連忘返。徐翰烈安靜地被他抱了一會，才用筷子滾動著小飯糰，同時開啟了新話題：

「等明年事情都忙完了，我想去度個假，大概休息兩週左右。」

「嗯。」

「如果能在春末夏初之際去度假應該會很棒，到時候你戲也都拍完了，記得要先空出時間喔。」

「我會的。」

提到度假的事情，卻不見白尚熙表現出半點驚訝或開心的神色。徐翰烈不解地回頭看他：

「你不問我們要去哪裡？」

「去哪裡很重要嗎？」

白尚熙狀似不太明白地歪著腦袋：

「和你單獨出去玩，不管去哪我都好。」

說完這句悄悄話，白尚熙馬上含住那塊用手指玩弄許久的耳垂，並且捲動舌頭不斷淫舔那塊圓潤的軟肉。

特別敏感的部位正被攻城掠池，徐翰烈卻只是默默縮著脖子，沒什麼太大的反應。白尚熙疑惑地低頭一瞧，才發現他的耳朵、臉頰，甚至脖子都在發紅，還聽到不正常的嘶嘶抽氣聲。白尚熙扣住他緊繃的肩頭翻過來一看，紅腫不堪的嘴唇隨即落入他的視線中。徐翰烈兩隻眼睛死盯著別處，不願轉過來面對。

「很辣嗎？」

被說中糗事，徐翰烈倏地一把抄起乳酸飲料猛灌，剛剛一籮筐的「味道好淡」、「感覺加了化學香精」、「太甜了」這些批評彷彿全被他拋到了外太空。喝了那麼多飲料，好像還是沒能驅散那股火辣辣的感受，辣得他直哈氣。白尚熙買的明明是甜辣適中的口味，看來徐翰烈對辣味的接受程度大概趨近於零。

「哈啊、吃這個哪能紓解什麼壓力啊？」

「我看看。」

白尚熙強忍住笑意，端起徐翰烈的下巴。原先就已經很豐厚的嘴唇，現在整個腫了起來。因為灌了很多飲料的關係，表面格外水潤有光澤。白尚熙用拇指指腹將唇瓣稍微剝開來，徐翰烈不出所料地蹙起眉頭。嘴唇受到了高度刺激，現在光是接觸到一點體溫就宛如著了火。直直注視著這幅美景的白尚熙驀地側頭親了上去，舌頭也塞進他嘴裡，在發燙的舌面上緩慢摩擦。交融的舌肉之間散發出一股蜜桃香。白尚熙的舌不緊不慢卻又重重地搓揉著他的，直到因受到陌生刺激而豎立的味蕾完全消下去為止。起初不停痛哼的徐翰烈也一點一點地漸漸恢復平靜，嘴裡很快累積了一大口甘甜黏稠的涎液。

白尚熙良久後才終於分開了相連的雙唇。

「還辣不辣？」

「唔，不太清楚。」

徐翰烈斂著眼緊盯白尚熙的嘴不放，還回味似的舔了舔自己比平常還要腫厚的下唇。白尚熙輕笑一聲，再次吻住他。徐翰烈也一邊回應他甜蜜的吻，一邊自然地坐到他腿上。

白尚熙放任徐翰烈掌控這一吻的主導權，自己悄悄解開了皮帶，又鬆開褲頭降下拉鍊，緊接著身子慢慢躺倒在沙發上，盡量放緩動作不被徐翰烈察覺。等到徐翰烈從熱吻中猛然回過神，才發現自己已經是撲倒白尚熙的狀態。他連忙想要起身，白尚熙卻用雙臂將他箍制在懷裡。

「你幹嘛啦，我還要工作呢。」

「稍微睡一下再做也可以嘛，反正其他員工們都已經下班了。」

「在這裡睡的話怎麼起得來啊？你是不打算回家了嗎？」

「你不走的話我當然沒必要回去。」

「你明天不是還要拍攝？」

「那又怎樣，只要能閉上眼，不管在哪都可以休息啊。」

白尚熙回答得若無其事，擅自將徐翰烈的手錶摘了下來，也替他解開袖扣，從那裡把手伸進去撫摸他柔軟的肌膚。

「放輕鬆靠著我。」

白尚熙讓徐翰烈的頭靠在自己肩膀上，安撫似的拍著他的後背。

「這樣看來，要把白尚熙也加進這個套餐組合，才有辦法真正消除壓力呢。」

徐翰烈笑著嘀咕。他完全放鬆了整個身體，鼻尖很輕很輕地蹭著白尚熙的頸子。白尚熙親他額頭，回他說：「幸好這個組合有效。」同時雙手耐心按摩徐翰烈因坐了一整天而僵硬的臀部和大腿。恰到好處的體溫和力道將緊張的肌肉輕輕鬆開，徹底緩解了一整天的疲勞。如果可以，徐翰烈希望白尚熙能一直這樣觸摸自己。

「不要再受傷了。」

徐翰烈摸著他身上新的傷痕叮嚀道。白尚熙「嗯」了一聲，聽話地答應，然後用鼻梁盡情摩擦著他的細髮，大掌也在他背上規律地拍著。徐翰烈眼前很快變得朦朧，眨了幾下就完全闔上了眼。原本不明顯的呼吸聲也開始變得深沉。

片刻後，哄著徐翰烈睡覺的白尚熙眼皮也自然閉合。深夜的辦公室裡，兩人香甜而安穩的呼吸聲持續在靜謐的空間中迴蕩著。

SUGAR

슈가 데이즈 Sugar Days

03

Aftereffects

SUGAR DAYS

DAYS

《人鬼：The End》的續集《人鬼：The Revival》在年底前上映了。該片打破了電影界續集難以超越原作的魔咒，上映後立即掀起一波票房熱潮。尤其還是在電影院淡季的十一月上映，從這方面來看，能取得這樣的成績著實令人驚艷。由於沒有足以打對臺的片子，《人鬼：The Revival》幾乎包攬了所有的上映廳。儘管花費了龐大的製作成本，很顯然票房收入絕對會超過損益平衡點。若能繼續保持這樣的人氣，或許可以期待兩部系列作品相繼達成千萬觀影人次的佳績。

就電影本身而言，不同於前傳把焦點擺在神祕事件的發生與解決過程，這次逐一揭示了主角們的過去，使情節更加生動。各個角色的行為都得到了合理的解釋，故事的情節內容變得更加豐富。也因為如此，重複觀覽的比例相當高，隨著一併複習前傳的群眾增長，帶動了額外的盈利收入。由於是原創劇本，出版業界紛紛向製作方拋出橄欖枝，各種形式的媒體合作提案也接踵而至。

後續效應徹底地為主角白尚熙帶來了影響，想要邀請他的單位幾乎每天都在增加。公司不僅接到了電影、電視劇、綜藝節目、廣告和畫報的邀約，甚至還有演講的邀請。大量的相關諮詢幾乎讓 SSIN 娛樂的運作陷入了癱瘓。工作量爆增的職員們每天都發出幸福的哀號聲。

由於差不多時期拍攝的《以眼還眼》也即將上映，白尚熙同樣也忙得不可開交。這部片線上首映會的反應呈兩極化。所謂賣弄表面形式而缺乏內涵，敘事薄弱，人物設定老套，從頭到尾只有一連串刺激性的場面等等，收到了不少嚴厲的負面評價。同時，也有人認為即使演員再怎麼紅，也不可能連續帶動兩部作品大獲成功。

然而，結果如何，只有等作品正式面世後才能見分曉，《以眼還眼》也不例外。作品上映後，收視排名日漸上升，在短短的兩週內，就在八十多個開通OTT串流服務的國家中登上收視冠軍的寶座。世界各地的觀眾都喜歡這種簡明扼要的故事架構，及殘酷又難以預測發展的刺激性劇情。本來充斥在社交媒體和社群論壇的嘲笑、挖苦及擔憂的氣氛隨之逆轉。

儘管成績超出預期，這部作品起初只在網路上小有名氣，隨著時間的推移，逐漸獲得各大主流媒體的深入報導。即使沒看過這部作品的人，也開始聽說過它的名字，吸引許多人在YouTube等平臺搜尋相關內容。到後來，不僅是製作公司提供的官方影片，就連一些惡搞的二創內容，也能在短短一天達到數百萬的瀏覽量。

對白尚熙來說，這無疑是他繼《人鬼：The Revival》後的又一巔峰之作。他在公司建議下開設的社群帳號粉絲數以驚人的速度攀升，每天都有來自各國、各年齡層和不分性別的人不斷加入。

同劇的前輩演員對白尚熙的演技讚不絕口，表示光看他的眼神或肢體語言就可以分辨他是「希在」還是「希洙」。神奇的是，另外一部作品《Spotlight》的選角爭議也在這時候漸漸平息了下來。

世界各國的觀眾皆為這名陌生亞洲演員魅惑的外表所著迷。包含《以眼還眼》在內，白尚熙演出的所有作品以及角色都再度獲得了關注。已絕版的雜誌和畫報需求激增，其中一部分已經預定要重新印刷出版，就連海外市場也出現了大量商機。

那段時間，媒體對白尚熙的關心程度到了無孔不入的程度，甚至有人未經許可溜進《Spotlight》的拍攝現場想要採訪他。社群媒體上也流出了現場偷拍的照片或影片。

姜室長的手機也是整天響個沒完，害白尚熙在行程移動途中或拍攝空檔都不得清靜，無法好好休息。沒有安排工作行程的日子，他經常一整天關在家裡補眠。稍微外出散步或去個便利商店都會引起注目，因此自然而然地減少了外出的機會。有一次，他像往常一樣在賣場逛著進口保險套和潤滑液的區域，結果店內所有人竟然都在偷偷注意他的每一個舉動。姜室長知道了這件事之後嚇壞了，為此還親自買了保險套奉送給他，真是接二連三鬧出不少讓人哭笑不得的事情。

「建梧啊，我們到了。」

白尚熙在呼喚聲中睜開了眼，模模糊糊的視線之中立刻看到了中控臺上顯示的時間——凌晨四點四十二分。距離上次查看時間已經過了兩三個小時。剛剛是睡著了嗎？他緩慢地眨了幾下眼睛，感覺手上好像少了什麼，於是開始四處張望。一時沒見到他要找的東西，他還往腳下打量。姜室長回頭看他，問他怎麼了。

白尚熙及時地撿起他掉在角落的手機。按開螢幕，畫面上便出現他和徐翰烈的聊天對話。他完成外地拍攝之後旋即趕回首爾，現在還在半路上。徐翰烈說要等他回家，他發出的最後一則訊息就是要徐翰烈別等了先去睡。看到打字欄那意義不明的字串，自己大概是回訊息回到一半不小心睡著了。白尚熙不禁嘆息。突然間被這麼多的關注和雜音包圍，就連一向沉著泰然的他也免不了天天在不安緊張的情緒中度過。在這些不尋常的關注下，他和合作的已婚女演員之間甚至傳出不實的惡意謠言。怕會影響到作品，他開始在拍攝現場孤立自己，盡量避嫌。過去拍片時，他已習慣了和工作人員或演員同事們自然融洽的相處模式，從合作中培養默契。現在變成要獨自思考演技和行動，造成他在拍攝的過程中始終處在緊繃的狀態。

有鑑於此，《Spotlight》劇組決定停機兩週時間，讓過熱的關注稍微降溫，也藉此進行內部重整。能夠得到喘息的空檔，看似是個好消息，但是白尚熙卻無法享受美好的休息時光。他在《Spotlight》演員遴選之前就排定了海外畫報拍攝的工作，這是在電影開拍之前就已和製作公司提前協調好的行程。畫報拍攝團隊同樣也不想錯過此時白尚熙人氣正旺的大好機會。結果就是，白尚熙只能休息兩天，隨後就要立刻飛去國外，展開為期十天，造訪歐洲五個主要城市的緊湊行程。白尚熙搖著頭驅趕剩餘睡意，分不清這種微微的暈眩感是因為愛睏還是其他原因導致的。

「你這兩天沒有要出門吧？」

「嗯，出國之前只想在家好好休息。」

「休息是很好，但是你手機別關，聯絡不到人我會擔心的，記得早晚跟我報個平安。」

「知道了啦。」

「誰叫你這麼無法讓人信任啊。要是在家需要什麼就馬上傳訊息給我，我再幫你買過去。」

「好。」

白尚熙敷衍地回覆姜室長的碎念，已經打開後座車門，半個人都探出車子外了。他歸心似箭，迫不及待想衝回家摟著徐翰烈一同入睡。但姜室長像是不懂他這般急切的心情，竟又把他叫住：

「對了，你真的不用去醫院嗎？萬一在飛機上或去到國外不舒服的話就慘了。」

姜室長眼神充滿擔憂地打量他。白尚熙從早上睜眼後就開始頭痛，一整天都渾身提不起勁。平常他只要簡單慢跑或運動一下就會感到神清氣爽，今天卻越動越無力。沒什麼食欲，所以飯也只扒了幾口，後來姜室長就一直吵著要他去看個醫生。

是心理作用嗎？白尚熙總覺得一踏入地下停車場，就有一股莫名的冷意襲來，讓他有點畏寒。但他仍然表現得若無其事：

「是因為太累了啦，姜室長這麼擔心我的話，就趕快讓我進去，我現在快要累昏了。」

「感覺哪裡不對勁的話馬上打給我，知不知道？」

「知道，回去路上小心。」

對著保母車像拍屁股似的拍了兩下，白尚熙就轉過身去了。姜室長打開副駕駛座車窗，又再叮嚀了一次，要他保持聯絡。白尚熙隨便揮揮手便走進了電梯。

他的身子自然地斜倚在牆面上，不自覺吁出一口氣來。放空地看著樓層數一層一層增加，這不到一分鐘的時間，彷彿過了一個世紀那麼漫長。

他穿過靜悄悄的走廊，打開了家門，在徐翰烈擺放整齊的皮鞋旁隨意脫掉鞋子，快步走進屋內。必須先盥洗的想法和想先見到徐翰烈的念頭在他內心天人交戰。

在這樣極度心力交瘁的時刻，再加上和徐翰烈分開已久，他實在沒有辦法克服這股強烈的衝動。白尚熙擠了客廳的消毒劑在手上搓揉著，絲毫不猶豫地朝向臥室，徑直走進房內。

徐翰烈在寬大舒適的床鋪上閉眼熟睡，鬆開的手掌裡還躺著他的手機，似乎是和白尚熙聯絡的過程中不小心昏睡過去的樣子。空氣清淨機和加溼器同時運作著，自動調節適宜的溫度、溼度與空氣品質，讓臥室成為一間舒適溫馨的溫室。

白尚熙不管三七二十一地爬到床上，從後方緊緊地抱住徐翰烈。想念的體溫和氣味湧了上來。他忍不住用鼻梁磨蹭徐翰烈溫熱的脖頸，兩具身子因此纏得更牢。

突如其來的重物壓身，徐翰烈不禁瑟縮，瞬間驚醒。他睜著睡眼惺忪的兩隻眼，迷糊地查看從身後撲過來抱著自己的白尚熙。

「唔嗯……回來了？」

「嗯。」

「現在幾點了？」

「還不到起床的時間，你繼續睡吧。」

白尚熙覆在徐翰烈耳邊悄聲低語，撩撥著他的耳朵。徐翰烈懶懶地發出「嗯」的呻吟，在半夢半醒間翻了個身，自然地枕著白尚熙手臂，鑽進他的懷抱中。白尚熙也默默攬著徐翰烈，連續在他光滑的前額與秀氣的眉梢烙下輕吻。徐翰烈平靜的眉眼於是柔和地放鬆開來。

「不是要睡覺嗎？」

徐翰烈嗓音低啞地譴責，說完一把攫住白尚熙的耳朵。白尚熙也乖乖被他拉開來，兩人在鼻尖相抵的近距離下對視了一會便露出笑容，往對方嘴上不停輕啄著。結束了點到為止的吻，徐翰烈的手還是一直把玩著白尚熙的耳朵。白尚熙闔上眼，放心地把自己的臉交付在徐翰烈手上。纖細漂亮的手指頭落在臉上各個角落，是很美妙的感覺，偶爾感到忍受不住時，白尚熙也會把嘴唇按進那片掌心裡。

「你看起來很累。」

「有一點。」

「是不是又壓力太大了？」

「好像是。」

「那需不需要先來點小點心解饞一下啊？我的大狗狗。」

徐翰烈促狹低語，陡然伸手揉了下白尚熙的兩腿中央，白淨的臉上滿是調皮。白尚熙笑了起來，把手覆上去抓住他的，然後扣住他肩膀吻著額頭。他露出不捨的表情，磨了幾下徐翰烈的鼻尖：

「我也超級想要的，可惜我還沒洗澡。」

「又不會怎樣。」

徐翰烈抬起頭來，把鼻子埋進白尚熙的頸窩裡，刻意大大地吸一口氣，嗅聞他瞬間明顯的體味。淘氣的表情變得更為軟化，更顯自在。

「只要是你的味道我都喜歡。」

徐翰烈不斷用臉蹭著白尚熙的脖子，濃密的睫毛反覆掠過敏感的肌膚。白尚熙不禁呼了口氣，幾乎像是在嘆息：

「別一直挑逗我，你明天不是還要上班？」

「可是你後天就要出國了，餓著肚子去到那裡要怎麼工作？」

「所以才更要忍耐啊，我沒有辦法做到淺嘗即止。」

「想也知道。」

徐翰烈笑著消遣了一句。白尚熙更猛力將他摟緊，在他背上安撫地拍著。

「還不如你明天早點下班回來，好好寵愛我一頓，把我餵得飽飽的。如果可以不要上班，整天在家陪我玩的話就更好了。」

「怎麼這麼撒嬌啊你。」

「誰叫我男朋友這麼寵我，害我第一次談戀愛就養成了這種習慣。」

徐翰烈啞然失笑，默不作聲地和白尚熙面對面相擁，繼續用臉頰往他胸口肩膀頸部每一處磨蹭，盡情汲取他的體溫，然後用帶著睏意的聲音說：「熱呼呼的耶。」微弱的呢喃甜滋滋地鑽進白尚熙耳裡，「嗯。」他的回答輕得像在飄，說完便蓋上了眼皮。這段期間的緊張和壓力猶如融雪般一舉消散，成為一個無比平和的夜晚。

「翰烈，起床了，你該吃藥了。」

白尚熙的聲音模糊地喚醒了徐翰烈的意識。他剛費力地抬起眼皮，就看到白尚熙已經把藥和水杯送到他眼前。他習慣性地蹙著眉，慢吞吞爬起來，白尚熙隨即托著他的背，讓他安穩地坐好。徐翰烈安分地張嘴，把舌頭上的藥丸一口吞下去，安靜地閉著眼等待接下來體溫和體重的測量。

平常的白尚熙都會把站在體重計上的徐翰烈直接抱進浴室，可是今天的他，卻用臉頰摩挲著像個孩子一樣被他抱在懷裡的徐翰烈，用愛睏的嗓音低喃：

「今天要不要再多睡一下？」

「嗯。」

徐翰烈仍然閉著眼，只點了點頭。「那就再睡一會。」得到同意，白尚熙於是慢慢走回床邊，小心地放下徐翰烈，然後自己也貼著對方，面對面躺了下來。腿和腿自然地交纏，身體也如拼圖般輕柔地契合在一起。他將棉被拉至脖子蓋好兩人身體，以額頭相抵的姿勢入睡。臥室再次安靜了下來，只聽得見兩人酣甜的呼吸聲。

不知睡了多久。徐翰烈覺得好像哪裡透不過氣，呻吟著翻來覆去。不曉得為什麼，白尚熙攬著他的那條手臂感覺比平常還要沉重，頭頂傳來的鼻息也灼熱又粗重。

「……嗯？白尚熙？」

徐翰烈突然張開眼，用疑惑的眼神仰視著他。只見白尚熙的額頭上沁出了一顆顆豆大的汗珠。徐翰烈嚇了一跳，趕緊摸摸他前額。才剛把手貼上去而已，白尚熙口中就發出幾聲難受的呻吟來，被汗水浸溼的額頭滾燙不已。

「什麼啊，你發燒了？」

徐翰烈抓住白尚熙肩膀，將他從自己身上拉開一點，細細端詳他的臉。白尚熙癱軟著身子，有氣無力的，卻在這種時候還本能地伸手，想要把徐翰烈重新摟回去。

「喂，你醒醒。」

徐翰烈連忙坐起身，拍拍白尚熙的臉。白尚熙竟然沒有任何反應。他連眼睛都睜不開了，卻還下意識朝著徐翰烈的方向摸，在摸到徐翰烈大腿後便枕著他大腿，一隻手還環住徐翰烈的腰。

「……再一下下，翰烈啊，我再睡一下下就好。」

「現在哪是安心睡覺的時候！」

徐翰烈責罵著還想睡懶覺的白尚熙，慌忙往周圍張望。白尚熙竟然生病了，這是他從未想過的事情。明明凌晨回來的時候人還好好的啊……不對，好像不是？迷迷糊糊之中依稀有感覺到他體溫比平時要來得高。是累壞了嗎？還是感冒？徐翰烈不知道他究竟是哪裡出了問題。

這種時候首先該做的是什麼？徐翰烈向來都是被照顧的那一方，從來沒有照料過誰。當時年幼的他也不需要負責看顧生病的親生母親。徐翰烈的腦海裡頓時一片空白。

「該死……要怎麼辦……」

他好不容易才從白尚熙的懷中掙脫出來，拉開桌子抽屜，拿出固定放在那裡的耳溫槍伸進白尚熙耳朵裡。在測量體溫的那幾秒鐘，他感到前所未有的焦慮。很快地，隨著嗶的一聲，耳溫槍的液晶螢幕變成了紅色——白尚熙的體溫竟高達三十九點一度。

「去、去醫院！」

徐翰烈罕見地露出慌亂失措的神情找來手機，甚至慌到連指尖都在顫抖。該打一一九嗎？他按下一一九之後卻猶豫著要不要撥出去，不確定自己的做法是否正確。白尚熙這時忽然開口：

「只要……」

「你說什麼？」

「……陪在我身邊就好，我睡一覺起來就沒事了。」

「你瘋了喔？是在亂說什麼，我們還是趕快去醫院吧，去那裡看是要打點滴還是怎樣……」

徐翰烈正打算按下通話鍵，白尚熙卻一把扣住他手腕，硬是將他拽過來躺回床上。也不曉得一個意識不清的病人哪來這麼大的力氣。

「喂，白尚熙！現在不是你耍賴的時候！」

「你身體涼涼的，抱起來好舒服。」

「不是我身體涼，是你身體在發燙好嗎！」

「……是這樣嗎？」

「你先在這裡待一下，不要亂動。」

徐翰烈費了一番力氣才終於擺脫白尚熙抓著他不放的手。他跳下床跑到客廳去打電話給姜室長。一直陪在白尚熙身邊的姜室長肯定比誰都還要了解白尚熙的情況。

回鈴音彷彿隨時會中斷，卻又綿延地持續著。徐翰烈焦躁地咬起了指甲。就在他打算掛掉電話，改為打給楊祕書尋求幫助時，「嘟嚕嚕」的信號聲瞬間停止。

「喂？姜室長嗎？」

「……唔？咦？啊，是徐代表啊！您好您好，最近過得還好嗎？」

「先不寒暄了，尚熙現在人不舒服，在發高燒，請問他是從什麼時候開始不對勁的？」

「蛤？發燒？唉唷，這小子！我就知道會這樣！」

「這是什麼意思？」

「他就是太逞強了啦！這幾天身體都不太舒服的樣子。我說我要帶他去醫院，他卻嘴硬堅持說他沒事。建梧他現在病得很嚴重嗎？」

徐翰烈完全不知道白尚熙身體不適的消息。在外地拍戲而分隔兩地的期間，雖然時常利用空檔視訊，但白尚熙隱藏得太好，以至於徐翰烈完全沒有發現他的異狀。徐翰烈要是關心他臉色不太好，他總是不當一回事，輕描淡寫地說只是有點疲倦而已。徐翰烈最近重心都擺在自己的工作上，不像以前盯得那麼緊也是事實。過去全副精力都投注在白尚熙身上的時候，僅是聞到他身上味道，就可以馬上察覺他拍戲的搭檔換了人，或者他今天去過醫院這些細節。是徐翰烈最近這段期間對他太疏忽了。

『幹嘛這樣看著我？你有什麼話想說嗎？』

『沒有，就是很想見你。』

『什麼啊，現在不就見到了嘛？』

『嗯，可是還是莫名想你。』

『你少無聊了。』

徐翰烈忽然想起幾天前和他的視訊內容。當時他以為白尚熙的話只不過是情侶間常有的甜言蜜語，原來並非如此嗎？這麼說來，白尚熙好像從來沒有對任何人表露過脆弱的一面，也未曾要求別人要將他擺在第一位。

「徐代表？您有在聽嗎？我現在趕過去那邊好嗎？」

姜室長的問題讓徐翰烈頓時回神。他答說「不用」，制止彷彿馬上就要衝過來的姜室長：

「這裡有我在，姜室長不用趕過來沒關係。我會注意他的情況，有必要的話會送他去醫院的，請別擔心。現在重點是，他不是後天要出國嗎？」

「是的。」

「那個行程是否能夠稍微延後個幾天？」

「啊，不行耶，那份合約本來條件就比較嚴格，要是真的沒辦法配合的話，可能得跟對方談談看才行。」

「那我跟洪代表聯絡看看吧。到時候會以公司名義跟對方交涉，請求他們諒解，也麻煩姜室長好好溝通應對，避免傳出不利的言論。最近尚熙特別受到各方關注，要是不小心傳出負面消息，到時候記者又要大作文章了。」

「好的，我知道您的意思。」

「就算會有違約情事牽涉到違約金的部分，也不需要勉強完成。不管違約金是多少，到時候我來負責。」

「光是聽您這麼說就很感謝了。總之請先轉告建梧讓他好好休息，有任何問題請務必跟我聯繫。」

「我知道，那就先這樣子。」

徐翰烈結束通話後重新回到臥室。白尚熙正蜷縮著他巨大的身子，難受地呻吟。原先平滑的眉宇如今整個皺了起來，高燒不退讓他渾身皮膚都在泛紅。明明不是第一次見到別人生病的樣子，徐翰烈卻覺得看起來特別陌生。平時總是充滿餘裕、老神在在的一個人，現在卻病成這副模樣，簡直是判若兩人。

『我睡一覺起來就沒事了。』

人都會有不舒服的時候，而且這種事也不可能只發生過一兩次。每次生病，白尚熙都是自己一個人孤零零撐過來的嗎？徐翰烈突然想起高中的事情，當時久違地在學校碰到了白尚熙，聞到他身上散發著熟悉的醫院消毒水味道。他後來好像有提過自己是得了急性闌尾炎。

當時的白尚熙處境跟現在天差地別。現在的他已經有了一個可以回來歇息的家，有幾乎等同於家人的戀人，還有多到應接不暇的工作。儘管如此，他還是寧願獨自承受這些苦痛，認為自己只要休息一陣子就沒事了。這種不重視自己的態度讓徐翰烈心裡升起一把無名火。

「傻傻的，什麼叫睡一覺就沒事了？」

徐翰烈不高興地嘟囔了一聲，隨後又到外面去找來醫藥箱，從裡面拿了片退熱貼出來。這是白尚熙為了經常出現不明原因高燒的徐翰烈所準備的。徐翰烈也從常備藥中取出退燒藥，並倒了杯水才回到臥室。

「翰烈啊……」

徐翰烈剛坐上床尾，就聽到白尚熙有些焦急地呼喚著他名字，似乎光靠壓上床墊的重量變化就足以察覺徐翰烈的靠近。見他在意識不清的狀態下還不停摸索空著的床位，徐翰烈整顆心都揪在一起。

「我在這裡。」

他不開心地咬了咬下唇，然後輕拍白尚熙肩膀。

神奇的是，白尚熙真的尋著他的聲音轉過身來，一把摟住他的腰。徐翰烈摸摸他的頭髮：

「先吃藥，好嗎？」

徐翰烈碰了碰白尚熙乾渴的唇瓣，白尚熙便自動張開嘴來。他把手指伸進去按住白尚熙的舌，由於高燒的緣故，白尚熙口腔內的溫度也相當高。徐翰烈讓白尚熙接連吞下藥丸和水，他忽然猛烈地咳了起來，好不容易剛餵進去的藥就這麼咳了出來。

「這樣不行，你身體躺好。」

儘管徐翰烈發出要求，白尚熙卻不為所動，呼吸也在這時變得更加急促。徐翰烈情急之下按住他肩膀，讓他仰面朝向天花板，然後把退燒藥和水含在嘴裡，吻住意識不清明的白尚熙。

他舔了舔白尚熙的乾燥的嘴唇，白尚熙本能地張開了嘴，他便把自己的舌頭和含住的藥丸送進白尚熙口中。雖然處在半昏迷狀態，白尚熙仍是伸手抱住徐翰烈腦袋，自然地承接他的親吻。

「咕嚕」一聲，白尚熙的喉結緩慢動了動，總算將藥和水吞了下去。隨後，徐翰烈的舌頭將白尚熙主動纏上來的舌給推開，又含了一顆退燒藥在嘴裡，再用同樣的方式餵給他。

等到白尚熙順利吞下第二顆藥丸，徐翰烈打算功成身退的舌頭卻被白尚熙用力吸住，還使勁捧住他腦袋不讓他逃脫。「等一下……」徐翰烈一開始還有些抗拒，後來也放棄了抵抗，乖巧地接受他的吻。是因為生病所以肺活量減少了嗎？總是堅持吻到缺氧的白尚熙比平常還要早放開他。

「都已經病得半死不活了，還這麼想要接吻？你這身體到底是怎麼回事。」

徐翰烈雖然一臉不滿地咕噥抱怨，卻還是主動湊上去在白尚熙的嘴唇上親了一下。

接著，他把凌亂的被子拉上來，細心地蓋到白尚熙的脖子附近，然後自己也鑽進被窩，將白尚熙的腦袋輕輕抱在懷裡。白尚熙徐徐偏過頭，耳朵在徐翰烈的胸膛上揉蹭著，彷彿是下意識想聽取他的心跳聲。徐翰烈小聲咂著嘴，一邊按摩著白尚熙發熱的耳朵，等待他安穩入眠。他也學白尚熙經常對自己做的那樣，在他額頭和臉上的各個地方輕落下幾個吻。

也不曉得經過多久，對講機忽然響起。大概是楊祕書來了。徐翰烈原本也打算要聯絡他的，一時忙亂就忘記了。

徐翰烈小心翼翼地解開白尚熙抱住自己的手臂。剛鬆開被他緊抓不放的衣角，他的手便急切地在空中亂抓，平靜的臉龐也頓時寫滿了不安。徐翰烈看到他這樣，內心深處無法抑制地湧上一陣酸楚。

「……這個讓人心疼的傢伙。」

徐翰烈實在無法狠下心就這樣離開，於是悄悄握住了他的手。白尚熙立刻用力地回握。徐翰烈溫柔親吻他熱燙的臉頰，附在他耳邊悄聲說：「乖乖等一下。」可是白尚熙抓著徐翰烈的手還是沒有鬆開，一直到他說：「我馬上就回來。」白尚熙才稍微放鬆了一點力道。

徐翰烈將白尚熙的手臂好好塞進被子裡，等他睡著之後又守在他身旁看了一會，才靜靜地走去客廳。

「……」

白尚熙雙眼緩緩睜開。有點模糊的視線在重新眨了幾下眼睛後才變得清晰。他感覺自己睡了很長的一覺，但不知道自己睡了多久或發生了什麼事。後腦杓仍然有些沉重，不過腦袋思緒是輕盈的。整個身體痠痛的同時又有種涼爽的感受，這顯示他已經完全退燒。

白尚熙習慣性地往身旁探去，本該是徐翰烈的位置卻空在那裡。白尚熙將歪七扭八的枕頭抓過來，整張臉埋進去。一吸氣，就聞到枕頭上面滿是徐翰烈獨有的味道，還能感受到一絲微弱的餘溫。

這是怎麼回事？

白尚熙抬起頭來環視著周遭。看著從窗簾縫隙滲進來的一點點陽光，就知道外面天已全亮。他睡得夠熟，足以消去一身的疲勞，想見現在不會是凌晨。這個時間點，徐翰烈應該已經去上班了才對。

儘管抱持著這樣的想法，他還是坐起身來左右張望。沒看到徐翰烈的人，映入眼簾的是凌亂的床鋪。使用過的幾張退熱貼散落著，充滿水氣的毛巾也隨便丟在一旁。不知是否打翻了水，被子有些地方摸起來都是溼的，地板上甚至還有滾落的醫藥箱和耳溫槍。這些都是不太會照料病患的某個人照顧了自己一整晚所留下的證據。

白尚熙不禁感嘆自己在如此混亂的狀況下還能睡得這麼安穩，尤其是最近這段時間，他好像已經很久沒有睡得這麼熟了。結束外地拍攝之後，他唯一的念頭就是要回家擁抱徐翰烈，昨晚他也終於如願以償。返回最安心舒適的地方，感受到惦念許久的體溫和味道之後，整個人繃緊的神經瞬間放鬆開來。用一句老話來形容就是「睡到不省人事」，搞不好中間曾經一度昏厥也說不定。白尚熙掀開被子，下床時的步伐變得輕盈。他從緊閉的房門外隱約感受到了些許動靜。

「啊，好燙！」

白尚熙眼神充滿狐疑地稍微打開了門，廚房傳來餐具碰撞發出的聲響。他決定過去一探究竟。

「靠！這什麼鬼東西！」

來到廚房的白尚熙碰巧撞見徐翰烈把手裡的料理器具丟出去。湯杓摔進水槽裡發出鏘鈴匡啷的聲音。看到徐翰烈氣呼呼瞪著正在沸騰的鍋子，白尚熙忍不住笑了起來。

徐翰烈氣憤地回頭，才發現白尚熙不知何時來到身後，他睜圓了眼：

「咦，你什麼時候醒的？」

「剛剛。」

白尚熙慢慢走近徐翰烈，將他緊攬入懷中。那力道之大，簡直要將人揉進身體裡，徐翰烈不禁出聲痛呼。白尚熙就連他這種樣子也都愛到不行，往他修長的脖子一下又一下地親。

白尚熙隨後便抓住徐翰烈的兩隻手，攤開來檢查。雖然是沒有到燙傷的程度，但雙手還是都被燙到發紅，似乎是不曉得靠著鍋子的器具也會燙手才引發了意外。白尚熙輕撫著那些發紅的地方，視線往還在爐子上滾的那一鍋食物看過去：

「那是你做的？」

「也沒做什麼啊，就只是加水煮開而已。」

「看起來好像是粥？」

「……我直接餵你吃了退燒藥，但問過楊祕書才知道空腹吃藥不好。」

徐翰烈嘀嘀咕咕地抱怨說這種事為什麼不寫在用藥說明書上。白尚熙笑著關上電磁爐的電源，然後打開冰箱門從裡面取出冰塊。他拿著小小的冰塊按在徐翰烈發紅的手指上輕揉，徐翰烈被冰得指頭不住蜷縮。「會痛嗎？」白尚熙關心他之餘一邊吻著他的頸子。徐翰烈答說：「可以了。」接著抽出被握住的手：

「總之你先吃點東西墊墊胃，你好像還得繼續吃退燒藥。」

「好，那就來吃吧？」

白尚熙親自將煮到水分收乾的那鍋白粥端到餐桌上，還趁機在徐翰烈發呆的臉頰上偷香了一口。徐翰烈看著白尚熙坐到餐桌旁，不知為何一臉的悶悶不樂。

「你怎麼想到要煮粥的？」

「時間還太早，沒有什麼東西可以買。我想說你已經夠不舒服了，要是再叫人過來只會更吵，怕打擾到你休息。」

「你想得沒錯，謝謝了，這麼珍貴的東西，我會好好享用的。」

「亂說什麼啊，這只是把白米和水倒進去滾開而已耶？」

「食材不是重點啊，你從來沒有幫誰煮過這種東西吧？應該也沒有煮給自己吃過。」

徐翰烈臉色變得有些彆扭。他還是站在廚房的烹飪檯前沒有移動，只用眼睛追逐著白尚熙的手部動作。

「……味道很怪的話就別吃了。」

「味道怎麼會奇怪，不是只放了白米和水而已嗎？」

白尚熙用徐翰烈說過的話堵他，毫不猶豫地拿起湯匙開動。徐翰烈煮的第一道料理既非白飯也不是稀飯，因為鍋子裡的水都已經收乾了。白尚熙舀了一湯匙放進嘴裡，馬上露出笑容。水放得不夠多，所以米煮得不夠熟，底部燒焦的關係，吃起來和鍋巴粥的味道差不多。見白尚熙一邊吃著粥一邊笑個不停，徐翰烈頓時氣道：「笑什麼？」

「好吃耶。」

「騙人。」

「令人感激涕零。」

「你故意取笑我？」

「是真的，而且這是我的第一次。」

「第一次什麼？吃到這麼可怕的東西？」

「別扭曲我的意思。我說的是第一次有人親手為我煮粥。」

「我才不相信咧，至今為止你交往過多少女人啊。」

「嗯，是不少。」

白尚熙似是不甚在意地聳了下肩膀，重新舀了一大口粥，然後歪了歪頭：

「但我好像從來沒有病得這麼嚴重。」

「怎麼可能，你去到哪都能睡，還什麼東西都往嘴裡塞，也不懂得愛惜身體，我看你根本就是連自己生病了都不知道。」

「是這樣嗎？」

白尚熙這回也只是一笑置之，將那半生不熟乾巴巴的粥隨意咀嚼了幾下就吞下去。

「你不是說你闌尾手術的時候，醫院的護士把你照顧得無微不至？」

徐翰烈語帶譏誚。白尚熙漠然提起眉毛：「啊，你說那個？」他再次輕笑：

「照顧得再好也不會親手為我煮粥啊，醫院有供餐的。她們也不會在我睡覺的時候溫柔地撫摸我或給我親親。」

正欲反駁的徐翰烈忽然噤聲。還以為他完全睡死過去了，他到底是怎麼知道的？莫名感到難為情，徐翰烈趕緊別過臉，因害羞彆扭而微微翹起的唇瓣變得格外突出。

「是你一直吵著要我抱你、要我摸你，像個耍賴的小孩。」

「嗯，好像有這麼回事。」

「我說的是真的。」

「我知道，不過你為什麼這麼縱容我？」

白尚熙自言自語般喃喃，說自己這樣會被慣壞，把錯怪在徐翰烈身上。調皮的語調及表情看起來十足愉悅。

「你現在已經完全恢復了是吧？」

「你可以親自確認看看啊。」

「少在那邊給我來這一套。」

徐翰烈剛把手臂交叉在胸前擺出不高興的神色，就見白尚熙立刻笑出聲來，也不知道到底是在開心什麼。

「姜室長說他一直要帶你去醫院，你為什麼都不肯去，非要拖到變成這個樣子？」

「去醫院的話會耽誤拍攝進度，進而延誤收工回家的時間，這樣能跟你見面的時間不就變少了？我昨天回家前還沒這麼嚴重。」

「別人體溫光是升高個零點一度你就在那邊大驚小怪的，你自己都燒到三十九度了還不嚴重？」

「睡覺時覺得太熱，所以想說稍微沖個澡，雖然是很舒爽沒錯，但果然大冬天的還是不太適合洗冷水澡。」

「你是瘋了喔？洗什麼冷水澡。」

徐翰烈隨即發出犀利的指責，聽在白尚熙耳裡卻成為一句滿懷愛意的關心。白尚熙帶著笑盈盈的表情，把已經吃完的空鍋子拿到流理檯的水槽放。見徐翰烈仍舊不開心地盯著自己，他便兩手環住徐翰烈的腰，往耳際一頓猛親。但徐翰烈還是紋風不動，維持著抱胸的姿勢。

「你為了我連公司都沒去？」

「又不是小孩子了，這有什麼好開心的？」

「不管怎樣，可以和你待久一點就是開心啊。而且這也意味著你把我看得比工作還重要。」

「你在說什麼廢話。」

徐翰烈用手肘戳了白尚熙的胸口一下，白尚熙於是輕輕拽他過來，將他抱到烹飪檯上，整個人卡進他兩腿之間，提前封鎖掉他的去路。白尚熙胸口緊貼著徐翰烈的身體，抬頭凝視著他。

在他情意綿綿的目光下，徐翰烈的表情開始一點點、一點點地軟化開來。白尚熙牽起他的手，溫柔地在上面印下一吻，也用臉頰緩緩磨蹭。徐翰烈這才開始小心地撫摸白尚熙的臉龐，感覺他體溫降了不少，只剩下一點低燒的樣子。

「真的沒事了嗎？」

「嗯，多虧有你在，這次好好病了一場，你很擔心嗎？」

「你最值得誇讚的就是這副強健的體魄，結果卻病到整個人都倒下了，你說我有可能不擔心嗎？」

「雖然意識一直恍恍惚惚的，但感覺到你在旁邊急得團團轉，反而讓我有一種安心感，以後可以放心生病沒關係了。」

「……你在亂說什麼。」

白尚熙在徐翰烈懷著不滿情緒而噘起的嘴唇上親了一口，然後靜靜端詳了一會他的臉，再用比起剛才更慢的速度，更加小心地吻上他。儘管眉頭還皺著，徐翰烈亦是默默地閉上眼接受他的吻。

白尚熙的大拇指摩挲著他豎起絨毛的臉頰，小力吸扯他厚嫩的下唇。四片柔軟的嘴唇糾纏又分開，吮住彼此拉扯後再放掉，直到完全將對方包覆。徐翰烈伸開兩條手臂勾住白尚熙脖頸，白尚熙也傾身向前，用力扣住他肩膀，使兩人的距離更加貼近。

原本在白尚熙口中淺淺纏繞的舌頭強行探入徐翰烈嘴裡，逼得徐翰烈發出一聲悶呼，卻也對著白尚熙的舌頭深情吸吮。不知是否因為生病的關係，白尚熙的感官似乎更為敏感，體溫上升的速度好像更快了，呼吸也在轉眼間變得急促。

徐翰烈漸漸被向後推，後腦杓因此撞到牆面上的架子。白尚熙一邊吻他一邊用手護住他的後腦杓。當他們終於吻到喘不過氣，緩緩鬆開彼此唇瓣後，兩個人都不由得笑了起來。

徐翰烈的手仔細描繪著白尚熙湊在面前的那張臉：

「明天是幾點的飛機？」

「早上九點。」

「那等我醒來時，你已經不在了。」

「還是我不去了？」白尚熙吻了吻那隻愛撫他嘴角的手。徐翰烈笑了一聲，懶懶地捻按他的耳垂。

「晚上的表現夠好，就算是個稱職的好情人了，要是連白天的工作都能好好兼顧，那豈不是更完美了？」

「是誰的男朋友這麼貪心？」

「別的也就算了，池建梧的韓服特輯怎麼能錯過呢？這會是全人類的損失吧？」

連全人類都搬出來了，白尚熙聞言當場發出爽朗的笑聲來。他配合地回應說：「那樣可不行。」同時接連啄吻徐翰烈的脖子內側。

唇瓣沿著徐翰烈下巴與耳朵漸漸上移，再次來到嘴巴附近。徐翰烈本來安靜地接受著白尚熙撩人心弦的吻，忽地嘴角一勾，手指輕輕挑起白尚熙下巴。

「你這次去要多久？」

「至少一個禮拜？長一點的話也有可能要十天左右。」

「還真久。」

「對啊。」

白尚熙說著嘆了口氣，腦袋湊到徐翰烈肩膀蹭蹭，還開玩笑說自己大概會乾涸而死，說完冷不防隔著衣服在徐翰烈胸上輕啃了一口。徐翰烈發出驚呼，身子縮了起來，白尚熙又把手伸進他衣服裡搔他腰腹。徐翰烈被逗得笑彎了腰，整個人向後仰。兩人持續地互相搔癢啃咬，玩鬧了好一陣子。

徐翰烈笑到累了，邊喘氣邊說：「我可不能讓你死掉。」抬手幫白尚熙梳了梳他凌亂的瀏海。白尚熙在這時也停下玩鬧的動作，毫不抵抗地任由徐翰烈在他臉上作亂。

「我們家狗狗要吃得飽飽再走。」

「嗯，你要餵我吃多一點。」

交換著喁喁細語的兩人爭相親吻對方的嘴，也牢牢纏擁彼此的身軀。雖然是早就計畫好的事情，也還沒到分別的那一刻，兩人已經感到十分不捨、離情依依。

「我很快就回來。」

白尚熙覆在昏睡的徐翰烈耳邊向他道別。累壞的徐翰烈只能發出模糊的夢囈，還微微點了下頭回應。這副模樣實在太可愛，令白尚熙抽不了身，又俯下去在他腦門上親了一口。徐翰烈「唔嗯」一聲，習慣性伸出手摸向白尚熙的臉。白尚熙抓住他無力的手，將唇瓣埋入手掌中央，留戀不捨的情緒使他禁不住蹙起眉心。

手機在這時重新響起，應該是姜室長打來的。他老早就到了地下停車場，大概是一直沒見到白尚熙下來，開始等得不耐煩了。

白尚熙將徐翰烈的手塞回被子後才直起身。走出臥室前，他又再回頭看了一眼床上熟睡的人。想待在他身邊更久一些，這個念頭隨著日子一天天過去而膨脹，變得越發貪得無厭。在他的人生當中，或許未曾有過如此深切的渴求。白尚熙心忖，等所有預定的行程都完成後，他得和公司談一下未來的工作安排才行。

生怕吵醒徐翰烈，他躡手關上門，楊祕書已經在客廳等候。放不下心的關係，白尚熙事前聯絡楊祕書，請他在自己離開前就過來照看徐翰烈。徐翰烈在歡愛過後體溫比平常高出了一點，白尚熙不敢留他單獨一個人在家。

「謝謝你過來。」

「好久不見了。」

「我剛剛又量了一次，已經恢復到正常的溫度了，不過還是請你多注意一下，以防萬一。」

「我知道。」

「翰烈就拜託你了，楊祕書。要是發生什麼事，請一定要跟我聯絡。」

「我會的，你也路上小心。」

兩個人各自交代完事情後簡單地點頭道別。白尚熙朝玄關走去時，腳踝上彷彿拖著沙袋那般沉重。

他來到地下停車場，在保母車外等待的姜室長隨即過來替他打開後車門。

「今天怎麼服務這麼好。」

白尚熙說著便上了車，姜室長卻仔細地觀察著他神色，用難以置信的眼神對他反覆打量。

「幹嘛這樣看我？」

「你不是生病了嗎？」

「嗯，燒到三十九度。」

「那怎麼才過一天就這樣生龍活虎的？你去醫院吊點滴了嗎？」

「沒啊，是翰烈一直在照顧我。」

「徐代表？」

在姜室長的認知當中，徐翰烈依然是個重症患者。所以當他聽到白尚熙被一名患者照顧了一整天，總覺得有些荒謬。而且當時和徐翰烈通電話時，他就從對方失去鎮定的聲音猜測到白尚熙的狀況應該不好，為此操心不已，未料現在看到白尚熙不但沒有病容，還一副精神煥發的模樣，著實嚇了一跳。

「姜室長，你要在這裡站到什麼時候？不怕我們遲到嗎？」

「喔，要走了！」

姜室長連忙回到駕駛座，然後平緩地將車子開出去，並簡單說明了今天一天的行程安排。

保母車飛快奔馳著，隨後便駛抵了機場的出境大廳門外。如同姜室長所提醒的，無數的記者和粉絲從一大早就聚集在那裡。現場動員了數十名保全人員圍著保母車隔離出一條道路。就連機場警察也出來支援，以免發生不必要的騷動。

「過馬路前稍微打個招呼，然後一路跟著我走就好。進去後我會直接去辦理報到手續。」

「好。」

姜室長說完便率先下了保母車。白尚熙傳了最後一則道別的訊息給徐翰烈，緊接著，後座車門就被姜室長拉開來。隨著車門緩緩開啟，相機快門聲與人群交談聲從四面八方湧來。

白尚熙不疾不徐地下了車。因為要搭長途飛機，他並沒有特別梳妝打扮。什麼也沒抹的頭髮有些散亂地遮住他的雙眼，反而突顯出屬於他的那股自然率性。平時常穿的黑色針織衫和牛仔褲適度地展現出他勻稱健美的身材和奔放不羈的個性。齊腰的黑色飛行夾克更是襯得他一雙長腿格外引人注目。

「池建梧先生！請揮個手！」

「池建梧先生，也朝這邊打一下招呼好嗎？」

當白尚熙站在斑馬線前方，媒體們紛紛朝他提出要求，相機快門聲也更加猛烈。他彎腰行了個禮，然後抬起右手稍微揮了揮。拿著相機的記者和粉絲們激動地卡位搶拍，威脅著保全的防線。

過了片刻，行人燈號亮起。白尚熙緩慢舉步走進等待著他的閃光燈砲火之中。

✦

「您有哪裡不舒服嗎？」

被這麼一問，徐翰烈放下習慣性揉按太陽穴的那隻手。見楊祕書朝他投來關切的眼神，徐翰烈回說沒有，然後喝了一口低咖啡因的咖啡。

「只是有點偏頭痛而已。」

「需要幫您準備頭痛藥嗎？」

「沒那麼嚴重，大概是因為睡眠不足的關係吧，過一會就好了。」

「要不要上班前繞去醫院看一下……」

「那今天一連串的會議要怎麼辦？誰會因為偏頭痛就去醫院啊。」

徐翰烈獨自嚷嚷著說你們根本是反應過度了。就在今天清晨時也發生過同樣的事。做愛之後有點低燒或身體不適也沒什麼大不了的，白尚熙卻因為感覺他身體比平常還要熱一點，就緊張地量了好幾次他的體溫。即使體溫已經恢復正常了，他仍不放心，直到連續三次都測出相同數值才肯罷休。光這樣還不夠，白尚熙還打給楊祕書，問對方能不能提早過來，臨走前更是再三吩咐要好好照顧徐翰烈。

根據徐翰烈的判斷，他覺得自己比手術前健康多了。他的體力大幅提昇，不會每次激烈性愛後就病倒。換作是以前，他大概早就因為過勞昏倒而送醫院了。

儘管如此，所有人依舊把徐翰烈當成重病患者來看待。對於一個健康的成年人來說，偏頭痛明明就是跟打噴嚏一樣普遍的症狀。

就在徐翰烈擺著臭臉準備將剩下的咖啡一飲而盡時，楊祕書的手機鈴聲忽然響了起來。徐翰烈點頭示意他接聽來電，然後感到有些可惜地嚥下最後一口咖啡。

「不好意思，那我接個電話……是，會長您好。啊、是的，本部長現在就在我旁邊。」

原本一副愛理不睬的徐翰烈聽到這邊突然伸出手，楊祕書於是將自己的手機恭敬地交給他。

「是徐會長打來的。」

「為什麼每次都不直接打我手機，非要打給楊祕書啊？這樣不是給別人添麻煩嗎？」

「打你手機你就會接的話，我何必這麼麻煩？自己不愛接電話還怪別人。昨晚做惡夢沒睡好喔？聲音怎麼聽起來這麼沒勁？」

「誰會一早起來就感到心情愉悅啊。」

「那你看一下電視新聞吧，說不定會讓你心情變得好一點。」

徐翰烈皺起眉看向楊祕書。楊祕書大概是聽到了通話內容，自動自發打開電視。此刻正在播放晨間新聞。

「接著是下一則新聞。某間大企業高層涉嫌從美國走私大量搖頭丸和冰毒，並經常服用這些非法藥物，目前正在接受調查。這名高階主管過去也曾因違反毒品危害防制條例而遭受到處罰。假如這項指控成立，恐怕他將因累犯期間犯下類似罪行而受到加重刑罰。」

雖然畫面播出的並非涉案當事人的影像，但光從新聞內容提供的資訊，就可以輕易聯想到「某間大企業高層」指的是誰。徐翰烈提起單邊嘴角，搖了搖頭：

「我就說嘛，要狗改掉吃屎都還比他快呢。但是宗烈這次被抓進去的話，大概又要鬧得人仰馬翻了吧，沒關係嗎？應該又會有很多人趁機批評說，擁有經營權的徐家在道德操守方面存在疑慮。」

「還敢講什麼道德操守疑慮，你自己都不會不好意思啊？」

「我怎麼了？男人和男人交往、上床，跟道德操守有何關係？」

「一早起來就這麼口無遮攔的。」

「是徐會長您先開始的。」

「哎，反正他這次想出去可沒像上次那麼簡單了，因為沒有其他人跟他一起同流合汙，誰也不會對他的裁決有意見。不管再怎麼有錢，犯了罪就是要受罰，讓他嘗點真實世界的教訓也沒什麼不好。」

「也是，累犯期限內的加重刑罰，就算找來再厲害的律師，大概也很難推翻判決。不過，難道徐會長您早就預料到會有這一天，才會在上次做出那樣的行動？就算爺爺那時候沒救他出來，其他共同涉案的傢伙也會拚了命地想辦法脫身。當時之所以會牽扯這麼多人進來，就是為了要故意炒熱話題？」

「應該說，就只是時機點比較湊巧罷了。」

「是嗎？怎麼那麼剛好，徐會長每次行動的時機點都那麼巧妙啊。」

「你要一直陰陽怪氣的到什麼時候？翰烈，這件事對你也是有好處的。」

「那是當然，我本來就在思考要怎麼收拾宗烈那個傢伙。託徐會長的福，在我最忙的時候能讓我省去一些功夫。」

徐翰烈直接向徐朱媛道謝。徐朱媛聽了卻只想翻白眼，冷笑道：

「你是打算裝蒜到底就是了？」

「我又怎麼了？」

「這次調查的契機，聽說是和宗烈一起吸食冰毒的演員志願生向朴玄碩檢察官主動自首？甚至還提交了自己吸毒時的影片作為證據。」

「是喔？朴玄碩是哪位？」

「還會是誰，就是傳喚過你的那位啊，尹檢察官的後輩。」

「啊，那個人喔？他眼界雖然有些狹隘，卻很有使命感，做事一板一眼，只要透漏一點情報線索，他一定會追查到底，也不需要背地裡給他什麼好處。」

「所以，是你做的手腳吧？」

「妳到底是在懷疑什麼？」

「不然那個願意自首吸毒的演員志願生是哪裡來的？」

徐翰烈聳了下肩膀，一副沒什麼大不了的語氣：

「我私下跟尹檢察官稍微探聽，結果他說徐會長一切早有準備，要我等著坐享其成就好。反正早晚都要處理的，只是把日程提早了一點而已。宗烈最近越來越不識好歹，老是扯到尚熙。」

「又是因為白尚熙？」

「要不是因為他，我何必費心管宗烈的事啊。而且話要說清楚，那個女的演員志願生可不是我安排的唷，是宗烈最近去到哪都帶著她，我只是找她稍微聊了一下而已。可能是還太年輕吧，膽子小得很。只是跟她說檢方正在調查這起吸毒案而已，她就哭哭啼啼地求饒。比起那種游手好閒、不務正業的人，像她這種演員志願生的名號，更方便尹檢察官或徐會長製造故事話題。那個女孩子是初犯，前途還很光明，不但能協助調查，還能以屈服於淫威、被迫涉案的藉口獲得減刑。」

「叫你多學點經營管理，你卻淨是學些邪門歪道。」

「還不都跟老師您學的。」

「哎，我說不過你啦。反正這次事件造成的經營崗位空缺也不是沒有經歷過，你就不用擔心了。最近不論聽到什麼消息，你只要管好你自己的事就好。」

「知道了，既然是我們徐會長決定負責的事，我相信不會有問題的。」

這時，電視裡接著開始播報娛樂新聞，畫面中出現了徐翰烈熟悉的臉孔。他把電視音量稍微調大，徐朱媛的聲音漸漸地從他耳邊遠離。

「為您介紹第一則娛樂新聞。不只電影《人鬼》達成兩千萬觀影人次，並透過OTT平臺原創作品《以眼還眼》受到國際關注的演員池建梧，今早動身前往德國進行畫報拍攝。仁川國際機場從清早就聚集了大批記者和粉絲，足以見證池建梧火熱的人氣。池建梧表示這次畫報拍攝結束後，他將立即返回韓國，專注於拍攝金儀貞導演的《Spotlight》。連日來以令人矚目的動向引起話題的池建梧將會在《Spotlight》當中展現何種演技，著實備受期待。」

即使在眾多人潮的包圍下，白尚熙也顯得格外出眾。他一面快步移動，不時朝鏡頭露出從容的微笑，並揮手致意，最後還直視一旁的攝影機點了下頭，讓觀眾產生與他眼神交會的錯覺。徐翰烈彷彿沉迷在他的眼神之中，口中無意識喃喃道：

「我們家尚熙今天也好好看啊……」

「……是是是，您說得對。」

電話還沒掛，徐朱媛把徐翰烈的話一字不漏地聽進耳裡，忍不住酸他一句，隨後也沒說句「再見」就直接掛斷。徐翰烈則是一直到白尚熙的那則新聞結束後才發現對方已經離線。

「大家都很努力在工作呢，我們也試著加把勁吧。」

徐翰烈低笑了一聲，收起手機後趕忙出門。

✦

白尚熙在飛抵德國的隔天馬上開始了拍攝工作。該案是由知名的韓服設計師和攝影師負責，並且得到韓國文化財廳和韓國文化基金會贊助的大型專案。為了將韓服之美推廣到全世界，團隊選在國外的著名景點拍攝，亦透過添加有趣的故事情節來吸引人們的視線。如此深具意義的工作，白尚熙能夠被選為專案模特兒，無疑是一件極為榮幸的事情。

他們預計先從德國開始，隨後前往西班牙、英國和法國進行為期一週的拍攝。由於是從《Spotlight》檔期當中好不容易擠出來的寶貴時間，就算來不及調整時差也沒辦法。

畫報以「跨越時空的異鄉人」為概念，拍攝中主要的服飾便是美麗多彩的韓服長袍。穿韓服對白尚熙來說其實是滿陌生的經驗，因為他從未出演過古裝劇或參加韓服為主的時裝秀。小時候也沒能穿過屬於自己的韓服。至於他在電影《人鬼》中的服裝則是現代改良過的款式，與傳統韓服有著很大的差異。

不過這次團隊準備的服裝都非常適合白尚熙，就像是為他量身打造的一樣。他的頭髮被整齊地向後梳，挽起了髮髻，雕刻般深邃的臉孔更加立體顯眼。特有的那股魅人氣質，藏匿在黑笠網紗帽深暗的影子下，營造出一種優雅而清新的氛圍。帽繩、腰帶等飾物鑲嵌著各種寶石，再搭配扇子和長劍等道具，將他的古典氣質烘托得高貴出塵。

每當那外袍下擺被風吹起，工作人員便不禁發出陣陣讚嘆。路過的行人也駐足欣賞他的翩然風姿，其中也不乏有因《以眼還眼》而認出他的影迷。

「喔，現在這樣太好看了，感覺很好喔！OK！也朝這邊看一眼……很好！」

在開始拍攝之前，團隊其實頗為擔心人物是否能夠融入這些充滿強烈異國風格的背景。由於韓服講求的是典雅含蓄的美感，這種韻味很有可能會被華麗的建築風格或色彩所掩蓋。

然而當實際成果出來後，才發現這一切都是杞人憂天。濃厚的西方背景與東方拍攝主體形成令人驚豔的絕妙組合。這要歸功於白尚熙輪廓清晰的五官與優越的體格，將東西方的衝突和時代間的差距縮減至最小。白尚熙這一次的表現，再次印證了徐翰烈的預測，或者說是他的期待。

「哇，拍到超讚的畫面了。辛苦你了，池建梧先生。今天就先到這邊囉？」

「好的，您也辛苦了。」

「每張拍出來都是絕佳之作，哪有什麼辛苦可言。我說啊，你這麼適合穿韓服，為了觀眾們的眼福，應該要接一下古裝片的，只拍畫報太可惜了。」

「對啊對啊，等這次畫報公開之後，肯定會收到一大堆古裝戲的邀約吧？你到時候一定要拍一部給我們看喔，別再拒絕了。」

面對工作人員的連聲稱讚，白尚熙沒有回話，只是淡淡一笑。就是徐翰烈動不動就罵他奸詐的那種魅惑淺笑。

融洽的氣氛下，攝影師提議收工後去喝酒。

「啊，待會工作人員說好要去喝一杯，池建梧先生要不要一起來？之後馬上就要出發去下一個城市了，找家店聚餐來彌補一下遺憾。」

「我也很想去，不過身體實在太累了。」

「哎呀，聽說你出國前就不太舒服，看來是還沒完全好。需不需要吃點藥？」

「不用，我睡一覺起來就沒事了。」

「那好吧，回去好好休息，有問題的話再跟我們這邊聯絡。」

「好的，各位玩得開心。」

白尚熙行個禮道別完，遂朝一旁等待的姜室長走去。他無言伸出手，姜室長便一臉不情願地遞出手機。

「為何那種表情？」

白尚熙這麼問，視線卻集中在他的手機上，確認著徐翰烈有沒有在這期間聯絡他。他立即點開聊天室，傳訊息告訴對方說自己拍攝剛結束，傳完才對著露出不滿神情的姜室長說：「還不走嗎？」

「你難得來歐洲一趟，就只想關在飯店裡？」

「啊就身體還沒完全康復嘛。」

「還沒完全康復？你以為我不知道你一找到空檔就狂打電話的事？」

「既然知道何必多問？想知道遠方的男友在做什麼，不是很理所當然的事情嗎？如果真的覺得無聊，姜室長可以跟他們去玩，不用在這裡怪我。」

「你沒去我自己一個人有什麼樂趣啊。」

「難道我還得為姜室長的樂趣負責？」

白尚熙淡然回道，說完便往車子方向走，一雙眼睛依舊死盯著自己的手機。

這並不屬於當天的特殊情況。白尚熙在整個工作過程當中，除非是站在鏡頭前，不然他是不會放下手機的。即便是在拍攝期間，一到韓國的晚上十一點，他一定會要求暫停休息，只為了要配合徐翰烈的下班時間，好和他通電話。工作人員都會交換幾個微妙的眼神，在一旁無聲竊笑，幾乎所有人都察覺到白尚熙正在熱戀的事實。儘管承受這麼多的眼光，白尚熙卻對戀愛傳聞或八卦謠言無所畏懼。

當然，與曾經病重的戀人越洋遠距這麼多天，放不下心也是在所難免。更別提出國那天徐翰烈的狀況也不是很好，身為另一半當然會怕他身體出問題。不過兩人總共傳了數十通的訊息和視訊電話，白尚熙早就確認過徐翰烈的身體狀況很正常，卻還非得隨時聯絡報備不可，這一點實在讓人費解。也不知道算不算是一種遲來的分離焦慮。

「是我，你為什麼又不接視訊了，讓我看看你的臉嘛。現在在哪裡？還在公司嗎？」

一個不注意，白尚熙又在講電話了，語氣聽起來簡直是變了一個人，堆滿疲勞的臉龐也完全放鬆下來。那個不想為姜室長的樂趣承擔責任的無情之人瞬間消失得無影無蹤。

周圍的工作人員聽到這番寵溺的語氣，紛紛回頭朝白尚熙看過來。看似在做別的事，但其實所有人都高高豎起了耳朵。再這樣下去，白尚熙大概又要被戀愛或結婚傳聞纏身了。姜室長想像了一下未來忙於澄清駁斥謠言而疲憊不堪的自己，就禁不住長聲嘆息。

聽見楊祕書提醒已經到達目的地了，徐翰烈抬起眼皮。原本行駛在外環高速公路上的車子如今已停在兩棟巨大的倉庫之間。這裡是日迅人壽企業廣告的拍攝現場。因為今天是開拍的第一天，徐翰烈抽空過來巡視。

「就是這裡？」

「是的，您要下去參觀一下嗎？」

「不然我大老遠跑來，只看一眼就走？」

徐翰烈用他招牌的尖酸口氣回應完，隨即自行打開車門。然而門才開了一個縫，就被一股強風吹得「砰」地關上。

「我來幫您開門。」

楊祕書忙不迭地下車為他抓住車門。徐翰烈「嘖」了一聲，這才下了車。他的腳剛踏上冰凍的地面，身子就僵住了。由於攝影棚搭建在廣闊的空地上，附近特別寒冷。雖然攝影棚內外安裝了數十臺暖爐，但似乎沒有多大效果。令人真切感受到冬天的腳步已經來臨。

徐翰烈不悅地環視著周遭。早已抵達此地的宣傳組組長趕緊過來向他問好。徐翰烈也簡單點頭回應。

「本部長您好。」

「天氣這麼冷，辛苦你們了。」

「不會的，還要感謝公司不遺餘力地提供暖爐和羽絨外套等各種物資，讓大家能夠舒適地工作。」

「但我覺得你們表情看起來一點都不舒適呢。導演呢？」

「啊，這邊請，我來為您介紹。」

宣傳組組長維持著畢恭畢敬的態度為徐翰烈帶路。一旁的倉庫裡正在緊鑼密鼓地進行最後的準備工作。工作人員忙著架設燈光、反光板、攝影機等必要的器材，沒有注意到徐翰烈的出現。

徐翰烈慢慢掃了一圈攝影棚，逕自嘀咕了句：「感覺有點俗氣。」

「啊哈哈……但是請到的導演非常有名喔，我相信他會拍出很帥氣的作品的。」

「那要等看到成品才知道了。」

徐翰烈就連場面話也不隨意給出樂觀的臆測，有些無辜的宣傳組組長只能流著冷汗，尷尬地陪笑。

導演沒拿擴音器，直接用他的聲音指揮全場，鏗鏘有力的嗓音響徹了整個攝影棚。

對聲音敏感的徐翰烈忍不住蹙起了眉頭來。宣傳組組長察覺到他的神色，於是出聲喚道：

「導演，請來打聲招呼吧，這位是我們的本部長。」

「喔，你好，我是張辰秀。」

「你好，我是徐翰烈。」

徐翰烈正打算點頭致意就好，那名導演卻忽然伸出手要跟他握手。徐翰烈盯著對方伸到面前的那隻手，不知道都摸了什麼，看起來沾了一層黑色的灰。尷尬的沉默讓宣傳組組長急得眼珠子轉來轉去。楊祕書只是一聲不吭地推了推眼鏡。

工作人員們這時終於開始注意到有人來訪。楊祕書在意識到周圍的視線後才小聲提醒了一下。徐翰烈雖然極不甘願，但還是默默回握了一下導演的手。不出意料，感覺手上沾滿了厚厚的灰塵。徐翰烈悄然握起拳頭，放下了手。

「代言人呢？該不會還沒來吧？」

「他很早就到了，要跟他見個面嗎？」

「不用了，沒這個必要。」

徐翰烈一口回絕，然後東張西望的，彷彿在尋找著什麼。

「您有什麼需要嗎？」

「抱歉，洗手間在？」

「啊，請往這邊。」

宣傳組組長連忙為他指路。徐翰烈叫楊祕書留在攝影棚等就好，然後跟著對方走了出去。宣傳組組長還親自幫徐翰烈打開了廁所的門：

「洗手間就在這邊。」

「你也回攝影棚去等吧。」

「咦？可是……」

「難不成我會連近在眼前的攝影棚都找不到？」

「我不是那個意思……那麼我就先回去等了，您有任何吩咐請再叫我。」

宣傳組組長鞠了一個躬，輕輕關上門。徐翰烈等到他走遠之後，才一邊搖頭一邊走到洗手臺前。他扭開水龍頭，冰水嘩嘩地流，即使開了熱水還是冰到不行。徐翰烈長嘆了一口氣，用一旁的洗手乳把手徹底洗乾淨。體質的關係，他天生末梢血液循環不良，手腳容易冰冷，經常泛紅的指尖如今被凍到紅通通的。

「唉，沒救了。」

徐翰烈光是站著身體都冷得發顫。他不經意看向鏡子，才發現自己連嘴唇都凍到發紫。儘管如此，他還是堅持用冰水洗淨雙手，洗得手都麻痺到失去痛覺。

過了好一會，他才關掉水龍頭，伸手去抽擦手紙。不巧的是，紙巾盒裡竟然一張紙都沒有。徐翰烈沒辦法，只好拿出自己的手帕擦乾雙手。鏡子裡映出的蒼白臉蛋因寒冷及煩躁而神情僵硬。

就在這時候，門突然從外面被打開。以為是宣傳組組長進來，徐翰烈轉頭望向門口，沒想到進來的卻是一位完全出乎意料的人物。徐翰烈感覺他的長相既眼熟又陌生——原來正是這次廣告的代言人，鄭義玄。

鄭義玄和徐翰烈目光相接後朝他點了個頭，徐翰烈也下意識地對他頷首。鄭義玄悄聲關上門，為了避開站在路中央的徐翰烈，說了句：「不好意思。」走到洗手檯前的他開啟水龍頭，開始認真地搓洗雙手。

鄭義玄的手也迅速凍紅，但他的表情卻沒有絲毫變化，習慣性的一抹微笑始終掛在嘴角。是因為在意他人目光，所以刻意維護著形象嗎？徐翰烈盯著他看，心中生起這種無謂的想法。水聲很快地停了下來。無意中望向鏡子的徐翰烈，與正從鏡中注視他的鄭義玄對上了眼。鄭義玄大概是確定自己沒會錯意，開口問道：

「那個……請問是不是有什麼話想跟我說……？」

「我嗎？沒有。」

「啊……對不起，看來是我誤會了。」

鄭義玄露出尷尬的笑，對徐翰烈行了個禮。這有什麼好道歉的——徐翰烈差一點就要這樣脫口嘲諷了。他不喜歡這種畏畏縮縮總是看人臉色行事的態度，最討厭的就是那些卑躬屈膝諂媚奉承的人了。

徐翰烈將溼掉的手帕丟進垃圾桶，轉身準備離開，卻感覺到鄭義玄的目光一直在偷覷著自己。是又在注意別人的反應了嗎？不對，他的視線好像不是朝著臉部，而是朝著下方。本想直接忽略離開的徐翰烈，最終還是因那道隱約卻炙熱的目光而回過了頭：

「怎樣，你才是感覺有什麼話想對我說吧？」

「……那個，不嫌棄的話，這個給你。」

聽到徐翰烈凶巴巴的語氣，鄭義玄怯生生地遞出了一包扁平的東西。徐翰烈沒有馬上接過來，而是帶著警戒地看著那個物體：

「這是什麼？」

「暖暖包。」

徐翰烈聽過這個名稱，好像也曾在電視上或其他地方見過幾次。只不過他從來沒有實際使用過這項物品。

徐翰烈繼續用懷疑的眼神低頭看著鄭義玄手上的暖暖包。

「啊，應該要拿未開封的給你，但我現在身上就只有這一個，是剛拆的……」

「為什麼要給我暖暖包？」

「這裡是攝影棚，很冷的，去到外面的話手會更凍。」

徐翰烈低下頭愣愣看向自己的雙手。不只指梢部分，他現在整隻手都是紅的，紅到這種程度，就算凍傷了也不足為奇。

徐翰烈不以為然地接下對方的暖暖包。但是這個叫暖暖包的東西摸起來根本一點都不溫暖。

「……什麼啊？」

徐翰烈低聲囁嚅，把暖暖包翻來覆去地研究。鄭義玄站在他面前看著他的動作，坐立不安地在原地躊躇了好半晌，不停瞥著徐翰烈手上的暖暖包。他是想把東西要回去嗎？徐翰烈不解：

「又怎麼了？」

「那個，要搖一搖才會熱。」

說著，鄭義玄的手在空中示範性地揮動。見徐翰烈茫然看著他沒有跟著他做，「可以借我一下嗎？」鄭義玄直接將暖暖包拿過來搖晃。

「要這樣搖它才會摩擦產生熱能喔，給你。」

徐翰烈重新收下的暖暖包竟然真的在發熱了，感覺從冰凍的指尖開始，這股溫度暖呼呼地滲透到了全身。不知何故，耳朵也無端發燙了起來。

徐翰烈連句道謝的話都沒說，轉身便離開了洗手間。不久後鄭義玄也安靜地跟著走出來。兩個人就這樣一前一後維持著固定距離走進攝影棚。

「本部長您回來了，哦？鄭義玄先生也……兩位是已經打過招呼了嗎？」

宣傳組組長訝異的目光在徐翰烈和鄭義玄之間來回打轉。鄭義玄表情呆滯地「咦」

了一聲，看起來一副完全搞不清楚狀況的模樣。

「還沒打招呼的話，我來為兩位介紹一下。這邊這位是口汛人壽的徐翰烈本部長。」

「啊……您好，我的名字叫鄭義玄。」

「難道還會有人不知道你的大名嗎？」

徐翰烈沒好氣地回答。鄭義玄靦腆地笑了笑：「對不起，是我有眼不識泰山。」這話代表剛才在洗手間，鄭義玄是在不知道自己是誰的情況下，做出如此親切抑或是多管閒事的舉動。真是荒謬，徐翰烈在心中想道。

「來吧，既然都準備好了，那我們差不多可以開始囉。義玄，你準備好了吧？」

「啊，是的。」

鄭義玄正要移動到攝影機前，卻忽然停頓下來，回頭看著徐翰烈。徐翰烈挑起眉毛，狀似詢問他有什麼事。鄭義玄什麼話也沒說，再次彎下腰行了個禮，然後才加快腳步走掉。

站在攝影機前面對鏡頭的鄭義玄瞬間一改溫順的神色。原先靦腆害羞的臉龐變得充滿自信神采，給人信賴可靠的印象。就連他的姿勢也與先前有著顯著的不同。

千面演員的稱號看來不是浪得虛名。徐翰烈似乎明白了為何廣告商都搶著要他，以及他為何能夠受到大眾如此愛戴。他確實有著與白尚熙截然不同的魅力。

「滿有本事的嘛。」

徐翰烈在旁邊看了一會，頓時轉身離去，甚至沒向導演或宣傳組組長告別。楊祕書悄然尾隨在後：「您不看完再走嗎？」

「反正他們自己會看著辦。」

徐翰烈頭也不回地大步走出攝影棚。直到上車前，鄭義玄送他的暖暖包都一直被他握在手心裡。

回到公司後，徐翰烈正在查看專案小組提交的工作進度報告，安靜的辦公室裡響起了敲門聲。他視線沒有離開電腦螢幕，直接應門，楊祕書於是輕聲開了門進來。徐翰烈瞟了他一眼，眼球馬上轉回正前方。他繼續確認著畫面中報告的每項細節，尋常開口：

「有什麼事？」

「您吩咐的餐點已經送達。」

「是嘛？」

「是的，要送去IT實驗室嗎？」

「不用，一起過去吧。」

徐翰烈隨即起身披上了外套。楊祕書一臉驚訝地向徐翰烈確認他的意思：

「您要親自過去？」

「有什麼我不能過去的理由嗎？去給他們加油打氣，順便親自測試一下即將研發完成的手機應用程式。」

徐翰烈真正的目的大概是後者。轉眼他已整衣斂容，快步走出了辦公室。楊祕書也默默跟在他身後。在祕書室等候的李祕書從座位起身，對著徐翰烈頷首：

「本部長好。」

「本部長要去IT實驗室。」

楊祕書代為報備了徐翰烈的行蹤，並使眼色下達了後續指令。

「好的，我知道了。」李祕書再次點頭行禮，接著拿起話筒，要求將餐點送至IT實驗室。

徐翰烈和楊祕書這時已經離開了祕書室。他們正搭乘電梯下樓前往IT實驗室，徐翰烈突然感到一陣輕微的頭暈，電梯的震動彷彿完整地傳遞到了腦中。他甩甩頭，想擺脫那股昏眩感，站在前方的楊祕書回頭疑惑地看著他：

「本部長？您哪裡不舒服嗎？」

「喔，突然有點頭暈。」

「頭暈嗎？從什麼時候開始的？」

「可能是有點累吧，不必大驚小怪。」

「但是以防萬一，還是趕快到醫院……」

「到底是要我說幾次，沒那麼嚴重好不好？就非得要把我變成病人你才開心是嗎？」

徐翰烈冷冷削他一頓，先行走出電梯。楊祕書一臉憂心看著他背影，匆匆追了上去。

兩人抵達IT實驗室之時，外面送來的餐點已經設置在辦公室的一側。這是特別為好幾個月夜以繼日研發應用程式的IT開發團隊所準備的外燴餐點。週末前夕仍舊努力加班的IT開發團隊成員們看著陸續上桌的食物都瞪大了雙眼。種類雖然不是非常多，但每一樣食物看起來都相當豪華高級，讓人食指大動。

眼眶凹陷的職員們直盯著外燴餐點，接著才一個個注意到徐翰烈的存在。眾人吃了一驚，慌張地跟他問好。

「哇，本部長您好！」

「歡迎本部長。」

「本部長您好嗎？」

徐翰烈只是點頭回覆每一個人的問候，然後瞥了眼已經準備好的食物，邀請團隊成員們用餐：

「快到晚餐時間了，不曉得各位吃過晚飯了沒。聽說IT實驗室的各位不常下去公司餐廳吃飯，除非下班時間，否則很難見到各位在公司出沒。工作時間已經很不固定了，要是用餐還受到限制的話一定很麻煩，所以準備了自助型的外燴，方便各位想吃的時候各自取用。」

「謝謝本部長的用心，我們會好好享用的。」

「感謝本部長。」

見團隊組長鞠躬道謝，其他人也紛紛跟著感謝徐翰烈。抬起頭後，眾人互相看來看去，對於徐翰烈突如其來的來訪感到不知所措，不懂得該做何反應。

徐翰烈不再放著他們繼續扭捏下去，他看向組長，說明此行來意。

「既然都來了，我想順便測試看看應用程式的性能。」

「啊，這樣啊，請往這邊，我展示給您看。」

組長欣然應允，將徐翰烈領進附近的一間會議室。於是其他人也一窩蜂地跟隨著兩人移動。徐翰烈倏地停下腳步，回頭看著他們：

「我只是想看一下那個APP而已，有必要所有人都跟進來嗎？其他人請去用餐吧。」

徐翰烈冷冰冰地劃開界線。被他攔住的成員們面色尷尬地道歉。徐翰烈難得做了件加分的事情，現在卻又因為他的態度或話語害得自己被扣了分數。今天的到訪對IT開發團隊的成員來說，恐怕更像是一場突擊檢查，而非上級前來鼓勵。

楊祕書也出面幫腔，將一眾人帶回外燴食物前面。會議室內外的嘈雜聲這時才終於消停。

組長請徐翰烈坐下，在對面的螢幕上展示了測試版的行動裝置畫面。

「您現在看到的手機應用程式是新開發的『日生』APP。不用登入就可以使用，會員的話只需要一次的身分驗證，之後就可以使用PIN碼或指紋及圖形驗證碼快速登入。進入之後您可以先看主目錄選項……」

組長邊說邊點開基本目錄。不特別阻止的話，感覺他會逐個解釋並執行目錄當中的每個項目和功能。斜坐在椅子上的徐翰烈看到一半突然伸出手：

「我可以自己試試看嗎？」

「當然了，請用。」

組長連忙把行動裝置交給徐翰烈，然後偷偷瞄著徐翰烈的表情，而非看向共享的螢幕畫面。他看起來毫無信心，簡直像是在等著挨罵。

徐翰烈隨機確認了應用程式的各項功能。按照先前的要求，介面設計得簡潔明瞭，上下選單直觀相連，任何人都可以輕便使用。搜索和即時諮詢的圖示也大大地顯示在畫面中，方便隨時取得需要的資訊。

徐翰烈在搜索欄中試著輸入日常使用的詞彙，而非專業用語，馬上跳出相應的內容與推薦的關鍵字。考量到一般客戶對保險術語不太熟悉，團隊將迄今為止的所有搜尋查詢進行彙整與整理。據說這項功能在一些事前的消費者測試中獲得了好評，看來的確值得肯定。

徐翰烈沒說話，點了幾下頭。一直等待著他給予意見的組長鼓起勇氣，小心翼翼問道：

「您覺得如何？」

「真不知道之前的幹嘛要發給外包做。」

「……什麼？」

「明明公司裡的人就可以做得這麼好了，意見回饋速度又快，也不需要再一一解釋各種細節。」

「啊、對，是有這方面好處。」

「成員們的反應怎麼樣？」

「咦？您說的是哪種反應……」

「我想知道，他們現在終於能為公司做出貢獻，有沒有因此感到滿足或成就感？」

「呃……」

被問到這個完全沒料想過的問題，組長難掩倉皇。對徐翰烈來說雖然是近乎稱讚的言詞，聽在別人耳裡卻比較像是在批評或問責。畢竟IT開發團隊過去確實未能在公司的核心業務中發揮應有的作用。組長之所以會神情極度尷尬地抓著後腦杓一邊道歉，也是這個因素。

「有什麼好抱歉的，你們做得很好啊。工作能力再強，沒有給予足夠的舞臺也無從發揮嘛。這麼多年來，公司只是一味地招募人才，然後不斷將人力閒置而已，不是嗎？」

「咦？啊、這個……」

「你不用跟我說場面話，因為我也不是那種人。現在『數位保險』的重要性已經不必多說了，未來非面對面管道的比例還會增加。在這樣的時代，過度依賴別人的技術只會阻礙自己的成長。只要我們日迅人壽能夠能夠成為一家強大的、能夠自給自足的公司，我不會吝惜任何投資。所以還要請IT實驗室的各位多多幫忙了。」

聞言，組長頓時驚詫萬分。這段期間的辛勞受到了誇讚，他卻是傻在原地。

「當然了！這還用說嗎？」

他慢了一拍才反應過來，激動地答道。徐翰烈向他點了點頭，然後起身走出會議室。見他出來，正在吃飯的成員們紛紛站起身行禮。有人急忙把放進嘴裡的食物吐出來，也有些人是雙頰塞得鼓鼓的，嘴巴都閉不太起來。

「你們又不是狐獴，幹嘛動不動就站起來，這樣反而讓我不自在。請繼續吃你們的飯。」

「是的，本部長。」

回答得雖然迅速，團隊成員們卻還是呆站著，目光四處飄動。顯然徐翰烈不走，他們就會一直這個樣子。

「過去這段時間辛苦各位了。剩下最後的階段，請大家繼續加油。」

徐翰烈用完全不像是在慰勞的語氣鼓勵了一下實驗室的大家，遂離開了那裡。眾人慢半拍地對著徐翰烈的背影七嘴八舌地說著「謝謝」、「會好好享用」、「請慢走」、「再見」之類的話。背對著他們的徐翰烈不禁搖頭，「噗哧」地露出笑容來。

等他回到辦公室，一時忘卻的疲勞感再度回籠。畢竟一早就趕去廣告拍攝現場，上班後又馬不停蹄地忙著查看工作進度，被繁重的工作量壓身，怪不得會感到疲憊。

就快要到年末了，一步步慢慢籌備的專案即將陸續上線。儘管有些吃力，但現在正是勒緊韁繩的時候，要是在最後關頭鬆手的話，是會功虧一簣的。

「晚餐要幫您準備什麼呢？」

「我就不用了，你跟李祕書出去吃飯吧。」

「您中午沒吃什麼，晚上也不吃，這樣沒關係嗎？」

「比起吃飯，我現在更想稍微休息一下。」

「那還是您就回家休息……」

「我把剛才的報告看完就走。」

徐翰烈將脫下的外套掛在衣架堅持道。楊祕書眼神憂慮地看著他。因為徐翰烈午餐只吃了三明治和咖啡，楊祕書會擔心他的飲食也是無可厚非。也許是工作壓力的後遺症，徐翰烈的臉色看起來不太好，這點更讓楊祕書在意。不過至少徐翰烈待在公司的期間，他還能隨時注意徐翰烈的狀況，下班回家的話，連徐翰烈有沒有好好睡覺都不得而知。

白尚熙在的時候，每天都會確認徐翰烈的身體狀況，要是發現他太逞強，還會無預警殺來公司把他帶回家休息，是非常可靠的存在。同樣的干擾或關切，只要是由白尚熙來開口，徐翰烈也會更容易接受。楊祕書忍不住感嘆，沒有白尚熙陪在他身邊果然不行。

正要坐到辦公桌前的徐翰烈不滿地掃了一眼不肯離去的楊祕書：

「還不出去在幹嘛？」

「那您先休息，有什麼事請叫我。」

楊祕書悄悄鞠了一躬才告退。直到他關上門，坐在位子上的徐翰烈才看向螢幕，繼續用乾澀的眼睛辨識著密密麻麻的文字和補充資料。

他沒看多久便揉了揉眼睛，像把什麼東西甩掉似的搖了幾下頭。不知道是不是過度勞累的緣故，感覺螢幕上的字一下子膨脹，一下子又變得模糊不清。他瞇起眼睛試圖看得清楚一些，卻感到後頸一陣緊繃。

徐翰烈煩躁地向後仰，整個人靠在椅背上。打算稍作休息的他口中不自覺逸出一聲長嘆。一旦稍微鬆懈，他就感覺整個身子都洩了氣，使不上力來。這副不中用的臭皮囊，總是在最關鍵的時刻拖後腿。

徐翰烈偷偷望向沙發，覺得那張沙發今天看起來特別舒服好躺。明知道一躺下去可能就再也起不來了，但這甜蜜的誘惑實在令人難以抗拒。

徐翰烈強迫自己萎靡不振的身體站立起來，朝沙發走去，然後整個人往沙發上一癱。苦撐許久的身軀終於完全放鬆下來。

徐翰烈躺在那裡，自然而然就想到了白尚熙。那個人常常沒事先通知，就突然帶著宵夜闖進來，要徐翰烈暫停工作休息一下，還把他緊抱著不放。徐翰烈每次在白尚熙懷中小憩片刻，醒來之後都像是充飽了電一樣。

也才分開幾天而已，腦子裡已經充滿了對白尚熙的思念。工作時可以心無旁騖，但一旦停下手邊的事，就會忍不住一直想他。徐翰烈終於理解自己不在白尚熙身邊時他拚了命工作的心情。

他掏出手機，一張一張地翻閱白尚熙傳來的照片。一如所料，白尚熙即便不是典型的東方臉孔，穿起韓服也煞是好看。不管是何種風格的衣服，不，乾脆什麼都不穿的自然樣態，才是鏡頭前最完美的拍攝對象。一想到他就是自己的戀人，自己是唯一攻陷他的那個人，徐翰烈便禁不住竄起一陣雞皮疙瘩。他怔怔望著白尚熙的臉，突然試著撥了通電話過去。對方現在應該正在忙，但他還是懷揣著一線希望，期待著那麼一點點的可能性，也許就這麼接通了也說不定。

手機那端持續傳來嘟嚕嚕聲，徐翰烈等了許久，就是等不到白尚熙的聲音。

「……沒接啊。」

徐翰烈抬起手靠在抽痛的前額上。天花板的燈光看起來很朦朧。睡一覺起來不曉得會不會好一點？徐翰烈默默閉上了眼。或許是早上在攝影棚受了寒的關係，身體異常發起抖來。辦公室裡明明一點都不冷，他卻還是不停打顫。

「尚熙……」

即將沉入睡夢之際，徐翰烈呻吟般喚著白尚熙的名。下一刻，遭受到睡魔侵襲的他登時失去了意識。

或許是太過思念，夢中出現了熟悉的背影。白尚熙毫不猶豫地正要開口喊他，徐翰烈卻自己先轉過身來。他見到白尚熙，露出驚訝的表情，隨即笑著張開雙臂。白尚熙帶著燦爛的笑容走向他，輕快的步伐很快變成了奔跑。

盤旋在周圍的空氣變得澎澎軟軟的。每次呼吸，熟悉安心的味道便填滿了整個肺部，讓白尚熙心潮澎湃。這是幸福的感覺。明知這只是一場美夢，他也甘願沉醉其中。哪怕是在夢中，一想到能將徐翰烈擁抱入懷，他就感到無比的興奮。

然而，當他指尖快要碰到徐翰烈的時候，卻被某種無形的阻礙所阻擋。眼前分明什麼東西也沒有，他卻無法再繼續向前，彷彿憑空出現了一層透明屏障。

他一時困惑，有些六神無主，隨即在不祥的預感之下朝徐翰烈看去。徐翰烈也罕見地露出慌張模樣，和白尚熙對望著。沒多久，徐翰烈忽然低頭看著自己腳下。白尚熙循著他的目光看去，才發現有道水柱從徐翰烈的腳底噴湧而出。徐翰烈踉踉蹌蹌地後退，只見上漲的水勢轉眼間淹沒了他的腳踝、膝蓋，直至腰部。

『翰烈啊！』

白尚熙大驚失色，不禁放聲叫喊，但他的聲音卻傳不出去。看來是該死的惡夢又要重演了。

雖然這是清醒夢，白尚熙卻無法控制夢境的發展。他一心想救徐翰烈出來，拚命敲打著那道無形的牆壁。就在他和這面牆搏鬥的期間，徐翰烈已經整個人沉入了水中，本能地大肆揮動著四肢，試圖浮出水面。然而不管他怎麼努力向上看，就是看不到水面，眼前只有一整片渺茫水牆無止境地延伸。

『徐翰烈！』

白尚熙反覆搥擊看不見的牆壁，叫著徐翰烈的名字，叫得聲嘶力竭。放棄往上游的徐翰烈奮力劃開湍急的水流，好不容易來到白尚熙面前，朝他伸出了手。兩人之間隔著一層堅固的無形屏障，指尖數度搆到彼此卻又錯開來。如此心酸哀切的觸碰，仍無法將體溫傳遞給對方。

『……不行，不可以！』

觸及白尚熙的指尖一點一滴地遠離，呼吸困難的痛苦讓徐翰烈開始掙扎。已經快到極限的他兩手掐著自己的喉嚨，雙腳亂踢，原本緊閉的嘴巴到最後忽然張大，咳出了氣泡。

『不！』

眼見最害怕的結局就要發生，白尚熙搖頭不願接受，奮不顧身地往牆上撞去。每一次撞擊後，崩壞的不是牆壁，而是白尚熙自己。一開始是手臂，接著是雙腳，然後肩膀，全都撞成了碎塊。白尚熙最終雙膝跪地倒下，迷茫的視線還在找尋著徐翰烈的人影。

徐翰烈口中吐出最後一個泡泡，眼神呆滯地注視著白尚熙。時間彷彿靜止了，徐翰烈雙眼無神地看著他。

『尚熙……』

白尚熙耳邊響起如呼吸般微弱的低語。緊接著，徐翰烈浮浮沉沉的身體被一股突如其來的湍流瞬間捲走。觸目驚心的光景令白尚熙毛骨悚然。

『不可以——！』

淒厲的嘶吼聲震碎了牢不可破的牆，洶湧的水流了進來，沖垮了只剩下軀幹的白尚熙。那些水無孔不入地灌進他身體，整個視野被無邊的黑暗所籠罩。

「……嚇！」

白尚熙大口抽氣，猛然睜開了雙眼。不安搖晃的視線裡全是陌生的天花板。眼皮不受控地跳動著，睫毛投下的陰影在空洞的瞳孔上胡亂晃動。掛在睫毛尾端的汗珠終於滑進了眼裡。白尚熙緊閉上眼，吁出了憋在胸口的氣體。

他抬手抹了一把被冷汗浸溼的臉龐。粗重的呼吸聲還在耳際嗡嗡作響，搞得他昏頭轉向難以回神。可能是掙扎得太厲害的緣故，皺巴巴的床單上被汗弄得整片溼濡。被子黏在他流汗的皮膚上，那種不舒服的感覺讓他不禁咬牙屏息。

夢，令人作嘔的夢魘。儘管他知道那都是幻覺，睜開眼睛一切就會消失，他卻還是忍不住在夢境中掙扎沉浮。即使人已經醒過來了，那種令人難受的情緒仍是難以散去，總要在親自確認徐翰烈平安無恙之後，他胃部的不適才有辦法獲得平息。

白尚熙習慣性地伸手往旁邊探，但在這裡根本摸不到他期待中的觸感。縈繞在鼻尖的氣息也陌生不已。

結束了在德國和西班牙的拍攝後，他在昨天晚上來到英國。規劃的工作行程已經走完了一半，還要再撐個幾天才能夠回到韓國。這不是他頭一遭和徐翰烈分開，按理說，現在也差不多該習慣了，但隨著時間推移，他卻越無法遏止心中焦慮的情緒。這樣的結果，造成他睡覺時做惡夢的頻率越來越高，夢境的內容也變得越來越悽慘。

白尚熙煩躁皺眉，一股腦翻坐起來，神經質地將汗溼的頭髮爬梳至腦後，開始尋找他的手機。現在首爾那邊應該過了午餐時間，已經來到午後。怕漏接電話，他先檢查來電紀錄。沒有任何徐翰烈的來電。昨晚他試著撥打視訊通話，但沒有接通。他猜徐翰烈大概是太累，所以很早就睡了，因此只有傳訊息告訴他自己安全抵達了英國，要按時吃藥，可以的話早上起來稍微通個電話也好。

可能就是因為這樣，他才期待著今早能被徐翰烈的來電叫醒。不然至少也會收到徐翰烈在上班路上回覆他的訊息。

沒想到，徐翰烈甚至連白尚熙傳的訊息都還沒讀。情急之下，他馬上撥了通電話過去。沒聽到連結的信號音，而是傳來手機已關機的語音提示。不曉得究竟是怎麼一回事。

徐翰烈曾說因為年關將近，工作會加倍忙碌，難道是在開什麼重要的會議嗎？但就算再忙，不可能連讀訊息的時間都沒有吧？會不會是發生什麼嚴重的大事，讓他必須全神貫注地處理？不然怎麼會連手機都關機了。

不安悄悄攀升至心頭，如野火般急速擴散蔓延。白尚熙馬上打給楊祕書，長串的嘟嚕嚕聲在焦急的等待中響起。平常楊祕書總在響到第三聲之前就會接起來，但是今天卻遲遲沒有應答。

片刻後，手機傳來您所撥的電話無法接聽的語音提醒，瞬間勾起了腦中那段徐翰烈忽然神隱的回憶。白尚熙的心臟開始狂亂地跳了起來。

飯店客房的鈴聲恰巧在這時響起，跟著傳來姜室長呼喚「建梧啊」的嗓音。白尚熙卻聽而不聞地望著手機發呆。他深陷於自己的思緒當中，對現實世界的感知變得遲鈍麻木。

不知情的姜室長頻頻按門鈴，不停敲著門。最後受不了了，直接用備用房卡開了門。

「喂！池建梧！我明明跟你千交代萬囑咐說今天要早起拍攝……」

姜室長碎念著直闖臥室，進來後兩眼圓睜：

「搞什麼啊？你既然起床了幹嘛不應聲啦，小子。還有你臉怎麼這副德性？」

白尚熙沒有回答姜室長的問題，宛如驚弓之鳥的他神色張皇地一再撥打著電話，緊張得不停搓揉額頭，眼睛焦點根本無法集中在一處。

「欸，發生什麼事了？」

「我聯絡不上翰烈。」

「蛤？多久了？」

「差不多半天……不對，應該有八個小時了。」

「哎唷，可能是因為工作忙，沒辦法接電話吧？」

「昨天晚上傳的訊息他也都還沒讀。」

「才幾個小時沒聯絡，你何必急得跳腳？這裡和首爾的時差那麼久，本來就沒辦法隨時聯絡啊？而且不是說徐代表最近忙到腳不沾地，這種時候哪有那個閒情逸致玩手機。」

「可是楊祕書也沒接電話。」

白尚熙又把手機拿到耳邊，嘴裡不安地喃喃著。聽到這邊，姜室長也不知道該怎麼回了。徐翰烈失聯還情有可原，但是連楊祕書都聯絡不上，這可是非常稀奇少見的情況。或者應該這麼說才對——這種情形目前就只發生過一次。

電話還是不通，白尚熙忍不住仰頭發出哀嘆。姜室長自己也搞不清楚狀況，卻還是安慰他道：

「哎呀，不會怎樣的啦，要是真有什麼事，我們老早就會收到消息了。人家不是都說沒消息就是好消息嘛。都還不到一天時間，你不必這麼擔心……」

「我要是聯絡不上他我會發瘋的，會忍不住一直往壞處想。」

白尚熙緊緊捏著手機，坦白地說出了內心的恐懼。姜室長這才發現他滿身是汗，模樣狼狽。他瞥了一眼床鋪，上面亂成一團。聽說這小子時常夢到失去徐翰烈的夢，所以是今天又作夢了嗎？被惡夢嚇醒，碰巧又聯絡不上對方，難怪他會如此恐慌。尤其徐翰烈本來身體就比較容易出狀況。

不知過了多久，某處傳來手機震動的聲響。白尚失神落魄地低頭看向手機，是楊祕書打來的。看到來電者，白尚熙和姜室長的目光在半空中撞在了一起。姜室長趕緊點頭要他先接起來再說。白尚熙按下通話鍵的指尖顯而易見地在顫抖。

「楊祕書，是這樣的，我一直聯絡不上翰烈，不曉得是不是發生……」

白尚熙竭力保持著鎮定，語速卻逐漸加快。姜室長也莫名坐立難安地看著他講電話。白尚熙都還沒完全表明意圖，楊祕書好像就說了些什麼。白尚熙默默聽了一會，霎時臉色慘白。

「什麼？」

SUGAR

슈거 데이즈 Sugar Days

04

More And More

SUGAR DAYS

DAYS

「池建梧先生？」

楊祕書從手機另一頭傳來的聲音略顯沙啞。白尚熙壓下心中升起的不安，如往常般和對方通話。

「楊祕書，是這樣的，我一直聯絡不上翰烈，不曉得是不是發生……」

「其實本部長昨天晚上昏倒了。」

「什麼？」

儘管聽得清清楚楚，白尚熙卻無法消化理解。楊祕書的話語不斷在耳邊徘徊，絲毫沒有傳達到他的腦海裡。白尚熙瞬間腦筋一片空白，眼前什麼東西都看不見。

「怎麼回事……怎麼會突然……所以他是哪裡不舒服？」

「因為忙著送本部長去醫院檢查，一時沒辦法跟您聯絡。本部長有點發燒，但根據主治醫師診斷，這並不是排斥反應。醫生說應該是因為營養不均衡，再加上輕微感冒和過度勞累所致。」

「恢復意識了嗎？」

「意識雖然還沒有恢復，不過醫生說算是處於熟睡狀態，用不著太過擔心。徐會長也要他住院觀察個幾天，以防萬一。目前他正在病房打點滴休息。」

「這樣啊……」

白尚熙長長地吁了口氣。他並沒有因此而感到安心，在徐翰烈順利清醒過來之前，他都沒辦法放下心中的大石。

「抱歉，我知道楊祕書應該還在忙，不過想麻煩你，能不能傳一段翰烈的影像或照片給我……隨便哪種都好。」

「現在徐會長正陪在他身邊，不太方便，我會再找機會跟您聯絡。」

「等一下、楊祕書！」

白尚熙急忙出聲阻止，但電話已掛斷。他立刻回撥，響了幾聲之後只聽見無法接通的機械化語音。不管他再試多少次，都是同樣的結果。

白尚熙緊緊握著手機，陷入了沉思。他在心中問自己應該怎麼做，當下這一刻能做的是什麼。但不管他如何自問，此刻的他滿腦子就只有一個想法。

「建梧，對方說什麼？到底是怎麼回事？」

「……他說翰烈昏倒，現在人在醫院裡。」

「什麼？是心臟病發作嗎？」

「不是，說是因為過勞才昏倒，但好像還昏迷不醒。」

白尚熙摀住眼睛壓抑著情緒。徐翰烈的身體狀況本來就時好時壞，不過自從動了心臟移植手術之後，他從未像現在這樣暈倒失去意識，而且竟然是過度疲勞所引起的。想到徐翰烈如此辛勞打拚，都是為了守護白尚熙和他所珍視的一切，白尚熙就覺得更加心痛自責，彷彿徐翰烈會累倒都是他的錯。

「姜室長。」

「喔。」

「我要回韓國。」

「蛤？你在胡說些什麼啊！剩下的拍攝工作怎麼辦？」

「看是要之後再重新敲時間還是盡量延後看看，總之我得先回去才行。他都昏倒了，我怎麼可能丟下他一個人不管。」

「徐代表怎麼會是一個人？他明明有家人陪伴，還有楊祕書也在啊！而且不是說情況沒那麼嚴重？」

「這種事情誰能保證？」

白尚熙抬起頭，眼神銳利地看著姜室長。姜室長說不出反駁的話，只得忍下這口氣。對於幼兒來說，即便只是一點小發燒，也有可能導致生命危險，而徐翰烈的情況其實相差不遠。更何況現在兩人相隔十萬八千里，白尚熙沒辦法親自確認徐翰烈的身體狀態，內心的煎熬可想而知。

問題是，他正在進行的工作是很久以前就排定的行程。拍攝團隊當初已經充分考慮並配合他的工作安排，等了他很久，不能在這時因為個人因素就直接宣布停工。這樣子做太不敬業，勢必會引發爭議的。

「就算是這樣，那你是打算讓拍攝工作開天窗嗎？現在已經取得所有拍攝許可，事前工作也都準備好了，你怎麼好意思跟他們說要再延後？你覺得對方會同意嗎？不只這個，建梧啊，你也要考慮一下你的名聲吧？那些記者都知道你出國工作，要幾天之後才會回國，要是你現在突然回去，他們會怎麼想？要是被他們知道你單方面讓工作開天窗的話怎麼辦？你不考慮公司同事的處境嗎？你要他們怎麼幫你收拾這個爛攤子啊。」

「不然他都已經失去意識躺在那裡了，難道你還要我在這邊嘻嘻哈哈地拍畫報嗎？是又要我置身事外、對他撒手不管？」

白尚熙神態堅決地搖著頭。

「我做不到，不對，是我不願意這麼做。」

「建梧啊……」

「要付多少違約金或挨多少罵我都無所謂，就算這輩子沒辦法再回到演藝圈也沒關係……」

不惜說出魯莽輕率的言論，白尚熙用兩隻手緊緊握住了沉寂的手機。他把額頭靠了上去，用萬分懇切的口吻哀求道：

「求求你讓我能夠待在他的身邊。」

白尚熙蜷縮起來的身體微微顫抖著。恐怕連性命危急時的求救都不如他此刻的希冀迫切。姜室長面對這個難題也不知該如何解，只能猛搔著無辜的後腦杓。

意識時而恢復，時而墜入遙遠深淵，無法分辨聞到的氣味或耳中聽見的聲音究竟是幻象抑或真實。徐翰烈感覺自己整個人在無邊的水中遊蕩，毫無方向。腦中也是一片迷濛，完全無法察覺時間的流逝或眼前的狀況。

徐翰烈無止境地尋覓著，卻又說不上自己究竟在找尋什麼，在意識的深處茫然探索。這裡空無一物，看不見，摸不著，只有無盡的虛無。持續的求而不得使他愈發焦灼，心緒紛亂，黯然失落。

霍然之間，不斷在空中亂抓的手感受到一種懷念的觸感。就在那個刹那，徐翰烈終於明白，自己苦苦找尋的是什麼。那是他一生中最深刻的感覺與記憶。

『……尚熙？』

『嗯，我來了。』

白尚熙的每一根手指頭都緊緊地纏上來，那種束縛感令徐翰烈感到心安。他把手抓過來，用臉蹭了蹭，想念的味道湧進鼻腔。徐翰烈用睫毛輕輕地搔著白尚熙帶著青筋的手背，感覺頭頂蒙上了一層黑影，額頭上跟著傳來一陣柔軟的觸感。這是他最愛的，被親吻的感覺。

在那之後，溫暖的大掌愛撫的全是徐翰烈最喜歡被觸摸的地方，包括他的頭髮、後腦杓和耳朵。乾燥的唇瓣也逐一落在徐翰烈臉蛋的每個角落，讓他渾身融化在這番甜美的騷擾之中。

『你的工作怎麼辦？』

『排除萬難趕來的。』

『耍什麼嘴皮子……』

在半夢半醒之間的徐翰烈噗哧一笑，白尚熙也跟著他笑了出來。徐翰烈知道他是在強顏歡笑，那一臉憐惜地看著自己的目光和心疼的觸碰就是最好的證明。於是他伸出雙手，想要告訴對方自己沒事。白尚熙馬上把臉湊近。徐翰烈指尖依序描摹他的眼、鼻、嘴，然後輕輕將對方拉過來接吻。果然如同徐翰烈所想的那樣，噴發在人中的鼻息十分紊亂。

『沒什麼好擔心的，我再睡一下就會好起來的。』

『嗯，放心睡吧，我會一直在你身邊。』

平靜的聲音在徐翰烈耳邊呢喃，搔癢著他的耳膜。徐翰烈笑了起來，搖搖頭：

『你不必一直陪我，像現在這樣，我們在夢中短暫相見就好。』

『又要趕我走了，明明就這麼想念我。』

『我不想要看到你自毀前程，這段期間你下了這麼多的苦工，怎麼可以就此前功盡棄呢。』

『知道了，你別再碎碎念個不停，快睡吧。』

『嗯……』

最後一聲回答被睏倦的鼻息聲蓋了過去，惺忪的雙眼完全閉了起來，意識逐漸飄離。先前的混亂不安一掃而空，徐翰烈就這樣安適地進入了夢鄉。

等徐翰烈再張開眼睛時，周圍明亮不已。他緩慢地轉動著眼珠子，確認自己身在何處。這裡聞得到熟悉的消毒水味，他不知道在什麼時候又被送到了醫院。他試圖回想最後的記憶：只記得自己在公司正準備加班，跑去沙發上稍微躺了一會。難道他躺著躺著，就這樣直接昏厥過去了？看來似乎是昏迷了很長一段時間，原先亂糟糟的腦袋現在非常清明，感覺像是被清空過的狀態。然而他不知道自己究竟躺了多少天，也不知現在時刻是幾點。

徐翰烈慢慢地起身，與預期的相反，身體活動起來十分輕鬆。插在手背上的那些點滴線全都已經摘除。只不過，他的手上卻抓著一件白尚熙很愛穿的針織衫。徐翰烈半信半疑地把衣服拿到鼻子前嗅了嗅，上面還真的有白尚熙的味道。徐翰烈完全搞不懂這件針織衫是怎麼跑到自己手上的。

就在疑問接二連三冒出來之際，門外忽然傳來動靜。緊接著，門被推開，楊祕書走了進來。接觸到徐翰烈的目光，楊祕書語氣尋常地問候說：「您醒了。」

「我是怎麼了？」

「您在加班期間昏倒了。主治醫生說可能是因為慢性疲勞和營養不均衡的緣故，說您這段時間必須好好休養才行。」

「我根本也沒做多少工作……那我在床上躺了幾天？」

「已經四天了。」

「尚熙也知道嗎？」

「知道，因為他一直打電話過來，我就告訴他了。」

「……那不就又害他白擔心了。」

徐翰烈搓著手中的針織衫，不開心地咕噥。他一臉的悶悶不樂，下唇也默默嘟了起來。楊祕書見他沒有再多說什麼，猜他大概是想知道白尚熙的反應。

「我有跟他說不用太過擔心，但他好像還是受到了很大的驚嚇。後來他毫無預警地闖了進來，整夜都守在您身邊，隔天上午又匆忙搭飛機趕回去了。」

「……這是什麼意思？」

徐翰烈一頭霧水地看著楊祕書。看他一副毫不知情的模樣，楊祕書也露出匪夷所思的表情。

「池建梧先生抵達的時候，本部長剛好醒了過來……兩位也有交談了幾句，我還以為您當時是清醒的。」

「我嗎？」

「是的，我有聽到本部長您的說話聲。」

一段模糊的記憶突然出現在徐翰烈的腦海。

『……尚熙？』

『嗯，我來了。』

白尚熙出現在徐翰烈的夢裡，握著他的手，摸著他的頭髮，還給了他一個心癢的吻。難道，這些全都是真的？但就現實層面來說，有太多不可能的限制因素存在。

「你是說他真的來了？怎麼來的？他的工作應該還沒結束啊。」

「他是說他自己處理好才來的，但是……」

「但是？」

「我跟姜室長聯絡後，才知道他好像未經許可就擅自離開了工作現場。」

「什麼？」

「他一接到電話就馬上想趕回來，姜室長好不容易才說服他，沒想到他在拍攝前的空檔，用換衣服當藉口偷偷溜走，自己搭計程車到機場去。姜室長是在他抵達韓國之後才接到他的通知……」

「他是不是瘋了，對方有沒有發表什麼聲明？」

「目前還沒有，因為他在當地的行程還沒完全結束。」

「那記者呢？沒察覺什麼嗎？」

「陸續有在倫敦機場的目擊情報傳了出來，但因為池建梧先生是一個人單獨行動，民眾也都懷疑是否認錯了人。經紀公司那邊也有收到一些相關詢問，目前他們是一概否認。」

徐翰烈難以相信地嘆了口氣，急忙伸出手。楊祕書反應非常快地將平板電腦交到了他手上。徐翰烈立即連上入口網站，搜尋池建梧的名字。如同楊祕書所說的，網路上出現了白尚熙在機場和計程車招呼站等地被拍到的照片。儘管他全副武裝，戴著口罩和墨鏡還有帽子，徐翰烈還是一眼就認出他來。光是他那身高和體型，看起來就有別於一般人。

記者們將目擊者上傳的照片轉載出去，然後加上「演員池建梧祕密返國的理由揭曉」、「池建梧在深夜出沒的原因」等聳動標題，瞎掰了幾篇毫無根據的報導。所幸，沒有任何文章提到白尚熙偷偷回國的真正內幕或拍攝開天窗的消息。

徐翰烈現在手上拿著的，正是白尚熙入境時身上穿的那件針織衫。這下他總算明白是怎麼一回事了。

「你沒跟他說我只是慢性疲勞？」

「有跟他大概說明過類似的內容。」

「……但他聽了還是硬要飛回來？」

都跟他說了沒什麼大礙，他卻還是坐了整整十二個小時的長途飛機跑來這裡。還是在這種倍受關注、一點點小差錯都有可能釀成重大缺失的關鍵時刻。

「唉，那個瘋子。」

徐翰烈覺得實在太扯，忍不住口出惡言。他瞪著平板上白尚熙的照片，眼神中充斥著不滿的情緒。

「他以為他這樣做我就會開心嗎？」

徐翰烈自言自語地碎念著，將平板丟至一旁，整顆頭向後仰，用針織衫蓋住臉後發出了嘆息。雖然他神情不悅連聲抱怨，但那對誠實的紅耳朵已經將他出賣。說要去倒水的楊祕書在離開病房時，嘴巴不知不覺彎成了一道弧形。

以倫敦眼為背景的相機快門不斷地啟動。正在拍攝的白尚熙穿著一襲深綠色韓服，寬闊的肩膀上輕披著一件垂到腳趾的墨色外衣。他優越的身高和身材比例，以及邪魅頹廢的氣質，與風格強烈的服裝相結合，形成一股令人屏息的壓倒性氣場。乍看之下，他就像一名陰間使者，某些角度又像是個心狠手辣的叛徒首領。而烏雲密布的天氣恰好為整座場景添加一絲神祕詭譎的意境。

「很好！就到這邊結束！辛苦啦！」

一收到收工的指示，瀰漫在現場的緊張氣氛頓時煙消雲散。工作人員們爭相扯著嗓子吼著：

「大家辛苦了！」

白尚熙也終於放鬆了僵硬的表情，將手中的道具遞給了工作人員。他一個個向周圍的人鞠躬，然後走到了攝影師和編輯的面前。

「喔，怎麼啦？有什麼話想說嗎？」

「對於上次發生的事情，我感到很抱歉。」

「啊……我知道，聽到家人住院的消息，一定會很擔心和驚慌。不過，如果可以先告訴我們發生了什麼問題，這邊也會更容易去協調和處理。還好我們有幾天的空檔可以調度，你都不曉得要在這段期間內重新安排日程並獲得許可，這難度有多高。以後請別再做出這種事情來了。」

「是的，我會記取教訓。」

「你擅自離開的事，我已經叮囑工作人員不要外傳了。要是你形象受到打擊，對我們來說一點好處都沒有。不過你也知道，這種事情很難保證。建議你們公司最好也做好必要的預防措施，以備不時之需。」

「好的，感謝您的關心。」

「別客氣。那你的家人還好嗎？」

「託您的福，已經沒事了。」

「太好了，那我們剩下的拍攝也繼續加油吧。你也知道的，只要能夠拍出好的作品，過程當中的所有混亂和辛勞都不算什麼。好好休息吧。」

說著，攝影師拍了下白尚熙的肩膀，編輯也笑笑的不跟他計較，說等全部結束之後可以來辦個盛大的慶功宴。畢竟都還要一起共事合作，把關係鬧僵沒有任何益處。反正白尚熙在兩天之內歸隊，勉強解除了開天窗的危機，行程方面也想盡辦法做了妥善的安排。為了能圓滿收尾，他們決定把這件事當作拍攝過程中常有的突發事件。而白尚熙該做的，就是以認真的態度和優異的工作表現來回報這份理解與包容。

在後頭目睹這一切的姜室長大力發出「嘖」聲，朝白尚熙走了過來：

「你至少也該有點良心吧？」

「姜室長，我的手機。」

正打算遞瓶水給白尚熙慰勞他的辛苦，殊不知他態度驟變還臉不紅氣不喘的，一見到人就只知道要伸手。那個擅離職守後彬彬有禮道歉的肇事者已不復存在。

「……你這小混蛋，唯獨對我這種態度？變臉變得比翻書還快，不愧是天生的演員啊？」

姜室長嫌棄地上下打量著白尚熙，但還是乖乖交出手機。白尚熙無視他諷刺性的言語，將手機一把搶了過來。他完全不在意旁人的眼光，當場點開螢幕查看徐翰烈的訊息，也馬上試圖撥打電話。

「欸，你也幫幫忙，就不能到車上再打嗎？」

姜室長推著白尚熙的背喝斥。白尚熙由著他說去，顧著等待徐翰烈出現在自己的手機畫面裡。

但是不曉得怎麼搞的，電話沒被接通，只有回鈴音一直在響個不停。徐翰烈明明說自己在休息，卻不接電話。白尚熙又再傳了訊息給他。

『**接電話。**』

『**不然今天我就不傳照片給你了。**』

『**你覺得這樣有辦法威脅我嗎？**』

『**不行就算了。**』

『**翰烈，讓我聽一下你的聲音。**』

『**好不好嘛？**』

『**我好想你。**』

一連傳了好幾則訊息之後，白尚熙再次撥了通視訊電話。這回也是在響了好幾聲之後，電話才終於接通。問題是，理應要看到徐翰烈的手機畫面，此刻卻是漆黑一片，明顯是對方又用手遮住鏡頭，打算自己在另一頭偷看白尚熙。

「什麼啦，給我看一下臉啊。」

「……」

「你有在聽嗎？」

徐翰烈持續沉默了好半晌。他大概根本沒有在聽白尚熙的話，只是屏住呼吸瞅著螢幕上白尚熙的模樣。要是不管他的話，他應該會繼續只顧自己不顧別人。白尚熙不直接拆穿他的小心思。

「斷線了嗎？」

「……沒斷。」

「我完全看不到你。」

「浮腫的臉有什麼好看的。」

「那又怎樣，到底是有多腫？」

「你沒有必要知道。」

「所以你真的不給我看就對了？」

「……」

「那我也沒辦法了。」

白尚熙喃喃低語完，忽然就把畫面切換成後置鏡頭。於是螢幕上開始出現倫敦的風景，而非他的臉龐。

「你在幹嘛？」

「景色是不是很棒？日落時分的雲彩變成了這種顏色。」

「我問你在幹嘛啦？」

「風景美，氣氛佳，所以想跟你一起共賞啊。」

「白尚熙，你一定要這麼幼稚嗎？」

「我幼稚？你確定幼稚的人只有我嗎？」

白尚熙用戲謔的語氣反問。徐翰烈「唔」了聲，漆黑的畫面晃了一瞬，隨後便出現他生著悶氣的臉。

「根本就沒有浮腫嘛。」

「你確定你的眼睛沒問題嗎？是不是累到連視力都變差了？」

「那你就算是浮腫了也還是很漂亮啊，有什麼關係。」

「別再說鬼話了，趕快把鏡頭轉回來。」

白尚熙聽話地答應，重新讓自己出現在手機畫面中。徐翰烈的瞳仁緩慢地四處轉動，像是要把白尚熙刻在腦海裡，仔細到不放過任何細節。白尚熙用大拇指摸摸徐翰烈在螢幕中毫無血色的臉蛋。

「現在沒事了嗎？」

「本來就沒什麼，是大家都太小題大作了。尤其是你，白尚熙，你就是裡面最嚴重的。竟敢自己一個人跑來這裡，你膽子未免也太大了吧？」

「我只怕你出事，除此以外我什麼都不怕。」

「……少誇張了，楊祕書都說了只是因為過度疲勞，你看，我這不是好好的嗎？」

「嗯，我知道，但聽完還是整顆心沉了下去，什麼都顧不得了。」

白尚熙的坦承讓徐翰烈怔愣了一瞬。他沒想到那個性格淡漠無感的白尚熙，竟然會因為自己的一點小事，內心產生那麼大的反應和波動。這都要歸咎於徐翰烈那未完成的可笑復仇，以及意外發作的心臟病，在白尚熙的心中留下了創傷陰影。

徐翰烈不高興地將眼睛轉向了一旁，飽滿的下唇也翹得半天高。

「那也不能因為這樣就做出那麼莽撞的事情啊，你是在逼我買私人專機嗎？」

「你的重點怎麼跳到那邊去了，我才不需要私人專機，我只想要你顧好身體。」

「這又不是我能控制的事。」

「至少你可以做到最基本的健康管理吧？例如好好睡覺，好好吃飯，不要用工作當藉口忽略掉那些事情。」

「徐會長和主治醫師已經發表過長篇大論了，要是連你都要繼續轟炸我，那我還是掛電話算了。」

「不行，再多聊一下。」

白尚熙一跟徐翰烈央求，他馬上假裝拗不過白尚熙，讓通話狀態維持下去。徐翰烈雖然自始至終臭著臉，卻一直沒有停止偷瞄白尚熙的舉動。白尚熙這才發現他的肩上披著一件眼熟的針織衫。

「看來你有正確使用我的衣服。」

徐翰烈心叫不妙地「啊」了一聲，把針織衫扯了下來。

「你到底為什麼要把衣服留在這裡？」

「當時你嘴上一直趕我叫我走，卻一直揪著我衣服不肯放手。」

「我哪有。」

「不相信的話你去問你姊啊。她硬要在旁邊圍觀，一副嫌棄的樣子。」

「什麼？你在徐會長面前脫衣服？」

「在誰面前脫衣服有重要嗎？只要你滿意就好啦。」

「唉，你這個大白癡。」

儘管被當面臭罵，白尚熙仍是沒心沒肺地笑了起來。徐翰烈隨即皺眉，問他有什麼好笑的，兩頰則是不自覺地出現紅暈。這是他見到白尚熙開懷笑容後經常有的反應。

「我想你了。」

白尚熙再度摸著畫面中徐翰烈的面頰，一邊輕聲低語。徐翰烈聽了只是不停咬著自己無辜的下唇瓣，沒回半句話。白尚熙定定端詳了他一會，再次傾訴心底濃濃的思念：

「翰烈啊，我好想你。」

「……那你就快點回來啊。」

「現在回去可以嗎？」

「你還沒振作清醒喔？別開這種玩笑，一點都不有趣。要圓滿達成任務才能回來。」

「好，我會圓滿達成任務。」

白尚熙笑著做出承諾。兩人就這樣親暱地低聲聊天，完全沒有注意到時間的流逝。落日餘暉將天邊雲彩染成整片粉色，連空氣聞起來都帶著甜絲絲的味道。

✦

洗完澡出來後，白尚熙順手抓了瓶礦泉水走到床邊。徐翰烈還在床上睡得很沉。白尚熙在床邊坐下，將他露在被子外的小腿肚輕輕握住。徐翰烈整個人埋在被窩裡，就算被碰了也一動也不動，毫無反應。加班加到一半便坐車趕來江原道，還痛快淋漓地大戰了一場，這樣不累壞才怪。

昨夜，《Spotlight》在江原道的高城正式殺青了。這是一群人沒日沒夜奮鬥了三個月的成果。拍攝團隊拍完最後一場戲後，舉辦了一場小型的聚餐兼慶功宴。正因為過程艱辛，結束後有許多回憶和心情等著抒發，率先殺青的其他演員們也不惜長途跋涉趕來會合，藉著這個場合向順利完成工作的所有人表示感謝，慰勞眾人辛勞。擔綱主角的白尚熙這種時候自然不能缺席。正好徐翰烈那邊也要加班，他遂交代白尚熙放心聚餐完再回來。

劇組包下一間海邊的海產店，大夥在裡面聊了很長一段時間。從極度日常的閒聊，到整個電影產業的問題，再延伸到關於人類和生命的深奧內容，話題源源不絕。接近晚上十一點的時候，白尚熙為了打電話給徐翰烈，從沒完沒了遲遲不結束的聚會裡偷溜了出來。

回鈴音響了幾下，很快就停了。徐翰烈滿臉問號地出現在手機畫面裡。

「這是什麼？」

「大海。」

「大海在哪？根本什麼都看不到。」

「現在看不到了，剛剛還很漂亮的說，所以很想拍給你看。」

白尚熙說著把鏡頭轉了回來。他的臉終於出現在手機上的小視窗中，徐翰烈那股帶刺的氣勢不可思議地削弱下來。

「不是說有聚餐？」

「嗯，我想聽你的聲音，所以偷跑出來。」

「這麼突然？你是喝醉了喔？」

「看起來像嗎？」

白尚熙笑了起來，頭斜歪至一邊，還伸手溫柔碰觸著徐翰烈出現在螢幕裡的臉。徐翰烈更加可疑地打量著白尚熙的神情，似乎在擔心他發生了什麼事，是否聽到了什麼不好的消息。

「又怎麼了，是誰說了什麼嗎？」

「沒有，反而是受到了很多讚美。剛才還有人說，我的父母或兄弟姊妹最近應該走路都有風，與有榮焉到什麼都不用吃就很飽了。」

「他好像不太了解你家人是哪種德性喔，都不看新聞的嗎？」

語畢，臉色不快的徐翰烈偷偷觀察了一下白尚熙的反應，語調十分謹慎地詢問他的想法：

「你會好奇盈嬅小姐的消息嗎？或是想不想知道你妹妹她們過得如何？」

「不用了，你現在不就是我的家人嗎？」

「……」

「我比較想知道，我真的有讓你驕傲到那種地步嗎？」

徐翰烈呆了幾秒，接著一副受不了的樣子，轉過頭笑了出來。

「那還用說。」他揚起一側嘴角：

「我男朋友這麼會討人歡心，我巴不得想跟全世界炫耀這個光彩奪目的人是屬於我的。那些阿貓阿狗們一定都羨慕到不行。」

徐翰烈配合他回了這麼一句，說完自己噗哧發笑。

「看來是真的醉了，白尚熙。」他揶揄道：

「明明機靈得跟鬼一樣，卻還問出這種幼稚問題。」

「那趁現在喝醉，再多問一題好了——你要不要過來我這裡？」

「蛤？現在都幾點了，我怎麼可能到你那邊去。」

「明天就是週末了啊，你也很久沒有出門了，順便出來透透氣，不行嗎？」

「這種事怎麼可能。」

「那如果我哭了，你會過來嗎？」

「說什麼鬼話啊。」

使人聯想到往事的這句玩笑讓徐翰烈直接板起臉來。他皺著眉頭，彷彿聽見了什麼思慮欠周的發言。那張蟠桃般紅嫩的臉蛋既彆扭又可愛，白尚熙「啊哈哈」笑了起來。

「喝醉了就安分地回去睡覺。」

「真的不可能嗎？」

「你是說認真的？」

「我是很想去找你，但我喝了太多酒，姜室長也已經喝到爛醉如泥了。這裡可能太偏僻的關係，連計程車都叫不到。」

「那等叫到車再回來就好啦，不然就是酒醒了再回來。」

「知道了，我會的。」

兩人在這之後繼續聊著不著邊際的話。等到白尚熙結束了他和徐翰烈的漫長通話，慶功宴也已經差不多要散會了。白尚熙把姜室長送到房間，自己則回到房內先洗了個澡。一身水氣的他無所謂地往床上躺，琢磨著有什麼辦法能夠提早回到首爾。

不知究竟過了多久，房間門鈴突然響起。姜室長應該早就呼呼大睡了，照理說應該不會有人來找白尚熙。

「請問哪位？」

門外的人沒應聲，只是一直猛按門鈴。白尚熙迅速從床上爬起來往門口走去。與此同時，門外電鈴以咄咄逼人的氣勢響個不停。

「是誰……」

「是我。」

即便對方聲量不大，簡短的回答還是清晰地進入白尚熙耳中。他不敢相信，連忙打開門，徐翰烈就站在沒開燈的走廊裡。白尚熙以為是自己喝茫喝到眼前出現幻影，不然就是他不小心睡著做的一場夢。

太過震驚，白尚熙直接僵在了原地。見到他比想像中還要平淡的反應，徐翰烈表情變得難看起來：

「不是你叫我來的嗎？」

徐翰烈眉毛垮了下來，不爽地抗議，才剛說完就被白尚熙一把抱起。白尚熙用雙臂環住他整個身體，瘋狂地吻著他的頭、臉、脖子這些地方，接著朝他丟出一籮筐問題：「你怎麼來了？」、「你和誰來的？」、「掛掉電話後就直接跑來了嗎？」明明只是幾天沒見，兩人猶如相隔了數月後才重逢的戀人，激動地緊緊相擁，久久不願放開。

白尚熙回味著昨晚胸口滿漲的情緒，小聲叫他：「翰烈啊。」徐翰烈還是縮在被褥裡沒有動彈，只發出一些斷續的呼吸聲。白尚熙看著他輕微上下起伏的背部，一邊不輕不重地按摩著他的腳踝。光是這麼做，徐翰烈的耳根就默默變紅，腦袋開始蹭個不停。當白尚熙撫過他小腿，愛撫般按揉著他膝窩，他不禁發出「呃嗯」的嚶嚀。

「吃藥的時間到了。」

白尚熙手撐在徐翰烈頭頂上方，上半身傾斜在他背上，煽情地摸著他雪白的大腿。專注的視線始終盯著徐翰烈圓滾滾的後腦杓。徐翰烈意識到他的存在，開始往溫暖的被窩深處鑽。白尚熙偷偷拉開被子，將嘴唇貼上暴露在眼前的後頸。雖然是一個極輕的吻，徐翰烈還是小聲痛哼了一下。整夜被又吸又咬的那塊肌膚已經紅腫得非常厲害，連吹口氣都會引發刺痛感。

「起來了。」白尚熙柔聲哄道。徐翰烈不情願地挪動著身體。白尚熙把頭再往下降了一點，方便徐翰烈抱住他脖子。徐翰烈翻身仰躺的過程中，鼻尖微微蹭在他臉頰上。

白尚熙趁機和他磨了磨鼻子，調皮地逗弄他。徐翰烈因好眠被打斷而氣鼓鼓的臉稍微變得柔和了一些，甚至輕輕將嘴往白尚熙的上唇貼了幾下。

白尚熙欣然回應對方親密的示愛行為，並把免疫抑制劑放進自己口中。他隨後吻住徐翰烈，撬開他唇齒，將藥丸推送進去。突然吃到苦藥的徐翰烈「啊」了一聲，眉間擠出皺紋。白尚熙不忘在這時候喝一口礦泉水，扣住徐翰烈下巴，再次與他接吻。水從相接的唇縫間一點一點地被渡進嘴裡，徐翰烈咕嚕咕嚕地連藥帶水吞嚥下去。

很快就變得溼滑的舌頭被吸吮著，兩人繼續相吻。只見徐翰烈有些煩躁地皺起眉，揪住了白尚熙的頭髮。兩人的唇激情交纏，激烈到不像是個早安吻。直到徐翰烈的胸口吃力地膨脹收縮，白尚熙才終於退開。徐翰烈氣呼呼地抗議：

「你當我是三歲小孩喔？為什麼每次都這樣……」

「在我看來差不多啊，要讓你吃下不喜歡的食物，還得用你愛吃的東西混在一起才行。」

「誰說我愛吃那個了，你是不是太自以為是了一點？」

「哦，原來你不喜歡？」

白尚熙誇張歪頭，故作不解地說著：「我都不知道呢。」然後壞笑著又偷親了徐翰烈一口。直到徐翰烈瞪人的眼神變得溫馴為止，白尚熙不斷傾注心意逐步瓦解他的防線。

在嫺熟的親吻和撫摸下，徐翰烈的脾氣漸漸服貼了下來。無處可去的手指不停在白尚熙的臉頰和下巴游移碰觸。白尚熙索性將嘴唇抵在他泛紅的指尖上，在耳邊小聲問：

「太陽快出來了，要不要去看？」

「太陽每天都會出來，有什麼好看的。」

「一起看的話感覺會不一樣啊。」

「我懶得起來，有人害我現在連一根手指頭都動不了。」

「這不是什麼大問題。」

白尚熙說著不知所云的話，倏地用被子把徐翰烈整個人捲在裡面，然後毫不費力地連人帶被抱起來走到正前方的窗前。那裡有一張可以欣賞日出和大海的寬敞沙發，他舒適地坐上去，對著在懷中動彈不得的那張臉蛋猛親，也全無顧忌地用自己的臉對著徐翰烈略微亂翹的頭髮磨蹭不停。

「你不是要看日出？」

「我正在看啊。」

「哎，怎麼真的像隻狗一樣。」

徐翰烈正在抱怨白尚熙對他的甜蜜騷擾，忽然聽到一陣熟悉的震動聲。白尚熙把手伸到沙發前的桌子，拿起徐翰烈的手機。瞥了一眼來電者，他湊到徐翰烈耳邊啃咬著耳朵通風報信：

「你姊打來的。」

「放著吧，待會就停了。」

「可是她已經打第三通了，是不是該接一下？」

「我之後再打給她就好。」

「說不定是發生了什麼急事？」

「唉……」

見徐翰烈用長嘆勉強表示同意，白尚熙才按下通話鍵，並親自將手機遞到伸不出手臂的徐翰烈耳側。

「你在哪裡？」

「江原道。」

「突然跑去那裡幹嘛？」

「來江原道看海啊，不然咧？今天是週末，本來就不用工作。」

「你不是說你很忙嗎？」

「再怎麼忙，也不會連談戀愛上床的時間都沒有吧？」

「你對我真的是口不擇言啊。」

「會怎樣嗎？反正大家都是成年人了。」

近距離之下，兩姊弟的對話清清楚楚地傳進白尚熙耳裡。他撇開頭拚命忍笑，但仍是不免發出了漏風的聲音。

「所以，你今天打算做什麼？」

「還能做什麼，既然都出來了，當然要耍廢休息。」

「看來你閒閒沒事幹？」

徐朱媛擅自替他做出結論，不由分說要求道：

「那你騰出一點時間給我。」

「我才沒那種閒工夫。」

「你都還沒聽我解釋就拒絕？」

「聽或不聽，結果不是都一樣？」

「年末到了嘛，就要趁著這種時候多做一些善事。」

「妳看吧。」

「取之於社會，就要將一部分回饋給社會才行，這樣才能消災解厄。」

「我已經捐款捐出去了，說實話，有哪種善事比得上捐款呢？」

「別人看到我們捐款只會當成是在繳交富人稅，為善就是要欲人知才有意義啊。」

「什麼，妳又叫記者來了？」

「既然都去做義工了，為什麼不讓更多人知道呢？你沒聽過要發揮善的影響力嗎？」

「妳那是哪門子義工，根本是在作秀，一定要這麼偽善就是了？」

「偽善也是一種善啊，不管翰烈你再怎麼唾棄排斥，多多益善只有好處沒有壞處。宗烈那傢伙害得公司對外形象嚴重受損，這種時候，經營者當然要有所作為。你們不是也很快就要召開臨時股東大會了？你在當上代表之前，應該要展現一下成熟穩重的面貌才行。」

「我要是這麼做了，股東們大概會以為我的死期將至了吧？」

「亂說什麼啦。」

「徐會長您還是自己多多日行一善吧，我要把握時間盡情享受我的好事，先掛了。」

徐翰烈從被子裡抽出手，按下結束通話鍵，還順便將手機震動轉為靜音模式。靜靜看著這一幕的白尚熙於是將懷中的他摟得更緊，就算對方嚷著「快不能呼吸」，白尚熙還是繼續用額頭往他脖子和肩膀反覆摩擦。

「她說了什麼？」

「你不是也聽見了？她今天要帶一大批記者和高層一起去當義工，叫我也去做樣子給媒體拍。」

白尚熙默默地點頭。就在這時，藍色的地平線漸漸變成了紅色，預示著日出即將來臨。

徐翰烈沒什麼興奮情緒地望向窗外。蛋黃般黃澄澄的太陽從地平線徐緩升起，將周圍染上一層紅色曙光。徐翰烈這輩子見過無數次日落，但卻沒有親眼看過日出的記憶。新的一天，新年的初始，一個特別的起點。尤其因為徐翰烈過去的生活毫無意義，此刻對他來說，反而更是一種嶄新的體驗。

「太陽每天都會升起落下，這樣等待後看到的太陽有比較不一樣嗎？」

「我也不是很清楚，不過，人們喜歡的那些活動，我都想跟你一起試一遍。」

「你是抱著亂槍打鳥的心態，覺得總會試到一個喜歡的？」

無緣無故的責備語氣讓白尚熙聽了一笑。

「或許是因為以前沒有你在身邊，我對於某些特定的事情並不了解。但當我和你一起嘗試那些原本無法理解的事情之後，就得到一種恍然大悟的感覺。」

「什麼意思？」

「就像以前沒搞懂為什麼要去賞櫻、半夜在公園散步、幫加班的男朋友買宵夜，但和你一起親身體驗後，就會明白人們為什麼要做這些事。現在也是覺得，『啊，原來如此』。」

徐翰烈帶著懷疑的表情再次直視前方，蹙起眉頭瞪著那顆無辜的太陽。他想盡辦法要去理解白尚熙領悟到的感受，但似乎並不容易。始終歪著腦袋的模樣太過可愛，惹得白尚熙情不自禁對著他後腦杓狂親。摸不著頭緒的徐翰烈只能一直逼問他說「怎麼了」、「幹嘛突然這樣」。

轉眼天光大亮，遼闊的海面上閃耀著粼粼朝陽。徐翰烈正面無表情看著這一幅景色，突然被白尚熙抱起來往上高舉，不免有些驚詫。白尚熙在他臉頰吻了一下，開心笑道：

「我們差不多該準備出去約會了？」

他用他最迷人的臉龐與含蜜的語氣輕聲詢問，對方怎麼可能會拒絕。徐翰烈無可救藥地點頭應允。

「這算哪門子約會嘛？」

徐翰烈雙臂緊緊交叉在胸前抗議著，看向窗外的目光全是不滿。平時冷清的停車場正被各種車輛擠得水泄不通。事實上，這裡沒有畫停車格，本來應該只是一塊空地，唯獨在跨年這種特殊時節才會湧進這麼多的人潮。

「這會是很有意義的活動。」

白尚熙親親徐翰烈臉頰安慰他，然後解開安全帶，先行下了車。臭臉的徐翰烈瞪著白尚熙繞過車頭走來，在白尚熙打開副駕車門說下車時，他固執地正視著前方不願動作。「那我自己去囉？」聽到白尚熙這麼說，徐翰烈「嘖」了一聲，心不甘情不願地下了車。

白尚熙不禁偷笑，手掌沿著徐翰烈手臂內側向下滑，直接溫柔地包住了他的手，牽著他慢慢走上山坡。徐翰烈不情願地跟著走了幾步後便裹足不前，因為他聽見了身旁路人的交談內容。白尚熙困惑回頭，遂看見徐翰烈面色為難地來回注視著自己和被握住的手。

明知徐翰烈的意思，白尚熙卻還是微微揚起眉毛。他忽地放掉了兩人緊握的手掌，然後五根手指和徐翰烈的一根一根地重新交扣在一起，還把扭捏的徐翰烈朝自己方向輕拽過來。

「我無所謂。」

「……」

「不對，應該說這樣反而更好。」

徐翰烈的眉毛垮成了一直線，緊抿著嘴沒講話。白尚熙像在哄小朋友一樣跟他說：「走嘛。」繼續牽著他往前。徐翰烈默默被他拖著走，臉還是很臭，完全沒有要把突出的下唇收回去的打算。

沒多久便開始看到三三兩兩聚在一起的人們。他們也很快地認出白尚熙和徐翰烈，發出驚訝的呼聲。還有人死死盯著他們兩個，一邊高聲呼喊要同事快過來。兩人完全始料未及的登場，引發現場一陣騷動。

「池建梧先生！怎麼會來這裡？」

「您是日迅人壽的徐翰烈本部長對吧？兩位今天也是來當義工的嗎？」

「平常也常一起參加義工活動嗎？」

「兩位跟這間福利機構是否有什麼特殊的淵源？」

記者們聞風而至，相繼發問，還直接把拍攝器材對著他們，先拍下照片或影片再說。所有人的臉孔上都露出了驚訝慌張的神色，似乎萬萬沒料到白尚熙和徐翰烈也會來參加徐朱媛年度例行的義工活動。

企業家、政治人物和名人們往往利用善行義舉來提升自己的形象和知名度，所以通常會提前廣泛公布告知，讓媒體能夠前來報導。直接將撰寫好的新聞稿和素材寄送給媒體的情況也不少。但白尚熙和徐翰烈的行為卻是完全背離了這種做法。由於兩人目前分別在各自領域當中都是最炙手可熱的人物，眾人不禁對他們的驚喜造訪更加感到詫異。記者們顧著採訪兩人，還要一邊聯絡不在場的娛樂線同事，頓時變得手忙腳亂。

正在福利機構前準備拍紀念照的徐朱媛聽到了人群中突然傳來的吵嚷聲。她不經意地轉頭看去，白尚熙和徐翰烈被一群記者簇擁的模樣當即進入視野。而她之所以皺起眉頭，是因為兩人竟在幾十個對著他們的鏡頭前公然手牽著手。

「咦?徐會長，那不是徐本部長嗎？」

「他們兩位今天答應要一起來當義工嗎？」

和徐朱媛一同出席的高階主管們你一言我一語。其中一人還沒心眼地高呼著最近剛看了池建梧的電影，印象非常深刻。也有人提到《以眼還眼》的卓越成績，在一旁幫腔說「這應該算是當今世代的愛國表現」。

兩人在這時候已來到徐朱媛面前，相機的快門聲變得更加凶猛。徐朱媛怏怏不悅地看著徐翰烈要他解釋說明，徐翰烈只是聳了下肩，表示自己也是千百個不甘願。在一旁的白尚熙則是朝她躬身行禮。畢竟周圍的注意力都集中在三人身上，徐朱媛不得已之下也只得點了點頭。

「來，既然都來了，不如一起拍張照吧。」

福利機構的工作人員厚臉皮地招呼兩人過來，記者們也想捕捉徐朱媛徐翰烈姊弟倆加上白尚熙的合照，於是同聲附和。就連高層們也自發性地讓出了徐朱媛旁邊的位子。一時之間，三人並排站在數十臺相機前方。

「那我要拍囉，一、二、三！好了，很好，我們再拍一張。」

徐朱媛看著正前方的鏡頭，嘴唇幾乎沒有在動，卻對著兩人悄聲訓斥：

「你們這是在做什麼！」

「妳以為我想來嗎？妳應該直接問他到底在想什麼才對。」

「池建梧先生，我感覺你的理解能力好像有點問題啊？我想我已經跟你說得很清楚了。」

「我聽說徐會長是要來做善事，既然這對翰烈也有好處，那我們當然沒有理由拒絕。」

「那個好處並不包括池建梧先生在內。你身為一名演員，都不在乎外界眼光嗎？還是你打算乾脆公開，豁出去什麼都不管了？」

「不是說為善就是要欲人知嗎？」

「真有你的啊……我現在才發現你這個人還真狡猾。要是你以為這樣就能改變什麼，那你可就錯了。」

「沒有改變也沒關係，我和他交往並沒有在算計那些東西，而且我腦袋不夠靈光，也沒有餘力去玩弄那種心思。」

聽到白尚熙不服輸的回嘴，徐朱媛直接瞪了他一眼。白尚熙卻不痛不癢地繼續注視著前方的鏡頭，還用食指搔了搔徐翰烈的掌心，將他反射性蜷曲的手指頭再次一根根相扣在一起。「不過呢。」他對著不滿地斜瞟他們的徐朱媛又補充一句：

「要是能讓您稍微對我刮目相看，那就太好了。」

「蛤？你說什麼？」

一瞬間，所有人都朝這邊看了過來，猛烈的快門聲也跟著停止。人們一臉疑惑地回頭看著徐朱媛。徐翰烈也不知道是哪裡被戳到笑點，自己掩嘴咯咯笑不停。而白尚熙卻目視前方，彷彿什麼事都沒發生過。

這詭異的場面讓徐朱媛的祕書小心翼翼地打探，試圖了解她反應這麼大的原因。

「徐會長？您怎麼了嗎？」

「沒什麼，只是有隻蟲子一直在煩我。」

這麼冷的天氣竟然也會有蟲，每個人都不由自主地看了看自身周遭。徐朱媛發現不妙，趕緊出面收尾。

「照片都拍完了嗎？」

「啊，我再拍個最後一張。」

應福利機構工作人員的要求，一夥人再次站成一排。

「大家比個愛心吧，來囉，一、二、三！」

隨著相機喀嚓聲，眾人各自比出了大大小小的愛心。先前一直擺臭臉的徐翰烈露出了頑皮的賊笑，白尚熙的嘴角也勾起了柔和的曲線。每個人臉上都洋溢著笑容，唯有徐朱媛苦著一張臉，比了個手指愛心。

由日迅財團所贊助的福利機構規模果然非同凡響。這裡腹地面積占地遼闊，共建有四棟建築，分別用作育幼院、老人療養院、身心障礙福利設施和餐廳。由於收容人數眾多，日常進行的工作量也特別龐雜。

白尚熙和徐翰烈被分派到的任務是清洗育幼院的被子和照顧那些小朋友。徐翰烈心想，反正被子就丟進洗衣機和烘衣機，交給機器清洗就好，應該沒什麼困難的。結果是他失算了。

徐翰烈從一開始收集髒被子就遭遇了難關。白尚熙在各個房間裡走來走去，陸續搜羅過季的棉被，徐翰烈卻一直卡在同一個地方沒動。當白尚熙找到他時，他正在和一個小孩子吵架。小孩兩手緊抓的一條舊毯子，似乎是他們爭執的主因。

「你快放手！」

「我不要！」

「這毯子很髒了。」

「才不髒！」

「明明就髒兮兮的哪裡不髒了，你連這個都看不出來嗎？」

「院長說我可以留著的！」

「誰說我要搶走了，是要洗過再用好不好？」

「我就說我不要了！院長——！」

「年紀這麼小怎麼這麼頑固啊，你蓋髒毯子會生病的！」

「嗚哇啊啊！院長！這個哥哥欺負我！」

一直吵著要找院長的小孩最後嚎啕哭了起來。徐翰烈無言以對地低頭看著小孩哇哇大哭。站在門口觀看的白尚熙不禁輕笑。他朝兩人走去，突然一把將孩子抱起。小孩因他的舉動而愣住，哭聲也緩了下來。白尚熙把毯子重新還給了不知所措的小傢伙，讓他好好抓在手裡，也替他輕輕撥了下被滿頭大汗浸溼的頭髮。

「看來這是他心愛的小被被呢。」

「誰不知道啊，只是要幫他洗乾淨再還給他啊。」

「他就是喜歡這種破破舊舊的樣子吧？」

徐翰烈皺起眉頭，露出難以理解的表情。孩子寶貝的小毯子在他眼裡似乎就只是細菌的溫床。畢竟徐翰烈近乎潔癖，會感到無法接受也在所難免。白尚熙稍微歪頭，湊到徐翰烈那邊解釋給他聽：

「這不就跟你老是想要不洗澡直接做一樣的道理？」

「……」

「現在比較能理解了嗎？」

「才沒有。」

徐翰烈用手肘頂開白尚熙，直接走出房外，鼓著腮幫子往洗衣房去的他兩隻耳朵都是紅的。白尚熙忍不住偷笑，抱著孩子離開房間。他把小傢伙送到小朋友們聚集的地方，將他放下來後再次摸摸他的頭：

「別看那個大哥哥那樣，其實他是在擔心你。」

「……他明明就是在凶我。」

「那是因為他比較笨拙，就算是大人了，也會有不知道該怎麼做的時候。」

孩子的嘴巴嘟了起來。白尚熙只顧著偏袒徐翰烈，似乎讓他覺得委屈又難過。白尚熙握住小傢伙的肩膀讓他看著自己，用下巴指了下小被被，說服他道：

「既然它這麼重要，下次一定要記得拿去洗好不好？這樣才能用得更久。」

「大哥哥也有這種東西嗎？」

「嗯，有啊，我也是捨不得隨便拿出來，想要偷偷藏著不給別人看。」

「那大哥哥也有拿去洗嗎？洗過之後，味道不就都不見了？」

「那你就繼續好好愛惜它，讓它再次沾滿你的味道就好啦。這樣就可以讓別人都知道它是屬於你的。」

不曉得是不是引發了微妙的共鳴，小孩若有所思地看著自己懷中的毯子，隨即點了點頭。

「去玩吧。」白尚熙將小傢伙送到他朋友身邊，然後往洗衣房移動。

比他先來一步的徐翰烈再度爆發了內心的不滿。

「明明就有好幾臺洗衣機，為什麼要用手洗呢？是嫌力氣用不完是不是？」

「因為被子太多了，洗衣機的數量不夠，光是一天要洗的衣服量就多得嚇人，沒辦法一整天只洗棉被不洗別的東西啊。況且我們這邊人手也不足，當然要趁今天趕快洗起來，在還有太陽的時候拿出去曬。」

見工作人員一臉為難地和徐翰烈溝通，白尚熙忽然插話，提出意外的建議：

「這邊的工作都交給我們來做就好，您去忙別的事吧。」

「咦？全部都給兩位做？」

「對，我以前有做過類似的工作，交給我們沒問題的。」

「呃，可是這樣……」

「我們兩個自己來也比較自在。」

「噢，那如果需要幫助的話，請隨時通知我。」

機構的工作人員鞠了個躬便離開了。背後是一座棉被山的徐翰烈轉身看向白尚熙，臉蛋上滿是怒氣與不耐煩：

「這麼多被子你說我們兩個人來洗？你瘋了喔？」

「反正都是要做，可以有獨處的機會不是更好？」

「好你個頭。說要來這裡的人是你，說要洗完這堆被子的人也是你，那你就自己看著辦吧。」

白尚熙二話不說地點點頭，走到徐翰烈面前，屈起單邊膝蓋蹲下後，突然就開始幫徐翰烈捲褲管。「我說我不要！」徐翰烈拍開他的手，正打算衝出洗衣房，卻被白尚熙單手一勾給逮了回來，將他抱往洗衣盆的方向。瞬間浮在空中的徐翰烈兩條腿踢來踢去。

「你幹嘛啦？」

「你沒試過吧？一旦試了之後，就會發現還滿好玩的喔。」

「笑死人，你把我當傻子啊？」

白尚熙把拚命掙扎的徐翰烈慢慢放進了洗衣盆裡。和了肥皂粉的溫水首先碰到他腳趾，接著逐漸浸到差不多小腿肚的位置。吸了水膨脹起來的被子一踩就整個陷下去。柔軟且溼滑的觸感包裹著腳底板，讓原本發飆的徐翰烈一下子沒了氣勢。他猶豫地看著自己的腳下，試探性地動了動埋在洗滌物裡的腳趾。

「怎麼樣？感覺還不錯吧？」

徐翰烈沒有回答白尚熙的問題，專注地抬腳踩著棉被。當他一隻腳踩下去，另外一側就會鼓起，好像在玩打地鼠遊戲。

白尚熙看著他全神貫注的樣子，驀地雙手抱住他，大肆親吻他頭頂。徐翰烈行動受到限制，一面出聲制止一面推開白尚熙。但他的反抗沒什麼用，白尚熙束緊他的力道還越變越強。徐翰烈不斷翻騰著身體要他放手，折騰到後來腳一滑，不小心跌坐在洗衣盆中，肥皂水澆得他整身溼淋淋的。

「可惡，你搞什麼啦，全都溼掉了！」

「真的耶，都溼掉了……」

白尚熙語氣淡定，一邊說著的同時不間斷地吻他。他跪在光禿禿的地板上，毫不猶豫地將手撐在洗衣盆裡，朝徐翰烈那邊靠近，然後輕輕吻著他的頰側和耳際。白尚熙的動作無比溫柔，但低聲說著「抱歉」時的口吻卻極為輕佻。

徐翰烈猛然將肥皂水往白尚熙臉上抹。遭受到意外的攻擊，白尚熙反而輕笑了一聲。他一把摟過徐翰烈肩膀，報復性地將嘴唇往他臉上各個地方按。這下子，白尚熙臉上的肥皂水全沾在了徐翰烈臉上。徐翰烈抱怨嫌棄的聲音與白尚熙的笑聲，還有大小不一的水聲，在洗衣房內此起彼落了一段時間。

打鬧完的兩個人溼漉漉地對望了幾秒，隨即不約而同地靠近，唇舌一下又一下地相吮。白尚熙托起徐翰烈下巴，扭過頭，讓雙唇完全重疊，由淺入深，由輕而重。儘管附近有洗衣機在運轉，遠處有孩子們在跑跳嬉戲，但他們的世界除了彼此，再無他人。肥皂水順著臉頰淌下來，帶來輕微癢意，挑動著蕩漾的心情。戀人之間的甜蜜氣息，充盈著每個瞬間、每個剎那。

他們在洗完那堆棉被後一起去吃午餐。負責在餐廳夾菜供餐的徐朱媛對並肩走進來的兩人投以不滿的眼神。白尚熙和徐翰烈身上竟穿著福利機構的制服，而且整個餐廳內就只有他們兩個穿著這件制服，顯得分外醒目。不管是義工、福利機構的人，還是那些記者，看到兩人都不禁露出會心的微笑。兩位當事人卻是毫不在意地捧著餐盤排隊取餐。

「不要在這裡吃飯，我們直接走了啦。」

「你要這樣直接回首爾？」

「這都誰害的？」

「好啦，都是我的錯，但就算這樣也不能改變事實。反正等衣服洗好烘乾也需要時間，我們就慢慢吃完再走嘛，好不好？」

也不怕別人聽見，一路鬥嘴的兩人來到了徐朱媛的面前。徐朱媛機械性地舀著小菜，眼睛瞪著他們。徐翰烈對她凶狠的目光完全不以為意，還稍微抽回自己餐盤，任性挑食：

「別給我，我不要吃那個。」

徐朱媛才不可能就這樣放過不懂事的弟弟。她抓住徐翰烈的餐盤一角扯了回來，舀了一大湯匙的小熱狗炒蔬菜給他，笑咪咪道：

「給你什麼就吃什麼，都幾歲了還挑食啊？」

「這是當義工的人該有的表情嗎？徐會長那個眼神都能殺人了。」

「請多給我一點。」

白尚熙用身體輕輕擠走徐翰烈，把餐盤伸到徐朱媛面前。不知是有意阻止姊弟倆無謂的爭吵，還是純粹調侃式地藉機炫耀自己和徐翰烈親暱的關係。徐朱媛怒視著白尚熙淡定的雙眼，動作異常緩慢地舀起小熱狗倒到他的餐盤上。

白尚熙也不閃不躲地迎視著她的視線。感覺周圍的記者們都在密切注視著兩個人的互動，相機快門聲大了許多。

「好的，池建梧先生也多吃一點。」

徐朱媛面上帶笑，內心卻是恨得牙癢癢的。隨著白尚熙盤子裡的小熱狗一勺一勺在增加，兩人之間的張力也變得越來越緊繃。

「謝謝，我會好好享用的。」

直到堆得滿滿的小熱狗終於多到滾進白尚熙的湯裡了，白尚熙才淡淡地道了聲謝，端著餐盤離開。

他走到徐翰烈身旁的空位坐下。對面的孩子們正專注地狼吞虎嚥，根本沒在管是誰坐在面前。只有幾個看起來像小學生的小女孩不時竊竊私語，猛往徐翰烈這邊偷瞄。徐翰烈朝她們瞥去一眼，還引發了小聲的尖叫，羞紅了臉的女孩們紛紛把頭轉了回去。白尚熙覺得小朋友們反應很可愛，噗哧笑了出來。徐翰烈以為他是在取笑自己，問他怎麼回事。白尚熙遂摸摸他後腦杓：

「沒什麼，吃飯吧。」

兩人正打算開動，卻有相機鏡頭湊到他們眼前。才剛挖了口飯放進嘴裡，就響起一陣快門的噪音。徐翰烈放下舉到一半的湯匙，出聲反對：

「拍了這麼多也該停止了吧？都要消化不良了。你們都不替這些孩子們著想嗎？」

嚴厲的批評令熱心採訪的記者個個露出尷尬的神情。有些人點頭行禮，然後不好意思地走開，也有些人公然表現出不快的情緒。孩子們在這種氣氛下顯得更加畏怯，清澈的眼珠骨碌碌地轉動，觀察著大人的臉色。

這時，白尚熙當著孩子們的面，用湯匙舀起超大口的飯。孩子們全都不敢置信地瞅著他看。他和那些小傢伙們對上視線後，得意地把整個湯匙放進嘴裡。那麼大口的飯頃刻不翼而飛。令人驚訝的是，明明塞了那麼多的飯進去，他的臉頰卻沒什麼變化。小男生們一個個開始學他吃飯，但大部分都是灑出來的比吃進去的還要多。白尚熙每挾起一種小菜，孩子們便一窩蜂地跟風模仿。多虧了他，先前那種有如冰霜覆蓋的氣氛得以自然化解。從這一點看來，白尚熙的魅力似乎無關性別，甚至是不分男女老幼，都能輕易地被他征服。

白尚熙很快就把自己那份餐點吃完，開始盯著小朋友們吃飯。其中一個小孩正從飯裡挑出豆子來，怕會被大人責罵，動作偷偷摸摸的，把好不容易挑出來的豆子藏在湯的配料底下。孩子鬼鬼祟祟重複著同樣的行為，心虛地環顧周遭時，正巧和白尚熙對到眼。他嚇得一抖，舉著舀起豆子的湯匙不知該如何是好，直接僵在那裡。

「不可以偏食喔，會長不高的。」

「……我討厭吃豆子。」

「因為這樣就不吃的話會生病的，你要生病去看醫生嗎？」

孩子聽了一臉不開心地搖搖頭。

「大人就算討厭豆子也都會吃下去喔，這樣才可以變得更健康、更好看。」

默默聆聽解釋的小孩忽然往白尚熙身旁看去。白尚熙循著他的眼神，看到了某個人正在挑掉小熱狗上的青椒。「怎樣?」在兩人赤裸裸地注視下，徐翰烈表現得理直氣壯，還用筷子把挑出來的青椒全部堆在湯匙上。白尚熙眼睜睜目睹了這一切，卻臉皮很厚地解釋：

「這位哥哥已經是一個帥氣的大人了，不吃青椒也不會怎樣。」

小孩聽到如此荒唐的辯解，嘴巴都噘了起來。徐翰烈恰好在這時將堆在湯匙上的青椒移到白尚熙的餐盤上，接了一句：

「別的我不敢保證，但唯一可以確定的就是，不偏食，什麼東西都乖乖吃下去，才有辦法長得跟這個叔叔一樣高大。」

徐翰烈用下巴指了指白尚熙，向孩子打包票。白尚熙也點點頭，不假思索地將徐翰烈挑出來的青椒放進嘴裡。原先半信半疑輪流看著兩人的小朋友隨後也緊緊閉上雙眼，鼓起勇氣將豆子吞了下去。見到小孩純真的反應舉止，白尚熙和徐翰烈同時笑了起來。一旁的記者們沒有錯過這一刻，用相機將這個珍貴瞬間截取紀錄。

楊祕書晚了許久才趕到現場，神情愧疚地鞠躬：「非常抱歉，是我來晚了。」

「沒辦法，畢竟楊祕書也不曉得他們會這麼做，而且又是休假日。」

「是我的過失。」

「楊祕書不必道歉，今天的事就算了，但以後請避免讓這種情況再度發生。還有請做好善後工作，別讓媒體散播出奇怪的傳言。」

「是，我會牢記您的吩咐。」

「你可以走了。」

徐朱媛雙手環抱胸前，撇了下頭。楊祕書再次一鞠躬，趕緊回到駕駛座上。

白尚熙因為在福利機構換回衣服而姍姍來遲，出來後對著徐朱媛簡單頷首。徐翰烈被他背在背上，已經累得睡著了。在楊祕書抵達前徐翰烈就已經是這個狀態。由於很久沒有進行這麼大量的身體勞動，他似乎累壞了。經過一夜激烈的床上運動，才睡了一下下就被帶到這裡來，也難怪他會累倒。

白尚熙將徐翰烈先安置在後座。害怕撞到他或不小心吵醒他，白尚熙的動作顯得小心翼翼，還注意不讓他被安全帶卡到，細心地幫他繫上安全帶。都弄好後，他還扶正徐翰烈傾斜的腦袋，幫他固定好姿勢。安置好徐翰烈後，他繞過車子走向對面那一側車門，也不忘再次向堅持站在前方的徐朱媛告別。

「那我先告辭了。」

「趕快給我消失。」

徐朱媛的回答帶著明顯的反感。白尚熙笑了笑，安靜地坐進了後座，然後托起徐翰烈的腦袋，讓他能夠舒服地靠在自己肩上。徐翰烈即使是在睡夢中，也撒嬌地用臉頰蹭著白尚熙肩膀，隨後愁眉苦臉地抱怨安全帶勒著他不舒服。他最後還是解開了安全帶，什麼都不管地枕著白尚熙的大腿躺了下來。親眼見到這一幕，徐朱媛臉上露出大寫的厭惡，快步朝福利機構走去。她的隨行人員為了追上她，看起來顯得十分匆忙。

「那我們出發了。」

「他還在睡覺，楊祕書請開慢一點。」

「好的，池建梧先生也在車上稍微睡一下吧。」

白尚熙雖然答應，卻沒有真的閉上眼睛。他低頭看向緊抱著自己大腿的徐翰烈，手掌不斷撫摸著他的頭髮、臉龐、耳朵。徐翰烈因睡不安穩而皺著的臉蛋漸漸舒展開來。一時之間，車內只迴繞著他沉睡的呼吸聲。

從那天下午開始，網路上陸續出現日迅徐家特別公益活動的相關報導。媒體破例在經濟、社會、娛樂版面同時報導了三人的善心善行。光是被引用的照片就有數十張，白尚熙的粉絲們點閱了每一篇新聞，認真留言支持，一度導致入口網站的新聞版面被這些報導瘋狂洗板。白尚熙的粉絲群沒有止步於此，甚至透過募集大量捐款和親自參與義工服務，展現了明星帶來的正面影響力。

外界對此舉也另有解讀，有些人認為這是徐翰烈開始在奠定根基。擔任日迅人壽保險公司代表一職前夕，他試圖改變自己過去在大眾面前的「麻煩製造者」印象，同時也要洗刷因徐宗烈而遭受污名的企業形象。儘管這些人的看法與實際情況相去甚遠，但沒隔多久時間，他們的預測便成為了現實。

05

Oh, My Muze. Oh, My Sugar.

「徐代表，我們馬上就要到了。」

徐翰烈在聽見楊祕書的聲音之後抬起眼簾。他似乎在行進的車上不知不覺睡著了。望向窗外，熟悉的景色映入眼中。曾將街道絢麗裝飾的櫻花已然凋謝，綠蔭逐漸繁盛。春天明媚的陽光穿透依然稀疏的樹枝，一縷縷灑了下來，令人再次體會到了季節感。腦海裡頓時閃過去年冬天那段忙亂的日子。

徐翰烈在這個遍地殘雪猶存的早春時節，被任命為日迅人壽的新任代表。看起來是多麼順理成章的一件事，沒有任何人提出異議或質疑。由他所制定的革新策略迅速反映在實務工作中，新年期間，第一季的銷售額便呈現顯著增長。就連到處可見的企業廣告也獲得了熱烈的迴響，為提高日迅的認知度和好感度做出了貢獻。所有的計畫都巧妙地符合了快速變遷的市場環境，有人評價說他成功地為日迅人壽及早開闢了新的活路。一切發展簡直可說是一帆風順，毫無阻礙。

和徐翰烈終日相處、同甘共苦了好一段時間的專案小組成員，無一例外全數升遷，還獲得了高額的工作獎金。徐翰烈的MBA同窗校友林宇英被指派為策略企畫本部長，繼續為徐翰烈效力。徐翰烈也陸續任用合他心意的一些新面孔來填補其他重要職位。

徐翰烈的領導風格雖然大膽魯莽、勇於打破常規，但同時也具備卓越的執行力，吸引了商業財金界的關注。大學和電視臺也紛紛邀請他舉辦特別講座。到了這時候，就連過去他曾遭人詬病的怪異言談與行為也被視為一種個人特色。每一天的生活都過得十分順遂，卻也忙得暈頭轉向。

正當他恍神回顧著過往的時候，一陣突然的震動聲猛然將他拉回到現實。手機收到了一則新訊息。不用看也知道是白尚熙傳來的。

『**你在哪裡？**』

『**還沒到嗎？**』

徐翰烈本來想回他說已經到了，臨時打消了念頭。可以看到大明星白尚熙焦急等待著自己，並為自己的驚喜登場感到莫名的寬慰和歡喜，似乎也不失為一種趣味。愉快的妄想讓徐翰烈的嘴巴彎起一個微笑的弧度。

然而就在下一刻，白尚熙馬上就打電話來了。很顯然，再不接的話，待會響的就是楊祕書的手機。徐翰烈「嘖」了一聲，無奈地按下通話鍵。

「每次都這樣，我快要透不過氣了，你乾脆在我手機裝個定位追蹤器算了？」

「你為什麼會覺得我沒裝呢？」

「你真的裝了？」

「嗯，就裝在你面前啊。」

徐翰烈什麼也沒想地看向前方，看到了坐在副駕駛座的楊祕書。他啞口無言，忍不住笑了起來，於是白尚熙也跟著笑道：「既然有看到我的訊息，幹嘛不回我？」

「反正已經在附近，馬上就要進去了。」

徐翰烈的車在這時進入了專用停車場。白尚熙停在一旁的保母車隨即映入眼簾。想必是一結束早上的行程就直接趕來了。車子剛停妥，徐翰烈就自己開門下了車，開玩笑地罵道：

「你唷，就這麼一下下也等不了……真該讓那些以為池建梧有多率性灑脫的粉絲們看看你這副樣子。」

「反正我只有在你面前的時候才會這樣，你一個人知道就好。」

「最好是這樣。」

「你也不喜歡我對別人太過熱情不是嗎？」

「……什麼嘛，本來以為是一隻無家可歸的流浪貓，好心把你帶回來，結果根本是一隻成天假裝成大狗狗的狡猾狐狸。」

「狗就狗，狐狸就狐狸，什麼叫假裝成狗的狐狸？」

「你根本是明知故問。」

徐翰烈繼續一邊拌著嘴，邊朝店鋪走去。裡面的店員見到他來，恭敬地為他開門，有禮地招呼他。徐翰烈只點點頭，便跟著帶路的人走。此時的白尚熙正好在裡面檢查服裝造型。徐翰烈手機貼在耳邊有說有笑的模樣瞬間奪走眾人的注意力。姜室長趕緊從沙發上起身要和他打招呼。徐翰烈舉手制止，就這樣呆望著白尚熙的背影。

「喂？」

白尚熙正對徐翰烈長時間的沉默感到疑惑，碰巧聽到楊祕書開門的聲音，一回過頭便發現徐翰烈站在自己身後。他馬上笑了起來：

「來啦？」

「很不錯嘛。」

徐翰烈的目光依舊鎖定在白尚熙的服裝上。他走到鏡子前，單肩倚靠在鏡子上斜站著，將白尚熙從頭頂慢慢打量至腳底。白尚熙穿著稍微露出腳踝的黑褲，上身是一件有著鮮艷印花的絲質襯衫。這一身絕非正式的裝扮，白尚熙穿起來卻是再適合不過了。要說是為他量身設計打造的也絲毫不誇張。

店鋪經理為白尚熙披了一件相襯的西裝外套在他肩上，然後看向徐翰烈，就像是在等待他的認可或評價。徐翰烈交叉著手臂，再次仔細地檢視了一遍。

兩個人會如此審慎地挑選衣服，是因為白尚熙將要出席一項重要的活動。

就在不久前，他們收到了一個好消息，即將於下個月上映的《Spotlight》正式獲邀參加坎城影展競賽單元。金儀貞導演本來就是海外各大電影節的常客，她的新作能夠進軍坎城並不意外，反而是有些理所當然的事。只是這次的電影被選入競賽單元入圍候補，意味著有拿獎的可能性，不免令人滿心期盼。當然，比起得獎，這是白尚熙透過《以眼還眼》打開海外知名度後首次出席的國際盛事，因此對他來說意義非凡。

徐翰烈欣賞了很久，點頭稱讚說：「真好看。」終於等到他感想，白尚熙這才將盯著他的視線轉往鏡子的方向。

「那就決定穿這套囉？」

「不再看看其他的？」

「有必要嗎？」

「再怎麼說也是坎城紅毯，這麼草率決定好嗎？」

「能夠讓要求最嚴格的徐代表第一眼就覺得滿意，應該夠完美了吧？」

徐翰烈笑了一聲，伸手將白尚熙的瀏海往上撥。起初徐翰烈只弄半邊，接下來又試著把瀏海全部向後撩起來，再自然地放下，然後幫他用手梳了梳。白尚熙則是老實地任憑他擺布。

「那閉幕式打算穿什麼？」

「閉幕式同時也是頒獎典禮，穿這種正規的西裝應該會比較適合。」

店經理舉起了手上的一套西裝，款式和色調都相當樸素，不太顯眼。不過衣服穿在不同人身上，當然也會有不同的效果。

「嗯……總之你先穿看看吧。」

在徐翰烈的要求下，白尚熙默默跟著店經理去換衣服。徐翰烈也到沙發坐下，對楊祕書招了招手，要他將準備的東西拿過來。愣愣站在一旁的姜室長來到徐翰烈身邊，進行遲來的問候。

「徐代表您吃過飯了嗎？」

「待會才要吃，姜室長呢？」

「我在等建梧的時候有簡單吃了點東西。」

「隨便吃可不行，還是要好好吃頓正餐。洪代表把工作排那麼滿，連用餐時間都不給嗎？」

「啊，不是那樣的，您也知道。做這一行本來就很難掌控時間。」

「就算是那樣，還是要保留充分的用餐時間啊，叫他們重新調整行程，就說是我交代的。現在已經沒必要把工作排得那麼滿了吧？韓國人本來就偏好昂貴的東西，藝人也是一樣，姿態擺高一點不會有什麼壞處的。」

「的確是這樣啊，哈哈。」

楊祕書在這時將掀開蓋子的錶盒接連擺在桌上，陳列著品牌、材質、款式各異的各式腕錶。姜室長無意間瞥了眼，眼珠子都快掉下來了。就連對手錶一竅不通的他也認得這幾個大牌子。

「姜室長覺得如何？」

「咦？不好意思，您是指……？」

「我問這裡面的哪一款跟剛才的衣服比較搭？這只是不是比較好？」

「啊，手錶的話，建梧目前代言的品牌有說會提供贊助……」

「贊助？這次要登上的可是世界級的舞臺，怎麼可以用品牌贊助的東西呢？」

「呃……」

「現在所有人都知道尚熙是我們日迅徐家的一分子了，對於他的穿著打扮或是飲食方面，每個細節都不能馬虎。」

徐翰烈放下了手錶，拿起最外側的一個紅色盒子，自言自語說：「還是乾脆戴這種好了。」取出了幾款鑲有碎鑽的白金手鐲。這幾件都是分別要價數千萬韓元的款式。徐翰烈將手鐲套在自己手上試戴，一邊補充道：

「向來都是要先在家裡受到尊重，出去外面才不會被人看不起。」

白尚熙正巧在這時換好西裝出來了。穿的明明是三件式的藏青色西裝，他的馬甲背心卻隨性地敞開著，最上方的那顆鈕扣更是不知去向。

「那個背心是怎麼了？」

「扣不起來我硬扣，結果就爆開了。」

「你看，我就說你的胸真的是太大了。」

「畢竟這套是成衣西裝，之後再根據體型稍微修改一下應該就可以了。」

店經理笑得似乎有些尷尬。若是不看胸部的話，腰圍及臀圍的部分倒是頗為合身，西裝褲大腿的部位則稍微緊了一點。白尚熙的體型整體上來說雖壯碩，但腰身和四肢仍相當精瘦，因此每次穿成衣服飾時，經常會遇到這類問題。

「三件式西裝對你的角色來說好像太過華麗，背心就不要穿了，那個領帶也拿掉吧。」

白尚熙聽從了徐翰烈的指令，脫下馬甲背心交給店經理，也一手抽掉領帶。他重新套上西裝外套，解開襯衫最上面的兩三顆釦子，展現出較為休閒的風格。徐翰烈一瞬不瞬地看著，隨後拿起了其中一只錶走向他。

「你覺得搭配這個怎麼樣？」

「很好。」

「你根本就沒有仔細看嘛。」

「我相信你的眼光啊，你為我挑的當然是最好的，不是嗎？」

「呵。」徐翰烈無法否定地笑了一聲，嘴角斜勾起來。白尚熙也含笑回望，手掌從他手肘下滑至腕骨，然後覆在他手上。凝眸看著徐翰烈的雙眼，白尚熙對他說：「幫我戴上。」

眼見此景，姜室長整個人從位子上彈了起來。楊祕書則是悄然別過頭，很明顯地清了幾聲喉嚨。店經理和其他店員則詫異地輪流看著他們異常的反應。

此時的白尚熙和徐翰烈似乎已經完全進入了兩人世界。姜室長沒辦法繼續看下去，果斷地走向他們，一面大喊著：

「時間來不及了啦！要趕不上下一個行程了！你就直接在這裡面把衣服換一換吧！」

硬是掰了個理由，姜室長拉上更衣室兩側的布簾。怕中間會產生隙縫，他還用雙手抓緊了兩片簾子，整個人擋在出入口。不知情的店員還很單純地詢問需不需要幫忙把衣服送過來。店經理也在一旁擔心，覺得白尚熙應該再多試穿幾套才對。而此時此刻，在更衣室裡面的兩個人，眼中除了彼此再無其他。

「也不想想是出自誰的傑作，你一定會在坎城影展上大放異彩的。」

徐翰烈伸出手撫摸著白尚熙的臉頰。白尚熙也輕輕回蹭他的手。

「還是跟我一起去吧？」

「就說了我要工作沒辦法去嘛，是不能缺席的重要場合。」

白尚熙沒再多說什麼，只是緩緩親吻著徐翰烈的手心和手指。徐翰烈縱容著他的行為，注視了好一會才突然捏住他腮幫子。

「你現在這樣就是一隻假裝成狗的狐狸。」

「是嗎？我不是很懂耶。」

說著，被掐住嘴邊肉的白尚熙俯首就在徐翰烈臉上張嘴咬了一口。徐翰烈輕抵著他的胸，將開始動口的人從身上推開來，告訴他：

「我會盡快完成這裡的工作，然後飛去巴黎那邊等你，影展結束後，你就直接到巴黎去找我。」

白尚熙毫無異議，點頭答應完，在徐翰烈的鼻梁印下一個吻，再來又親了親他的鼻尖。徐翰烈遂順勢閉眼，仰起面孔，乖順地等待接吻。對方卻故意鬧他，不親嘴，而是親在他的下巴。待徐翰烈疑惑睜眼的剎那，白尚熙才伺機捧起他的臉，迎面朝他吻了下去。

更衣室緊閉的布簾，隔了許久都沒有掀開的跡象。

✦

熟悉的震動聲使得平靜的眼皮下方出現一陣波動，床上的人兩隻眼睛還睜不開，伸手尋找著那不曾間斷的聲音來源。不多時，摸到了手機的他總算翻身仰躺，張開一眼確認來電者。是徐翰烈打來的電話。白尚熙按掉那通來電，改用視訊電話回撥過去。他一骨碌從床上坐起，隨手抓了抓睡亂的頭髮。

電話響沒幾聲就接通了，徐翰烈的身影出現在全螢幕裡。他今天穿了黑襯衫和深灰色的直條紋西裝，利用花色活潑的領帶與口袋巾達到錦上添花的效果。一般來說，太過華美的衣著通常會掩去本人的光彩，徐翰烈卻反而是被烘托得面容更加清秀。

白尚熙持久的注視讓徐翰烈忍不住發問：

「幹嘛這樣盯著我？我臉上有沾到什麼嗎？」

「沒有，只是覺得可惜。」

「可惜什麼？」

「看你穿這一身如此帥氣，要是能親手脫下這些衣服，那該有多快樂。」

「你真的是，一天到晚就只知道勾引人。」

「你特意盛裝打扮，不就是為了這種目的嗎？」

「我哪有刻意打扮？」

「好吧，你說沒有就沒有，是我自己想太多，想到都快流口水了。」

聽徐翰烈莫名激動地否認說：「真的不是！」白尚熙發出竊笑。他語帶敷衍地說著：「好啦好啦。」起身走向窗邊。

相繼打開閉合的窗簾及窗戶，尼斯的溫暖日光與涼爽微風撲向白尚熙的臉。徐翰烈一眨不眨地盯著手機畫面，準確來說，是他的注意力全被畫面裡的裸體給吸走了。白尚熙重新擺正了走動時歪斜的手機螢幕，正好和徐翰烈視線交錯。徐翰烈被逮個正著，驀地心虛一震。他挑起兩側眉毛，眼神默默往旁邊漂移，假裝那個趁機享眼福的人不是自己。白尚熙抑制著忍不住想上揚的嘴角，忽然訴說起昨夜的委屈。

「我昨天晚上根本沒辦法睡。」

「因為時差的關係？應該不至於太過緊張興奮睡不著覺吧？」

受邀參加一個所有演員夢寐以求的影展，徐翰烈卻不太相信白尚熙會真的興奮到睡不著，他很清楚白尚熙那八風吹不動的個性不會為這種事動搖。對此，白尚熙也不當一回事地聳了下肩，答道：

「因為沒有東西可以抱著睡。」

「你是小朋友喔？竟然因為這樣就失眠。隨便找個枕頭或抱枕不就好了？」

「那上面又沒有你的味道。早知道我應該把你穿過的衣服帶來的。」

「拿人家穿過的衣服幹什麼，很髒耶。」

「很髒嗎？」

白尚熙重複了一遍徐翰烈的說詞，充滿調侃意味的眼神逼視著他。徐翰烈似乎已經把幾個月前自己住院時，整個人幾乎埋在白尚熙衣服堆裡的事拋在了腦後，假裝一臉若無其事地換了個話題：

「尼斯怎麼樣？你是第一次去吧？」

「嗯，天氣好、景色好、風和日麗。」

「還有個賞心悅目的模特兒。」

「哦，你果然有在注意？」

「你不就是為了要讓我看，才故意在那邊大秀身材嗎？」

「也不完全是為了這個目的。」

白尚熙放慢了語尾，將手機稍微傾斜，讓鏡頭能夠同時捕捉到他俊朗的臉龐和結實有料的上身。不知道是怕被誰看到，徐翰烈眼球溜轉，敏捷地往自己周圍瞥了好幾眼。見白尚熙噗哧笑出來，他擺出不服氣的態度：

「你那裡到底為什麼一直變大？是想大到什麼程度啦？」

「這都是因為昨晚真的睡不著。飯店外面說是在狂歡慶祝，一直喧嘩到半夜。但我今天一早就有工作，不方便喝酒助眠，才會想說那乾脆來運動，出點汗比較好睡，才稍微練一下而已，結果就變成這樣了。」

「你是在吹噓自己很厲害嗎？凡事過猶不及，你特地量身修改好的衣服恐怕又要爆開了。」

「真的不行的話，大不了就少扣幾顆釦子……」

「我看，真的要把你列為限制級內容才行了。」

「這是什麼意思？」

「你自己去照照鏡子呀，看我說得對不對……根本就是一部活生生的色情片嘛。」

徐翰烈發著牢騷，也不曉得究竟是褒還是貶。白尚熙正樂得欣賞徐翰烈板起臉的表情，卻見他舉起手錶看了下時間。

「是說你是不是該去準備了？早上不是有工作？接下來應該都會很忙吧？」

「也就這三四天會比較忙吧，你呢？」

「我這裡差不多要收尾了，洽談時的氣氛滿好的，應該可以在這兩天之內搞定。」

「別太過勉強自己喔。」

「那是我要說的話。」

「你會一直關注著我的，對吧？」

聽到這句突如其來的疑問，徐翰烈頓了頓，遂發出一聲輕笑。

「這不是當然的嗎，有什麼好問的？」

白尚熙望著螢幕裡的徐翰烈出神。他的愛人，如今身上洋溢著從容不迫、成熟穩重的韻味。而白尚熙自己則正好相反，變得越來越百般依賴，像個孩子般討愛。明知道徐翰烈放的感情有多深，是不可能說淡就淡的，白尚熙卻還是想要一再地向他確認，不斷地、不可自拔地將自己投擲到那片以他為名的深海之中。

「去吧，去讓世人見識一下，我最無懈可擊的得意之作。」

臉上浮起一個滿意的微笑，徐翰烈這般叮嚀著。終於能夠名副其實地成為他的驕傲，白尚熙為此感慨激昂，自然地敞開了雙肩，脊梁也跟著豎直。直到此刻他才驀然發現，這正是他在長期的萬念俱灰下，被埋藏在內心深處、不敢示人的熱切渴望。

在坎城的工作行程十分緊湊。吃完早餐，他馬上進行梳化，拍攝了讓韓國國內媒體發布用的照片，隨後又立刻參加了和《Spotlight》團隊一起的專訪。

記者的提問和在機場要出發前被問到的內容大同小異。不外乎是受邀坎城影展的感想、覺得自己會不會得獎、萬一得獎的話會有什麼想法等問題。在場其他演員同事的回答也都相當類似，都表示「非常高興」、「興奮不已」、「簡直像在做夢一樣」、「如果能夠得獎，將是最大的殊榮」。

在這獨特的異樣氛圍中，白尚熙也被問到了相似的問題。

「池建梧先生，這是你繼《引力》之後第一次出席國際影展，還是不免俗地想請教一下你來到此地的感想如何？」

「我覺得這是個美麗的城市，這邊的天氣也很不錯。」

「咦？就只有這樣？」

「昨晚到的時候天都黑了，還沒機會好好看個仔細。我從一早到目前為止的所有感想就是這樣了。」

「看來好像是還沒什麼實感、可能還反應不過來的意思呢。據說《Spotlight》這部片，不只是在座的演員們，包含了導演和工作人員在內，全都付出了相當大的心血才完成了這部作品。剛才其他演員也提到說，拍攝這部片的時候，就像是歷經了一生當中所有苦難風霜的精華濃縮版，電影光是剪輯就花了四個月以上的時間，在完成度上下了極大的功夫，你認為是否有一舉奪獎的可能呢？」

「嗯……這就要到閉幕式的時候才會知道囉？」

「假如池建梧先生獲頒最佳男主角獎的話，會有什麼樣的心情呢？」

「這也是到時候才知道了。」

不知是否覺得白尚熙不同於其他人的回答太過敷衍，原先對他抱持著期待的幾位記者面露不悅地交頭接耳。不過，也有些記者將這樣的回答視為一種化解尷尬氣氛的幽默，不禁笑了起來。為了避免無意間產生誤解，白尚熙特意附加一句說明：

「坦白講，對現在的我來說，去思考得獎的事好像太自不量力了。光是能受邀出席坎城影展，我認為就已經是對我們作品的肯定，單憑這一點，拍片時的一切辛苦就都值得了，不是嗎？」

說著，白尚熙一邊環視著左右兩側的導演與演員們，不忘徵求他們的意見。大家都默默點頭表示同意。

「所以我打算，既然都來到這裡了，那就適度地享受一番再回去。」

白尚熙的訪談內容，經過記者稍微的加油添醋潤飾之後刊登了出來。但是讀了這則報導的人卻反應不一。有人覺得比起那些千篇一律的官腔說辭，他直率的回答更討喜；也有人覺得他根本是走紅了就開始跩起來了。到最後，白尚熙在那天採訪中講的「適度」一詞，成為一道在影展期間如影隨形跟著他的主題標籤。

這個趨勢始於全球首映會的紅地毯儀式上。全球首映會是在全世界的電影相關工作人員、影評家、記者，還有一般觀眾面前第一次將電影公開放映。在電影正式上映前，導演和演員會先走紅毯亮相。白尚熙穿上了他和徐翰烈一起挑選的服裝，就連髮型、鞋子、手鍊等配件都是遵循徐翰烈的要求。

當白尚熙一現身紅地毯，現場立刻爆出陣陣驚嘆和歡呼。他身上那股不受拘束的奔放感和獨特的頹廢氣質，吸引了所有人的視線。媒體記者瘋狂按擊快門，在刺眼的閃光燈洗禮下，眼前幾乎什麼也看不見。

也許是因為《以眼還眼》取得了全球性的成功，有不少的外國媒體也聚焦在他身上。許多不是白尚熙粉絲的一般觀眾也眼尖認出他來，到處都在請求他簽名和拍照。場面過度熱情，一度耽誤到了白尚熙的入場時間。

在韓國的網路上，每當白尚熙全球首映會的相關報導或照片刊登出來，底下就會出現一大堆「這樣叫做適度？」的留言。等到《Spotlight》在盧米埃爾廳播映完畢，獲得觀眾十六分鐘起立鼓掌的消息傳回國內後，這種洗版式的留言更是未曾間斷。從這時起，白尚熙之前與坎城影展無關的畫報和剪輯影片開始被上傳到各大論壇和社群媒體上，「適度」也成為了持續發酵的熱門哏，不斷被網友拿來惡搞。

第二天，《Spotlight》正式舉行記者招待會，記者區座無虛席。金儀貞導演與演員們輪流打完招呼之後，不分海內外的記者都搶著要向他們提問。

白尚熙尤其是那些記者集中砲火攻擊的目標。從他參加試鏡的契機，問到他是如何準備「永軾」這個角色的；片中的永軾做了許多的選擇，他是否認同那些選擇、飾演的過程中是否有對這個角色感同身受、有好幾幕需要在沒有任何臺詞的情況下表達情感，問他分別是如何詮釋的。每個提問都相當具有深度，白尚熙在回答前都需要仔細斟酌一番。記者會結束後，他甚至有種剛完成了一場高難度考試、終於解脫的感覺。

人們常說，影展獲獎作品的評選往往取決於當下的氛圍。由於《Spotlight》在首映會和記者招待會上的反應都非常熱烈，保守期待獲獎的呼聲也越來越高。主辦單位對他們也表現出了很大的興趣，邀請《Spotlight》團隊參加了各種大大小小的招待會。

熱鬧非凡的幾天就這樣過去，轉眼便迎來了這次的閉幕典禮。

✦

「代表，您不累嗎？」

正在整理行李的楊祕書回頭看了看從浴室走出來的徐翰烈。「還好。」徐翰烈走向迷你吧，拿起已經擺放好的紅酒和酒杯來到沙發坐下。

解決了手邊需要處理的事務，徐翰烈馬不停蹄地飛抵巴黎，預計明天會在這邊跟白尚熙碰面，兩人再一起前往義大利。他們計劃要去的度假地有蘇連多、阿瑪菲海岸、波西塔諾，以及卡布里島等這些義大利南部的城市。選擇這些地點沒什麼特殊的理由，單純因為他們兩個都沒有去過這些地方。況且那裡是地中海型氣候，天氣總是晴朗，海水漂亮。包一艘遊艇，兩人單獨在蔚藍的大海上漂浮個幾天，好像也很不錯。

徐翰烈動作熟稔地倒了杯紅酒，輕輕旋轉著透明玻璃杯中的紅色酒液一邊開口：

「閉幕典禮差不多要開始了吧？」

「啊，沒錯，請稍等一下，我馬上幫您連接。」

楊祕書停下整理行李的動作，拿出了平板電腦。他將畫面投放到會客室牆上的大尺寸電視，播放從坎城實況轉播的閉幕典禮。正如徐翰烈所說，參加閉幕式的那些電影人和名人陸續走上了紅地毯。

徐翰烈隨意啜飲著紅酒，不是很專心地看著節目，臉上表情平淡無波，顯得興致缺缺。他開始願意把注意力擺到電視上，是在《Spotlight》團隊在紅毯上現身之後。不曉得是不是錯覺，現場的尖叫聲和快門聲似乎都變大了。

白尚熙頂著一頭俐落後梳的油頭，拜這髮型所賜，更加襯托出他濃密有型的眉毛與立體的五官。從端正的額頭到直挺的鼻梁，適度上翹的嘴唇輪廓一路延伸到零死角的下顎線條，在明亮的燈光下形成光暈。身上的正式西裝禮服雖然款式簡約大方，但配上他的容貌之後顯得華麗了起來。

儘管熱情的歡呼聲和燈光朝他傾瀉而下，白尚熙仍一臉淡然地背手佇立。只要他偶爾笑著揮一下手，就會激起各處傳來類似嘆息的驚嘆聲。靜靜看著這個畫面的徐翰烈忽然噗哧一笑。

「到底哪裡『適度』了，根本打從一開始就是不可能的吧？」

徐翰烈突如其然的一句話讓楊祕書投以意外的目光。他眼睜睜看著電視螢幕上的白尚熙走進閃亮的鎂光燈之中，再看向心滿意足注視這一幕的徐翰烈。當初有誰能料到這兩個人會發展到這一步？

當白尚熙的身影從螢幕上消失後，徐翰烈也登時失去了興趣。他在欣賞白尚熙的那幾分鐘裡喝完了一杯紅酒，似乎考慮著是否要再來一點，還是要在白尚熙聯絡他之前趁機補個眠。

「走完紅毯，應該就不會再出來了吧？」

「介紹入圍作品的時候應該會再出現。」

「唔……」

「您稍微瞇一下吧，出來的話我再叫您起來。」

徐翰烈思考了一下楊祕書給的建議，最後還是搖了搖頭。他往空杯倒酒，喃喃自語著：

「中間或許會拍到他也說不定。」

徐翰烈慢慢啜著第二杯紅酒，一邊看著無聊的閉幕暨頒獎典禮，看到一半還忍不住闔上眼皮，點著頭打瞌睡。為了配合假期安排，他提前完成了大量的工作，就連在飛機上也為了確認並批准屬下呈報的專案，忙到完全無法闔眼。

楊祕書眼疾手快地接住了差點從他手中掉落的紅酒杯，悄悄將杯子放回桌上，在他耳邊小聲提醒說：「好像快要出場了。」徐翰烈一聽，便用手掌在充滿睡意的眼睛周圍按了按，將視線再次挪回電視。螢幕上正在依序介紹最佳男演員獎的入圍者。

「今年所有入圍演員也都展現了令人印象深刻的演技，讓人看得目不轉睛。非常可惜的是，這個獎只能頒給其中的一位。這裡的每部電影和每位演員都非常優秀出色，我想無論是誰得獎，應該都不會有人有意見的。好，既然大家都在等待，我們就趕快來揭曉得獎者吧。坎城影展競賽單元最佳男主角獎，得獎的是……！」

頒獎演員確認了提示卡上的名字，低低地驚呼了一聲：「噢！」不知為何，徐翰烈耳朵裡的絨毛瞬間聳立起來。

「《Spotlight》的池建梧先生！恭喜得獎！」

螢幕上出現白尚熙的臉，占滿了整個畫面。現場同時爆出了熱烈的掌聲以及喝采。白尚熙臉上沒有一絲驚詫或喜悅的跡象，平靜地左右張望著。直到旁邊的金儀貞導演與同片演員們抓住他的肩膀搖晃、為他拍手，他才終於明白發生了什麼事。但即便得知自己得獎，他淡定的表情也沒有什麼太大的轉變。

被周圍的人們拱著，白尚熙終於走向舞臺。閃耀的燈光照在他寬大的背上，不絕於耳的歡呼聲和鼓掌聲伴隨著他上臺的腳步。白尚熙在接過獎盃後也沒有露出一絲笑容，似是捧著一項十分陌生的物體，沉默地低頭看著它好幾秒。天花板上的那盞燈只打在他身上。

「是的，池建梧先生透過《Spotlight》這部片成功站在聚光燈之下。讓我們來聽聽看他的獲獎感言。」

四周暗了下來，歡呼與鼓掌聲也停止了。白尚熙站在一片靜默的燈光下，全場的注意力都集中在他身上。他對著麥克風，卻好一陣子都沒有開口。既沒有笑，也沒有哭，甚至臉部肌肉都沒有半點抽動。長時間的沉默使得觀眾席隱約躁動起來。

良久之後，白尚熙才開了口：

「我沒有特地準備得獎感言，但既然給了我上臺說話的機會，就讓我來說一下此刻想講的話吧。『永軾』在我們拍的《Spotlight》這部電影當中是個迷失方向的人。為了實現他唯一的迫切心願，他苦苦掙扎，不擇手段，甚至不惜做出任何衝動莽撞的行為。剛接觸到劇本的時候，恰好我自己也處於一段徬徨不安的時期，所以我非常能體會那種絕望無助的心境。也許正是因為這樣，我才能更加投入到這個角色而有所發揮，能夠受到各位肯定，我對此心懷感激。事實上，我一直以來都是個麻煩人物。對於某些人而言，我是矛盾和問題的根源，對於另一些人來說，我是個憎恨的對象……我一直是身邊人的恥辱和弱點。我曾經想過，反正不管怎麼努力也改變不了什麼，與其自我懷疑，不如乾脆通通放棄，過著自暴自棄的生活。我的生活變得索然無味，不曉得該如何重拾對人生的熱情，該如何真正愛上一個人。我曾經打算，就這樣苟活下去，直至生命耗盡為止。」

白尚熙說到這裡閉上了嘴。臺下觀眾們聚精會神聽著即時口譯，晚了一拍才發現，難道這就結束了？一個個露出迷惘的表情來。白尚熙盯著虛空中的某一點，像是想到了什麼而咧嘴一笑，這才接續說道：

「然而，突然有個人朝我投擲了一顆石子。他踩著泥濘闖入我的生活，老是來招惹我，一有機會就找我碴。起初我想說，這人怎麼這麼奇怪？後來卻漸漸對他產生了好奇心。沒想到從那時起，一切都慢慢有了變化。我竟開始暗中期待，猜想他明天是否也會出現，屆時不知道又會發生什麼事情。」

毫無疑問，白尚熙說的那個人正是徐翰烈自己——聽到白尚熙無所顧忌地說出對自己的第一印象，竟然是「怎麼這麼奇怪」，徐翰烈神情不自覺黯淡。當他繼而聽聞白尚熙表示對自己感到好奇、對明天感到期待時，臉上則是露出了傻愣愣的表情。

「剛才宣布得獎，被念到名字的那一刻，我第一時間就想到他。要不是他，今天的我不會站在這裡。我真的欠了他很多，正因為這樣，我想成為不讓他蒙羞、甚至能夠讓他驕傲的一道標籤。有了這種野心之後，活著這件事開始變得有趣起來，我也開始熱衷於演繹別人的人生。我的身體能夠成為一種擴音器、成為盛裝他人生命的一個器皿，真的是非常難能可貴的經驗。所以，我想把今天的這份榮耀，獻給我生命中那位繆思。我從很久以前，就一直想好好叫一次他的名字，看來今天終於有了這個機會。」

白尚熙停下他有些冗長的感言，抬眼正視前方。他不過是注視著鏡頭，卻讓人產生一種與他對視的錯覺。

「徐翰烈。」

聽到自己的名字被完整地念出來，徐翰烈感覺呼吸都要停滯了。他的腦袋空白一片，眼睛睜得大大的，沒辦法做任何思考。全身上下所有感官都敏銳地注意著電視裡的那個人。耳邊全是自己猛烈跳動的心臟在怦怦作響。

「謝謝你，我愛你。」

「……靠。」

徐翰烈發出一聲幽幽嘆息，不敢相信他會說出口。他仰起腦袋向後靠在沙發上，抬起手臂擋住了眼睛。緊抿的雙唇在微微抽搐著。

電視裡的現場觀眾不斷為白尚熙拍手叫好，不僅是對獲獎者的祝賀，也是對一個度過坎坷困境的人給予鼓勵，並且為他描繪的美好未來支持打氣。有些人可能誤以為他口中的徐翰烈是他的未婚妻，還不停吹口哨恭喜。白尚熙最後出現在畫面中的樣子看起來非常幸福，一臉的滿足。

徐翰烈的手機在這時陡然響了起來。他依然維持著方才的姿勢，一動不動，只是兩隻耳朵紅彤彤的，嘴裡咕噥著一些旁人聽不懂的話。不得已之下，楊祕書替他查看了手機。來電者不是別人，正是徐朱媛。

「代表，是徐會長打來的。」

「放著吧，我現在沒辦法接。」

徐翰烈的指尖確實正在微微顫抖，即便握緊了拳頭也無濟於事。震動聲在這時停了下來，但都還沒來得及歇口氣，手機馬上再次收到來電。除非有什麼非常要緊的急事，否則這一定是徐朱媛也看了頒獎典禮，或從哪裡聽說了白尚熙的得獎感言之後打來的質問電話。

徐翰烈長長嘆了口氣，認命地伸出手，另一隻手臂依舊遮擋在眼前。楊祕書親自按下通話鍵，將手機遞到他手上。徐翰烈把手機拿到耳邊，劈頭就是一句：「幹嘛？」

「你還說幹嘛？」

不出所料，徐朱媛反問的嗓音相當激動，八成又要被她罵到臭頭了。楊祕書交疊在身前的手不禁緊了緊。徐翰烈大概沒察覺到他七上八下的心情，繼續心不在焉地答著：

「又怎麼了？」

「你看到了吧？」

「看到什麼？」

「還想裝傻到什麼時候？就是池建梧的頒獎典禮啊。」

徐翰烈直到此刻才終於放下胳膊。他的視線仍固定在天花板上，用沒什麼大不了的口吻應道：

「我們會長大人原來對尚熙這麼感興趣啊？其他人都可以，就他不行。」

「什麼東西行不行的？」

「就算是徐會長我也沒辦法讓給妳，妳去找別人吧。」

「現在是開這種玩笑的時候？你要一直這樣悠哉下去是不是？」

「不然現在是做什麼的時候？」

徐翰烈一副沒事人的態度促使徐朱媛逐漸拉高了分貝。

「我早就知道那個混蛋遲早有一天會闖禍！那些人都迫不及待等著看會不會出事上新聞，他為何還這麼囂張？就叫他低調一點了，那個得獎感言是怎樣！明知道媒體一定會大肆報導他再度奪下大獎的事，還硬要發表這種感言？況且那個直播不是只有韓國人在看，是全世界實況轉播的節目耶。都已經是個小有名氣的演員了，怎麼能做出這種事？」

「何必這麼激動咧，家人之間說句我愛你是會怎樣？」

「家人？你們是有血緣關係還是怎樣？是存心要鬧得人盡皆知是不是？」

「這麼怕事情鬧大的話，徐會長就多對尚熙好一點吧。」

「你說什麼？」

「徐會長願意接納他為家人的話，不管我們表現得有多明顯、多高調，外界也只會覺得我們是兄弟情深，不會多做聯想吧？情況不妙的話就先發制人——『恭喜池建梧成為坎城影帝，與有榮焉』——這樣子差不多就能呼嚨過去了吧？」

「聽你在那邊鬼扯。」

「不願意的話，只好眼睜睜看著我們出櫃了。」

「喂！徐翰烈！」

「耳朵快聾了，我要掛了，我怕尚熙可能會打過來。」

徐翰烈把手機從耳邊拿遠，說了聲「晚安」，趕在徐朱媛回答前便按下結束通話的按鈕。他立即將手機設置成靜音模式，然後隨手扔至一旁。白尚熙那邊就算閉幕典禮結束了，也要進行得獎者紀念拍攝，或繼續出席一些招待會，應該要等上一段時間才能聯絡。

徐翰烈大聲吁了口氣，驚魂未定地拍撫胸口。受到驚嚇的心靈還沒獲得平復，他還不敢去看國內輿論有什麼反應。

以後會變成怎樣呢？可想而知的是，他們一旦入境韓國，將會持續受到輿論折磨，直到這場風波冷卻下來為止。乾脆趁現在人在歐洲，直接帶著白尚熙消聲匿跡如何？徐翰烈胡思亂想了一會，驀地開口：

「楊祕書。」

「是的，請說。」

「剛剛得獎感言那段影片，有辦法重新再看一遍嗎？」

「……喔，應該會有人擷取片段上傳，我找找看？」

徐翰烈點了點頭代替回答。其實，根本沒必要假設那些讓人頭痛的問題來自尋煩惱，那不過是浪費時間罷了。許多時候，擔心的事情要麼根本不會發生，要麼往往比想像中還容易解決。又有誰規定，這樣的僥倖就一定不會降臨呢？

反正，未來有著無限可能，而眼前的此刻卻稍縱即逝，錯過即無法重來。現在唯一該做的，就是拋開憂慮，盡情享受當下觸手可及的幸福與快樂。

閉幕典禮一結束，白尚熙就被找去拍攝獲獎紀念照，還必須接受當地與韓國媒體的採訪。畢竟得獎之後就成了影展的主人公，慶功派對是一定要出席的。金儀貞導演也替白尚熙牽線，介紹了許多知名的導演、影評家、協會會長給他認識。不管他走到哪裡，都受到人們的道賀，與他合影寒暄，舉杯共飲。不知不覺，夜色漸濃。

白尚熙在途中溜出來透個氣。時間早已過了午夜，人們卻都還沉浸在典禮的餘韻中，興高采烈地談笑風生。

溫熱的風吹來，捎來大量的水氣。徐翰烈是否也正迎著這道風？巴黎和這裡是否又有些許不同？

白尚熙一邊走一邊查看徐翰烈平安抵達巴黎的訊息。看了下傳送時間，似乎是在閉幕典禮開始舉行時發送的。徐翰烈的訊息還配了一張白尚熙走紅毯的照片。

『到巴黎了。』

『誰家的狗狗這麼漂亮啊。』

白尚熙看了不禁偷笑，手指摩挲著畫面裡的字句。徐翰烈之後就沒有再傳來任何訊息。身為得獎者的白尚熙也忙著遵循這邊安排的流程，一直沒有機會跟他聯繫。

不知道他有看到自己得獎嗎？有好好聽到那些感言嗎？白尚熙越想越在意。照理來說要是看到了，應該會有所表示才對，目前一點反應也沒有的狀態莫名令人心焦。

徐翰烈休假前就一直忙著處理繁重的工作，旅途的舟車勞頓再加上時差帶來的雙重疲勞，也許早早就上床休息去了。他可能是還沒聽說自己得獎的消息，也還沒聽到自己的得獎感言。

白尚熙盡量往這方面去想，手指頭卻懸在通話鍵上遲疑不決。反正只要等天一亮，他馬上就可以飛去巴黎找徐翰烈，到時候就能如願將他擁入懷中。儘管如此，哪怕是一下下也好，他還是想聽聽徐翰烈的聲音。

一次就好——白尚熙對自己這麼說，然後毅然按下通話鍵。電話那頭隨即響起了「嘟嚕嚕」的信號聲。四周環境喧囂吵鬧，但他全心全意專注在自己的手機上，絲毫不受干擾。反倒是那一直響著，不知道何時會戛然而止的回鈴音讓他聽得更是著急。

就在他判斷徐翰烈是真的睡著，差不多該放棄的時候，電話那頭瞬間變安靜，然後傳來「嗯」的聲音。接通時機巧妙到白尚熙以為自己出現了幻聽，一時竟答不出話來。徐翰烈於是對他長時間的沉默表示了疑問之意。

「白尚熙？」

大概是剛剛在睡覺的關係，徐翰烈的聲音非常低啞。白尚熙因為電話被接起而鬆了口氣，像平常那樣與他對話。

「我是不是吵醒你了？」

「我才剛要睡而已，還沒完全睡著。」

「來的路上辛不辛苦？」

「我又不是很少在坐飛機，還好啦，這次沒什麼亂流。」

「晚餐呢？」

「當然吃了，都幾點了。」

話筒另一端傳來一道深沉的呼氣聲。徐翰烈似乎翻了個身躺了下來，問著「你那邊如何」的嗓音聽起來更加的疲倦。

「沒什麼特別的，很熱鬧、很華麗氣派、很無趣……如果可以的話，我多想現在就飛去巴黎。」

白尚熙誠實的感想逗得徐翰烈發出「噗哧」的笑聲。

「那你就來啊。」徐翰烈還對他開了個玩笑，語句中參雜著慵懶的笑。這股氛圍像蜜糖般浸潤了白尚熙的耳朵。明明聊的不是什麼大不了的內容，他卻怎麼也藏不住想笑的情緒。

「你有看到頒獎典禮嗎？」

「怎麼可能沒看。很行嘛，白尚熙，竟然可以拿到這麼大的獎。」

「你的感想就只有這樣？」

「你不知道，就因為你那番言論，徐會長和其他人都打電話來把我轟炸了一輪。大家簡直想癱瘓我的手機。」

「那你怎麼還是接了我的電話？」

「雖然知道你一定很忙，但還是想在睡前聽一下你的聲音，沒想到一拿起手機，就看到你的名字出現在畫面上，我還以為自己眼花了咧。」

前一刻還在嘰嘰喳喳的徐翰烈忽然用正經許多的嗓音叫了聲「白尚熙」，問他：

「你是在想什麼，為什麼要這麼做？」

「你很困擾？」

「說不困擾是騙人的，害我還暫時煩惱了一下，是不是該直接帶著你潛逃，考慮如果要移民的話哪個國家比較好。」

徐翰烈用戲謔的語氣邊說邊笑。白尚熙完全被他的笑意所感染，垂下眼眸，輕輕揚起了嘴角。儘管他習慣性隱藏自己的情緒，卻還是忍不住緊張地捏緊了手機。

「所以，你覺得怎麼樣？」

「雞皮疙瘩都起來了。」

「討厭到起雞皮疙瘩？」

「亂說什麼。」徐翰烈受不了地斥責：

「被男友求婚當然開心啊，更何況還是好不容易才追到手的男朋友。不過，公開性的求婚示愛，這種事確實是見仁見智。」

徐翰烈用帶睏意的嗓音喋喋不休了幾句之後，漸漸沒了聲音，好一段時間都沒有任何言語。他不像是睡著了，比較像是在思考著該說什麼，欲言又止。微弱的呼吸聲中流露出明顯的猶豫神色。

白尚熙也開始密切注意著他的鼻息聲。須臾間，他彷彿感覺不到周遭的任何雜音或空氣溼度，像是墜入了完全的真空狀態。

「終於讓我等到了呢，尚熙。」

半晌後，徐翰烈宛如喟嘆般坦白。雖然沒有表達得非常清楚，但卻真真切切地傳達出其中所蘊含的情感。

他希望，白尚熙在最幸福的時刻，能親口呼喚自己的名字；也希望，自己在他最輝煌耀眼的那一刻，也能安然活著陪在他身側。

原先愣神傾聽的白尚熙眉間皺紋浮現，捏著手機的關節用力到泛白。他強嚥下帶著惆悵的氣息，臉頰在不相干的手機上焦急地磨蹭。不馬上將內心洶湧的情潮傾訴出來的話，好像會再也承受不了似的。

「我愛你。」

「嗯。」

「我愛你。」

「嗯。」

「翰烈啊，我愛你。」

「那你就快點來啊，快過來抱抱我。」

三番兩次的告白讓徐翰烈害臊地笑了起來。撒嬌著要對方快來的聲音也軟得沒有半點力氣。

「你好好睡一覺，我在你醒來之前就會到了。」

「嗯。」

最後的回答被埋在沉沉睡去的呼吸聲中，幾乎要聽不見。白尚熙說了句「晚安」當作道別，依依不捨地掛斷了電話，隨後仍繼續擺弄著手機，遲遲捨不得放下。

思索了一會之後，白尚熙飛也似的離開了宴會場。姜室長正在停車場講電話。閉幕典禮結束之後，來自各界的電話便蜂擁而至，讓他接到手軟。白尚熙從他面前悠悠走過，坐進汽車後座。見狀，姜室長的眼睛瞪得又大又圓，趕緊跟對方說「不好意思再聯絡」，掛了電話跟著坐上駕駛座。

「怎麼?你這就要走了?」

「就算待在這裡也老是分神想著其他事情。配合他們待到現在應該差不多了吧?」

「搞出這麼大的名堂來，還能事不關己地講著那種話啊你？我可是用你人還在現場的藉口，好不容易才撐到現在啊！」

「洪代表有說什麼嗎？」

「別提了，說從半夜開始公司的電話就都被打爆了。聽說徐朱媛會長也有跟他聯絡呢。」

「為什麼？」

「什麼為什麼，當然是要討論一下該如何處理啊，要是口徑不一致，問題只會更嚴重。」

「這有什麼好討論的，照實說不就好了。」

「你是真的想退出演藝圈？」

「假如有必要的話。」

「哎唷？你這小子，還真的是一點反省的意思都沒有啊？」

「這是該反省的事嗎？不說這個了，姜室長，我們明天是幾點的飛機？」

「你別轉移話題，現在重點才不是明天的飛機，要是記者全都跑來的話，你連你能不能搭上飛機都不知道。我現在腦子裡一片空白，不知該如何應對才好，連該擺出什麼表情都毫無頭緒啊！」

姜室長想像著黯淡無光的未來，不禁打了個寒顫。回去飯店的沿路上，白尚熙都在忍受他的嘮叨和抱怨。姜室長還想跟著白尚熙進房，被白尚熙用一句「晚安」打發，當著他的面關上了房門。

一整天都在外頭奔波，白尚熙亟需沖個乾淨的澡。洗完澡出來，他擦乾頭髮，收拾好散亂各處的行李。等到他鎖上行李箱躺到床上的時候，已經過了凌晨三點鐘。累積許久的疲勞一口氣壓垮全身，他卻還不睡覺，而是掏出了手機——他想要查一下機票。

他搜尋了前往巴黎的最快路徑，但由於影展剛結束的關係，機位全滿，沒有剩票。他不死心，抱著一絲希望繼續查詢其他路線，出現了搭乘法國高速列車的選項。不過高速列車的預定手續相當麻煩，而且看起來和原本預定好的飛機抵達時間差不了多少。

白尚熙考慮還是乾脆他們自己開車過去，但是姜室長是不可能會答應的。而白尚熙自己也在慶功派對上喝了不少酒，沒辦法握方向盤。

最後，白尚熙在沒找到任何可行的辦法下，不得不先睡覺再說。他強迫自己關了燈，閉上眼睛。四天高強度的工作行程讓他累積了大量的疲勞，卻不知為何無法入睡。是太空虛的緣故嗎？白尚熙試著抱住枕頭，還是一樣毫無倦意。與其繼續在床上輾轉難眠，倒不如直接熬通宵還比較好。

白尚熙一手撐著頭，點開手機相簿，開始欣賞裡面儲存的徐翰烈照片。清一色都是偷拍照，不然就是拍的當下被抓包、徐翰烈用手擋著鏡頭的那種。照片之所以數量稀少，是因為徐翰烈一旦進入了視線範圍內，白尚熙便幾乎無時無刻都在忙著親他吻他，沒有什麼空閒時間可以拍照。

不知過了多久，手機畫面突然一跳，開始發出了震動——是楊祕書的來電。白尚熙看了下螢幕上方顯示的時間，現在才凌晨四點三十分。倏地，一股不祥的預感襲上心頭。他迅速翻身坐起，接通來電。

「喂？楊祕書，發生什麼事了？」

「啊，還好您有接電話。」

所幸白尚熙的擔心是多餘的，楊祕書的語氣聽起來鎮定如常，並不像是出了什麼大事。白尚熙緊繃的神經頓時鬆懈下來，安心地鬆了一口氣。

「是這樣的，代表派了一架直升機到那邊去，大概二十分鐘以內會抵達。要請您搭乘那架直升機過來。」

「⋯⋯什麼？」

白尚熙目瞪口呆。他不確定自己有沒有聽錯楊祕書說的話，懷疑自己現在是在做夢。他把手機從耳邊拿下來，再次確認了來電者——楊俊錫，是楊祕書的名字沒錯。楊祕書似乎能理解白尚熙有多難以置信，跟他重申一遍「你沒有聽錯」，讓他不再質疑自己的耳朵。

這怎麼可能。

『如果可以的話，我多想現在就飛去巴黎。』

『那你就來啊。』

腦中突然浮現出和徐翰烈的對話。當時他以為對方只是隨口開開玩笑。

一時反應不過來的白尚熙忽然拿手遮著眼睛，哈哈大笑了起來。這種行動力和陣仗，實在是不同凡響，令人敬佩。

白尚熙沒有理由好猶豫。他傳了一則報備訊息給熟睡中的姜室長，然後換好衣服，整理了下頭髮。等到一切準備妥當時，不遠處也傳來了直升機的螺旋槳聲。很快地，要護送白尚熙到巴黎的隨行人員已來到門外敲門。白尚熙和他一起上了飯店的屋頂，登上直升機。直升機即刻升空，穿越夜晚的天際，朝著巴黎飛去。想到馬上就可以見到徐翰烈，這股期待感讓白尚熙在機上的時間並不難熬。

沒多久，艾菲爾鐵塔、塞納河，以及巴黎市區開始出現在腳下。城市燈火在黑暗中閃爍著銀輝，地平線那端也逐漸探出一抹紅暈。這是黎明來臨的信號。直升機很快就降落在某家豪華飯店的直升機停機坪。白尚熙說了聲：「謝謝。」後，便迅速遞出耳機，大步走下機艙。

「路上辛苦了。」

楊祕書親自來到停機坪迎接白尚熙，並悄悄遞上一張卡片。這是徐翰烈下榻的豪華套房的房卡。

白尚熙簡單用眼神向楊祕書打完招呼便下樓到客房去。當他用房卡打開門的剎那，頓時有種呼吸困難的錯覺。

拉上遮光窗簾的房內寧靜又黑暗。白尚熙沒有開燈，輕手輕腳地尋找著臥室。他雖然第一次來這裡，但只要循著徐翰烈身上的香味，即使在黑暗中也不必擔心會迷路。

徐翰烈正在寬大的床中央呼呼沉睡著。他那深沉而穩定的呼吸聲均勻地迴蕩在一片靜寂之中。白尚熙內心不爭氣地激動了起來。他大步走到床邊，從徐翰烈身後牢牢將他抱住。或許是太過疲倦的關係，徐翰烈沒有馬上醒來。直到白尚熙接連親吻他白皙的後頸時，他才開始微微蠕動身體。

「我來了。」

白尚熙湊在他熱烘烘的耳邊悄聲說道。徐翰烈在睡夢中輕哼了一聲，慢慢轉身面向白尚熙。他兩條手臂緊摟住白尚熙脖子，額頭也貼在對方下巴搓來搓去。白尚熙重新圈住徐翰烈的腰，然後把嘴唇印上他光滑的額頭，再把臉埋進毛茸茸的髮絲裡補眠。

想念的體香鑽進胸腔深處，使他全身都放鬆下來。規律的鼻息聲和徐翰烈的相呼應，意識快速變得恍惚。就這樣，白尚熙進入了完全安穩的睡眠狀態。

早上，白尚熙是被姜室長的瘋狂來電叫醒的。沒有提前關掉手機是個錯誤。姜室長或許從楊祕書那裡大致聽到了一些說明，因此沒有追問來龍去脈，只是每字每句都在不斷闡述著自己有多麼心慌。

徐翰烈睜開了眼，出神地望著白尚熙。手機雖然擺在耳邊，白尚熙卻沒有在專心聽，顧著用手指輕搔徐翰烈的眉毛逗著他玩。姜室長滔滔不絕的嗟嘆從他左耳進右耳出。徐翰烈看了一會，忽然伸手奪過白尚熙的手機，替他回應姜室長的電話。

「姜室長？我是徐翰烈。您不必太過擔心，也無需做任何事。不管是公關對策還是應對措施，我們徐會長都會一手包辦。洪代表那邊也會遵從她的指示。您既然來到歐洲了，不如也把家人們邀請過來，一起享受度假時光如何？如果記者繼續追問，就說『如同各位所見』、『他們兩個人很要好』這樣，大概敷衍過去就行了。那麼我先告辭。」

徐翰烈單方面發出指示後便切斷了電話。姜室長那邊沒有再打過來。白尚熙在徐翰烈講電話的過程中，一直在揉他耳垂、摸他頭髮，見他掛了電話，像等待已久似的馬上俯首覆住他的唇。早晨時更加飽滿的唇瓣被輕柔壓碾下陷，再度往上膨脹回來。白尚熙太愛這種觸感了，索性把整張嘴都壓在他唇上，連續發出「啾啾啾」的聲音。徐翰烈頭偏到側邊去，忍不住笑了起來。

「你在幹嘛啦？」

「早安。」

「還真是個令人印象深刻的早晨。一句話就把大家搞得天翻地覆的那個男人，現在正躺在我的床上。」

徐翰烈伸出手撫摸著白尚熙的臉頰。白尚熙順從地對著他的手細細揉蹭，最後親吻他的手掌心。親完後白尚熙要他稍等，下了床往外面走去，回來的時候手裡拿著礦泉水和徐翰烈的藥。徐翰烈一臉提不起勁地打趣道：

「什麼嘛，非要這樣破壞氣氛？」

「誰破壞氣氛了？」

白尚熙歪頭反問，突然將藥丸放進自己嘴裡，然後含了一口水。徐翰烈發出輕笑，打算看他怎麼表演。等到白尚熙漫不經心地單手扯掉上衣隨便拋開後，徐翰烈臉上的笑意頓時消失得一乾二淨。

那健碩到令人生畏的體態毫不保留地展現在眼前，每一次目睹，都還是不由得感嘆這個人實在完美到失去真實感。

白尚熙目不轉睛地瞅著徐翰烈，同時爬上了床。他的手自下而上掃過徐翰烈光裸的腿，一把抓住他膝蓋。徐翰烈的膝窩處瞬間有股酥麻感在體內擴散，身子自動向後退縮，開始緊張了起來。

白尚熙不發一語地看著因防衛本能而聳起肩膀的徐翰烈，繼續貪戀著他的身子。目光緊盯著徐翰烈的雙眼，白尚熙的手重重壓迫著他的大腿，慢慢上移。

他的手最後來到徐翰烈的骨盆，用雙手的拇指分別輕揉徐翰烈恥骨，徐翰烈的膝蓋便一震一震地抖動起來。抑制在喉間的氣息也亂了頻率，再也難以掩飾。

徐翰烈眼神侷促地跟隨白尚熙的手，然後慢慢仰起頭，一路梭巡地看向白尚熙的臉龐。他的兩頰此時已然紅透，雙眼也氤氳著期待。白尚熙嘴角輕勾，捏住徐翰烈下巴，一扭頭湊近，徐翰烈便闔上顫抖的眼皮。

白尚熙完全包覆住他乖巧的唇，將含在嘴裡的水和藥丸用舌頭送進他口中。徐翰烈咕嚕地一口氣吞下被推至喉頭的藥丸，主動對著白尚熙的舌頭開始吸吮。白尚熙也姿態慵懶地連連撫摸著他的背部和大腿，繼續與他接吻。臥室裡一時之間只聽得見唇舌摩擦時充滿水分的滋滋聲。

兩人在呼吸到達極限時才遺憾地分開了嘴。白尚熙溫柔地替徐翰烈抹了抹他溼濡的嘴角，輕聲問道：

「今天打算做什麼？在床上打滾一整天好像也很不錯。」

「當然好啊，可是既然這樣，我想找一個沒有任何人會打擾我們的地方。」

「那是在哪裡？」

「反正不是這裡就對了。」

徐翰烈拍拍白尚熙肩膀要他起來。趁著白尚熙鬆手，徐翰烈擺脫了他的懷抱，跟他說：「差不多該準備出門了。」白尚熙望著徐翰烈，看他一邊拉起接吻時滑落至一側的睡衣一邊朝浴室走去。

徐翰烈大致整理了下凌亂的頭髮，後腦杓亂翹的幾撮頭髮卻沒有被他撫平。不管頭髮造型做得多完美，只要天候潮溼，他那裡的頭髮就會不聽話地率先翹起。

白尚熙莞爾一笑，瞬間起身追上徐翰烈。感覺到他的動靜，徐翰烈疑惑轉身一看，卻被白尚熙輕而易舉地抱起來走到窗邊。

白尚熙讓他坐在可以俯瞰整個巴黎市區的窗臺，把自己好看的一張臉湊到他鼻子前。宛如經過精工雕琢的五官，在窗簾間隙透進來的陽光光影下，顯得輪廓更加立體。徐翰烈垂眸專注凝視，淺褐色的眼瞳閃著透亮的反光。

白尚熙毫不猶豫地吻上他眼皮，唇瓣也接連在眼尾和臉頰上不停按壓。他極為自然地下滑，作勢要親吻徐翰烈脖頸，卻冷不防使壞地輕啃敏感的表皮。意想不到的刺激逗得徐翰烈笑了起來。白尚熙臉上也露出大大的微笑，同時布下一連串的蜻蜓點水之吻。途中，他齧咬著徐翰烈的耳垂肉，貼著他低沉耳語：

「畢竟是我們假期的第一天嘛，懶散一點也沒關係吧？嗯？」

白尚熙一邊說服他一邊小力地揉按徐翰烈的兩條大腿。徐翰烈像是拿他沒辦法，「噗哧」一聲笑了出來，然後進一步岔開雙腿，將白尚熙從中拉來緊緊摟住。他的手從白尚熙後頸慢慢往上摸至後腦，五指抓住他濃密的頭髮。預先興奮的熱度鮮明地爬上了白尚熙的耳朵外圍。

隨後，白尚熙一手撐著徐翰烈背後的窗，嘴唇強勢堵上他的嘴。徐翰烈被他逼迫得向後退，腦袋後方直接撞在他的手背上。確實發揮了緩衝的作用，白尚熙反手撫上徐翰烈的後頸，指腹一寸寸游移愛撫。他緩慢地交替吮吻對方的上唇與下唇，僅為了換氣的唇瓣每次稍稍退開，轉瞬間又再度緊密吻合，一而再，再而三地交換著濃情蜜意的呼吸。原本無色無味的空氣，竟能變得如此清甜。每一天、每個瞬間，都像是一場不願醒來的夢。

記者們正忙著四處尋找突然在坎城人間蒸發的白尚熙。迄今為止，凡是在坎城影展獲獎的導演或演員都是在粉絲們的歡聲雷動之中風光踏入國門，還要在大批的記者面前展示金光閃閃的獎座，重新發表一次得獎感言。而這次出席影展的《Spotlight》團隊明明全員皆已返抵韓國，卻沒有人見到白尚熙的蹤影，由金儀貞導演替他舉起獎盃供媒體拍照取材。法國當地也沒有傳出目擊到他在哪出沒的消息。

對此，SSIN娛樂發表了官方聲明，表示池建梧目前正在度假，這是參加影展前就已排定的假期，兩個禮拜過後他就會收假回國。除此之外，日迅集團也公開祝賀白尚熙奪得影帝頭銜，重申他和徐翰烈感情深厚情同手足，呼籲外界別再進行毫無根據的猜測。這項聲明的發布更巧合地導致了日迅旗下文化產業子公司的股價出現一波飆漲。

白尚熙和徐翰烈在巴黎的飯店多逗留了一天，隨後便動身前往義大利。他們的行程安排得相當悠閒，沒有必要趕時間。兩人決定在這段休假期間關掉手機，不去理會外界的一切事物。

碧藍的天空鎮日無雲，充沛的日照把地面曬出了刺眼蜃景。他們第一站來到阿瑪菲和波西塔諾，這裡和寶藍色的亞得里亞海相望，跟希臘的聖托里尼一樣，都是沿著山勢峭壁而建的梯型城鎮。

淺色系的建築飽含太陽光，與鈷藍色的大海形成了強烈的對比。打開車窗，從海面上吹來的風充滿鹽分，髮絲隨之飛舞。假使能徜徉在這片海風之中、迎著陽光盡情奔馳，該有多麼心曠神怡。

循著這如詩如畫的海岸線，有一條長長的公路。聽說這條濱海公路就是阿瑪菲絕美的風景點，問題是絡繹的觀光人潮不斷湧入這條狹窄的道路，導致塞車情形十分嚴重。白尚熙和徐翰烈的座車也卡在公路的起始路段，始終無法前進。由於前後都是車輛，隊伍越排越長，就算現在想調頭折返也行不通。

前去查看塞車原因的楊祕書剛回到了車邊。

「看來是因為前方發生事故的關係。」

「吼，那不就要困在這裡一整天了。」

徐翰烈不耐煩地靠上椅背咕噥道。大概是想到可能要陷在動彈不得的車陣中白白浪費時間，不禁令他感到喪氣。從清晨開始又是搭飛機又是搭車的，一路輾轉跋涉，他的臉上也顯露出遮掩不了的倦意。

白尚熙查看窗外的路況。原來這條曲折公路有許多大彎道，導致事故頻傳。由於路幅狹窄，要是雙向來車發生輕微擦撞，處理起來絕非易事。看起來像是當地居民的那些人騎著小型摩托車在車陣中快速穿梭，就算是窄小的間隙也一鑽就過。白尚熙注視了好一陣子，突然向徐翰烈提議：

「想不想騎摩托車？」

「蛤？」

「你應該從來沒騎過吧？」

「……我沒事幹嘛要騎那種東西。」

「除非騎摩托車離開，不然我們就得一直在這邊耗時間了。你不是想早點到住宿的地方休息嗎？」

「就為了這種事，連命都不顧了？」

「我怎麼可能會讓你受傷。」

白尚熙笑了一聲，掌心疊上徐翰烈的手，屈起手指在他手背上輕撓，慫恿說：「騎車的感覺很棒的。」徐翰烈瞥向他的眼中寫著不信任。白尚熙露出了自信的笑，毫不遲疑地偏頭湊近。還以為白尚熙附在耳邊是要講什麼悄悄話，沒想到先傳來的卻是他唇瓣輕蹭耳廓的觸感，害得徐翰烈反射性地縮起了脖子。白尚熙仍緊貼在他耳邊悄聲說道：

「這樣的話，今天就可以真的度過只屬於我們兩個的一天了。」

徐翰烈偷偷抬起眼看向楊祕書。那個人一定聽到他們的對話了，只是不敢表現出來而已。看他不安地推了推眼鏡的動作就知道了，想必是在心中默默祈禱徐翰烈能夠開口拒絕。

「好吧，那就聽你的。」

聽見這句不符期待的回答，坐在副駕駛座的楊祕書倏地回頭。

「您、您確定嗎？」

「我會注意安全的。」

「但是這裡彎道這麼多，地勢又高，還是坐車比較安全吧？」

「楊祕書不用擔心，我騎摩托車已經騎了十幾年了。」

「你能平安活到現在還真是命大啊。」

徐翰烈沒好氣地吐槽了一句，實則是在用他的方式表達對白尚熙的擔心。白尚熙覺得他這樣實在可愛得要命，寵溺地在他頭髮上揉了一把，說：「在這裡等我。」

白尚熙記得在濱海公路起始處有看到摩托車出租店。他一個人下了車，在窄小的路肩逆向朝商店跑去。

等了些許時間，長長的車龍中出現了一輛黑色摩托車。駕駛雖然戴著安全帽，徐翰烈依然能憑藉著身形認出是白尚熙。白尚熙把摩托車停在徐翰烈的座車前方，然後拿出另一頂安全帽和防護裝備。

「來我這邊。」

白尚熙打開後車門，一邊說著一邊單腳屈膝蹲下。徐翰烈無聲地依言照做。白尚熙親自替他穿戴手肘和膝蓋的護具，也不忘為他雙手戴上手套。

「這樣很熱耶。」

「還是要以防萬一。」

楊祕書再度出聲勸阻：

「兩位還是坐車過去吧？前面車子好像已經開始移動了。」

「你確定？他都去租了一輛摩托車回來了，我們的車子還是在原地，根本沒有前進。」

被徐翰烈一語道破事實，楊祕書找不到更有說服力的理由，只好重申「這樣實在是太危險了」。而徐翰烈給出的回答讓他聽了加倍擔憂。

「與其困在這裡，感受煩悶的塞車地獄，還不如痛痛快快地享受片刻的自由天堂。」

徐翰烈說完：「待會見囉。」立刻跟著白尚熙下了車。楊祕書都還沒出聲阻攔，後座的車門就「啪」地關上了。

白尚熙親手為徐翰烈戴上安全帽。他自己戴的是半罩的款式，卻幫徐翰烈選了一頂全罩式的安全帽。徐翰烈的臉頰受到那圈保護下巴的內襯所擠壓，嘴巴都被擠到突起。白尚熙看到他嘟著嘴的模樣，忍俊不禁，用自己戴著安全帽的頭撞了下他的。突然遭受到攻擊，徐翰烈怒罵：

「喂！你幹什麼啦！」

「沒辦法，只能用這種方式親你一下，誰叫你這麼可愛。走吧。」

說著，白尚熙牽起徐翰烈的手。他先坐上摩托車，然後讓徐翰烈扶著自己肩膀，叮嚀他慢慢上來。等到徐翰烈完全坐穩了之後，白尚熙把他的手拉到自己腰間環住。

「要這樣子，抱緊我。」

徐翰烈點點頭，似懂非懂地圈住他的腰。為了不嚇到他，白尚熙輕催油門，緩緩起步前進。

車輪在路面上轉動起來，開始感受到涼風吹在高溫肌膚上的感覺。摩托車緩速駛過近似停車場的公路，眼前出現了正在處理中的交通事故現場。正如猜測的那樣，只是一點碰撞，並不是什麼嚴重的車禍。然而由於事故排除過程緩慢，預計至少需要半天時間才能疏散壅塞的車流。

通過事故路段後，路況終於變得順暢許多，白尚熙也試著加快了一些速度。徐翰烈原本維持挺直姿勢的上半身倏地貼上了白尚熙的後背。他試圖回到剛開始的坐姿，但試了幾次都失敗，到最後乾脆放棄，直接把下巴靠在白尚熙的肩膀，兩條手臂也抱緊了白尚熙的腰。

「再騎快一點。」

「你可以嗎？我怕你會暈車。」

「我才沒那麼虛弱。」

「好吧，那我加速囉。」

白尚熙一手扣住徐翰烈的胳膊，然後加快速度，平穩地馳騁在曲折的公路上。遇到轉彎時稍微減速，開到直線道路時再催油門，他靈活地操控著摩托車。從小做過送報、送餐、快遞等各種機車外送工作的他，就算是再惡劣的路況，都能駕馭自如。

除了阻擋不了從各個角度來襲的強風之外，這樣的乘坐體驗不算太壞。不對，徐翰烈根本沒心思討論什麼乘坐體驗，有生以來初次體會到騎乘機車的舒暢快活，讓他腦中思緒都被清空。他不禁愛上這股陌生的感覺，輕盈得像身子未著寸縷，整個人漂浮在空中。儘管不乏駕駛過敞篷跑車的經驗，但騎車時那種全身迎著風的快感，對他來說又是另一番嶄新滋味。徐翰烈的嘴角不由自主地上揚，心情好到要飛上天去，彷彿成為了脫韁的野馬。感覺五臟六腑微微翻滾，雀躍與緊張交織並存。

白尚熙像是能看穿徐翰烈的心理，大聲問道：

「怎麼樣？感覺還不賴吧？」

「……很舒服。」

呼嘯的風聲掩蓋過徐翰烈的回答，沒能傳進白尚熙耳裡。

「你說什麼？我聽不見。」

「我說我很喜歡！」

「是喔，我也是！」

白尚熙笑著說道。徐翰烈正覺得白尚熙語氣好像哪裡不太對勁，下一句話果真證實了他的想法。

「不對，是『我愛你』才對！」

「莫名其妙的在講什麼啦。」

「我說我愛你——！」

白尚熙不在乎是否會被旁人聽見，豁出去地大吼。彷彿完全沒有意識到自己的那段得獎感言掀起了多大的風波，還回頭瞟著不吭一聲的徐翰烈，引誘他給予回答。

「都不回應我一下？」

「少跟我來這套。」

徐翰烈悶悶地嘟囔著。話雖如此，卻還是用自己的安全帽輕輕撞了下白尚熙的。沒預料到他會做出此一示愛舉動，白尚熙吃驚的表情轉為開朗的笑臉。他再一次加速向前奔馳，朝空中恣意大聲歡呼，興奮得就像擁有了全世界。徐翰烈從沒見過白尚熙沉醉在如此高昂的情緒當中，還將雀躍的心情展露無遺。看著白尚熙這副陌生的模樣，徐翰烈雙手重新摟緊他，臉頰貼上他的背，皮膚底下怦然的脈搏與悸動不可思議地傳遞而來。徐翰烈的神色變得全然的柔和。

兩人不久便來到阿瑪菲的主要市區，此時正值午餐時間。

「現在還不能辦理入住，要不要先去哪裡吃個飯？」

「好。」

白尚熙找了個地方把摩托車停妥，安全帽和防護裝備都脫下來放在車上，開始沿著有坡度的小巷尋找適合的餐廳。由於是旅遊旺季，不管去到哪都是絡繹不絕的人潮，甚至必須前後排成一列才有辦法在窄巷中移動。

往常總是走在徐翰烈後方的白尚熙，卻突然來到他身側悄悄牽住他的手。徐翰烈嚇得想抽回手，白尚熙跟他解釋說用不著擔心：

「這裡的人根本不知道我們是誰，而且戴著墨鏡，就算知道也認不出來，他們只會想說，這兩人大概是一對情侶。」

他說得雖然沒錯，徐翰烈還是不確定是否該相信他的話。走在上坡的小巷子裡，偶爾遇到的幾個亞洲人都會一直瞄著白尚熙看。也不曉得那些人是真的認出他來，還是只是看到帥哥順便多瞧幾眼。

「上面那邊的景觀應該會很不錯。」

態度始終坦蕩的白尚熙拉著徐翰烈朝更高的地方走去。徐翰烈這時已經走得有點喘了。小鎮所有的建築物宛如海中的藤壺般吸附在陡峭的崖壁上，通往那些房子的斜坡和樓梯綿長得沒有盡頭。這趟路程簡直是日正當中的登山訓練。徐翰烈只要稍微慢下腳步，白尚熙就會頻頻回頭關切，問他：「要不要我背？」逼得他只能硬著頭皮竭盡全力往上爬，以免再引來路人注意的視線。結果走到最後他已筋疲力盡，幾乎是被白尚熙半拖著爬上去的。

兩人進了一家位於制高點的餐廳。剛過了用餐的高峰時間，店內比想像中要來得清閒。雖然可以吹著冷氣的室內空位還不少，但好不容易爬上來了，他們還是選了可以坐擁無敵海景的戶外用餐區。

徐翰烈一拿到菜單，立刻點了礦泉水、紅酒，還有這家餐廳的所有招牌菜。餐廳侍者相當吃驚，跟他重複確認餐點內容是否正確。才剛確認完，餐廳經理又衝出來，再次追問點餐有沒有出錯。過了一會，又上演同樣的戲碼，這次換成主廚來到他們桌邊，親自說明餐點的分量，慎重地詢問是否真的要點這麼多道菜。

「那些人是耳朵有問題嗎？是要確認幾百遍啊？」

徐翰烈被問到後來火大了起來。白尚熙則是沒任何表示，在一旁默默憋笑。直到徐翰烈在桌下踢了他鞋子一腳，叫他別再笑了，他才應好，微微舉手以示投降。但是他在幫徐翰烈倒酒時，仍是壓不住臉上的顴骨。

「其實你也不能怪人家，誰叫你兩個人來卻點了十人份的餐點，點這麼多誰吃得完啊？」

「還會有誰？你不是一直沒有好好休息，壓力指數應該破表了吧？現在總算可以享受真正的假期了，當然要大吃大喝一頓，然後瘋狂宣洩壓力，促進消化啊。」

這是摸清了白尚熙習性的一種挑明的性暗示言論。徐翰烈令人無話可說的大膽挑釁把白尚熙逗得笑了出來。

「你實在是，每次都這麼直接主動。」

「我這是順應當下的情境。既然條件允許，沒什麼好克制的吧？」

徐翰烈不甚在意地反駁完，便把剛送來的義大利麵放進嘴裡。他吃的是用水管麵製作而成的傳統義式培根蛋黃義大利麵。這款料理的特色就是不加奶油，醬料全靠生蛋黃調和出濃郁香醇的風味。

白尚熙饒有興味地欣賞著徐翰烈大快朵頤的模樣，他鼓著雙頰賣力咀嚼，彷彿是在為即將到來的戰役儲備能量。等到對方每道菜都吃過了一輪，放下叉子後，白尚熙才開動。與餐廳侍者擔心的相反，桌上的餐盤迅速被他清空。

吃飽後，他們繼續喝著紅酒，悠然閒適地欣賞著風景。待日暮西沉之時，青藍色的透明大海變成了一面鏡子，好像有人在海面灑下一大把參差錯落的寶石，整片海洋波光嶙峋而耀眼。大多數的觀光客匆匆趕往下一個目的地，沒有充分的時間享受這番美景，唯獨極少數的人們有辦法坐在餐廳或咖啡廳內品味這份餘裕。徐翰烈無意義地逐桌打量著那些人，咕噥道：

「看來這裡好像是蜜月勝地，全都出雙入對的。」

「我們不也是一樣？」

說著，白尚熙將徐翰烈在桌子底下的兩隻腳夾在他的雙腿之間。徐翰烈噗哧一笑，將杯中剩餘的酒一口飲盡。

「差不多該走了，我想回去房間休息。」

「不看夕陽了？」

「反正在我們房間也都看得到嘛。」

白尚熙點點頭，順著他的意思起身。

他拿了帳單去結帳，所以徐翰烈先到外面去等。雖然這裡道路窄小，又得不停爬坡爬到快要受不了，但高處的景觀確實美不勝收。忽地一陣涼風吹來，讓徐翰烈嘴角忍不住綻放笑容。

白尚熙結完帳出來，徐翰烈不經意地回頭看了一眼，遂皺起眉頭——對方手裡正拿著兩支冰淇淋。

「這又是什麼？」

「餐廳說要招待的。」

白尚熙遞了一支冰淇淋給徐翰烈。據聞阿瑪菲這一帶盛產檸檬，他們手上的冰就是用當地特產的檸檬所製成。或許吃了能消解一點口腔中的膩味。懷著這樣的期待，徐翰烈抿了口冰，整張臉隨即皺了起來，嘴裡酸到不行。他瞅了白尚熙一眼，這麼酸的東西，白尚熙仍是吃得津津有味。徐翰烈把自己的冰淇淋推給他。

「我的也給你吃。」

「那你先幫我拿著，等我把我這支吃掉。」

徐翰烈乖乖點了個頭，於是又把冰淇淋收回來。他們面向著徐徐下沉的夕陽走下斜坡。路上人煙相當稀罕，有些當地店家早早就關門打烊。

不過沒差，兩個人單獨漫步在這條安靜的異國街道上，感覺很棒。那清爽宜人的微風，被晚霞染紅的天空，與完整擁抱了天空的大海，美得叫人目不暇給。問題只出在那支迅速融化流到手上的冰淇淋。

「喂，冰都融化了啦。」

「好啦，給我吧。」

白尚熙牽著徐翰烈的那隻手一拉，把他帶到旁邊建築物之間的小巷子裡。兩人在狹小的窄巷之中相視而立。

徐翰烈不疑有他地遞出冰淇淋，卻被白尚熙輕扣手腕，然後毫不避諱地，直接俯身舔吃沾在他手上的乳霜。徐翰烈頓時縮瑟了下，正欲抽回手，白尚熙立時抬手撐在與他齊高的牆面上，替他遮住臉龐，擋去可能投來的視線。

白尚熙凝視徐翰烈雙眼，一面把流下來的冰淇淋舔得乾乾淨淨，隨後用下巴指了指那支冰，張嘴發出「啊——」的聲音。一開始發愣了幾秒的徐翰烈回過神來，搖頭拒絕：

「……我改變心意了，我也想吃吃看。」

如此宣布完，徐翰烈二話不說就把冰淇淋往白尚熙嘴上抹。感到出乎意料的白尚熙抬高眉毛，不禁失笑。下個瞬間，換徐翰烈兩手捧住他的臉，執意舔去他唇上的冰淇淋。白尚熙勾起嘴角，同時輕輕摸撫他徐翰烈手肘，那動作就像是在向他乞求討要更多似的。

徐翰烈吮了吮白尚熙的上唇，放開後又舔了舔下唇瓣，並側過頭吻住那張嘴。白尚熙也用他的大掌及時穩穩托住徐翰烈背部。火紅的落日餘暉從戀人們哀切分合的唇瓣隙縫間滲透，灑落縷縷流光。當下這一刻，兩人忘卻這裡是何處、忘卻自己的身分，完全沉溺在這片令人心蕩神馳的幻夢之境。

他們叫了客房服務，享用了一頓早午餐之後便離開飯店，搭乘預先安排好的車子來到附近的遊艇碼頭。大大小小的遊艇一字排開，在平靜的水面上搖曳著。楊祕書指引他們走向其中的某艘高速遊艇。聽到往後的四天都將要在船上度過，白尚熙不禁質疑這艘船是否太迷你了一點。

「就是這一艘？」

「怎麼可能。」

徐翰烈翻了個白眼，往外海的方向撇撇頭，那裡正漂浮著一艘三層樓的超級豪華遊艇。因為遊艇太大，無法駛近碼頭，所以才需要坐快艇過去。見到遠遠超出想像的規模，白尚熙露出一個無奈的笑容。

他們登上裝滿行李的遊艇往外海出發，遊艇啟動引擎劃破平穩的水面，水流破碎成小水珠往遊艇上噴。徐翰烈別過頭想閃避噴濺的水花，卻沒太大作用。白尚熙於是摟住他肩膀，讓他倚靠著自己，不僅拉開襯衫為他遮擋那些水滴，也不忘把嘴唇按在他額頭上啾了幾下。透明純淨的大海上，泛起了層層白浪。

逐漸接近豪華遊艇的快艇行進速度慢了下來，近距離這麼一看，遊艇更顯氣派。最上層有個可讓直升機起降的簡易停機坪，旁邊則是寬敞的露天按摩浴缸。對面的甲板上設有隨時可供休憩的遮陽篷和一大張沙發，前面則安裝了網狀彈跳床，讓人可以躺在上面享受浪花與海風。

遊艇的內部設施更加奢華。包含臥房、浴室、客廳、用餐區等，所有的家具和系統都可和高級飯店的豪華套房媲美。內裝也選用了大理石和最頂級的皮革材料，更顯尊貴高雅。

「歡迎登船。」

早已在遊艇上待命的船員們殷勤地接待著兩人。選擇乘坐遊艇旅行就是想遠離外界的目光與干擾，因此常駐的隨船人員也精簡至最少人數。儘管如此，包含了船長、船員、廚師、調酒師和管家在內，工作人員還是超過了二十位。他們都是會說英文的義大利人，沒有人認得出徐翰烈或白尚熙是誰。

「正如事前告知過的，二樓和三樓是船主人的專屬空間。除非有特殊指示，否則請不要擅自闖入。」

楊祕書代替徐翰烈吩咐下去，船員們齊聲答了是。

「那請下樓去工作吧。」

收到接續指令，眾人有些拘謹地點頭致意後，便分散到各自的工作崗位。沒說話只在一旁看著的徐翰烈，對著楊祕書往樓梯方向撇了下頭：

「楊祕書也下去吧。」

「是的，我會在我的房間裡待命，如果有什麼需要，請隨時通知我。」

「請船長開往安靜一點的地方吧，盡量避開其他人。」

「明白了。」

楊祕書默默鞠了一躬，隨後不忘用眼神特別叮囑了下白尚熙。白尚熙咧嘴一笑，從善如流地點頭。

等到楊祕書身影完全消失，白尚熙走到徐翰烈身後將他抱緊。他輕輕捲起徐翰烈的T恤袖子，在裸露的肩頭親了一口，也順勢在專注凝望某處的徐翰烈臉頰上啾了一下。

「我們要先做什麼好？」

「先來點酒吧。」

徐翰烈抬起手，揉亂了白尚熙靠在自己肩上的頭髮。他走到遊艇尾端，坐在鬆軟的沙發上。白尚熙從容地跟過來，順手從一旁的冰箱拿了一瓶啤酒給他。

遊艇在這時慢慢開始啟動，似乎要按照徐翰烈的要求，前往一個可以好好休憩之處。海裡有人在游泳，有些人則享受著坐在沙發上看書的閒暇時光。甚至還有人對著徐翰烈和白尚熙開心地揮手致意。但徐翰烈只會呆呆望著他們，交由白尚熙一個人笑著揮手回應。

沒多久，遊艇在某座島礁前停了下來。這裡距離碼頭遙遠，位置偏僻，確實鮮少有船隻靠近。

海面的潔白泡沫散去，清澈的大海一眼就能望穿到底。感覺只要跳進去，就能直接用肉眼看到許多海洋生物。

白尚熙正在欣賞著遠處蔚藍大海，徐翰烈突然推了推他的背。

「下去海裡游一下吧。」

「我自己下去？那你要幹嘛？」

「唔……在上面獲得一些替代性的滿足感？」

徐翰烈雖然恢復了健康，但要在海裡游泳又是另外一回事。再怎麼清澈乾淨的海水，仍然存在許多看不見的微生物和細菌，稍有不慎就會引起感染。曾經那麼喜愛游泳的他，在動了手術之後就再也沒有游過泳，充其量只能在浴缸裡泡個半身浴過過乾癮。

「我代替你下去游泳，能讓你感到滿足？」

「總比兩個人都傻傻站在上面看好吧？」

白尚熙聳聳肩，隨性地一手扒掉身上的T恤。徐翰烈肆無忌憚地上手觸摸眼前袒裸的肉身，寬闊的後背上到處殘留著他的指甲印。正欲解開褲頭的白尚熙倏然間扣住徐翰烈的手：

「我真的下去囉？」

他表情帶著點狡黠，再次確認徐翰烈的想法。徐翰烈咧開嘴，笑著抽出手，然後抬腳在他背上輕微推了下：

「需要幫你一把嗎？」

本應乖乖被欺負的白尚熙瞬間扭身抓住徐翰烈腳踝，用搔癢伺候那毫無防備的腳丫子。一個轉眼，他迅速起身走向樓梯，還故意把脫下來的褲子丟給徐翰烈。兩人禁不住接連爆笑出聲。

徐翰烈坐在沙發上，晚了半晌才起身跟過去。遊艇跳水板位於二樓的樓梯間。白尚熙高高站立在上面，把不知何時跟來的徐翰烈摟過來親了下嘴。

「我游一下就回來。」

徐翰烈回了聲「好」，白尚熙又在他嘴唇上蓋章似的碰了一下，隨後才縱身躍入湛藍的大海。挺直的身板呈現流暢的抛物線落下，藍色的海水濺起雪白水花將他吞沒。

白尚熙帶著濃厚的泡沫沉入海中，整個人很快地奮力浮了起來。在樓下觀看他跳水的船員們報以豪爽的掌聲和喝采。白尚熙向徐翰烈揮揮手後，划動修長的四肢開始游泳。

海水非常透明，可以看到陽光穿透水面照射進去，彷若底部鋪滿了藍寶石的巨大水牆。萬里無雲的晴空則是漾著另一種藍。

白尚熙在水天相接的分界線上靈活自在地游水，背影在海水與陽光的映照下閃閃發光，美好到讓徐翰烈感覺這真是超脫現實的夢幻場景。

徐翰烈軟軟地靠著欄杆而站，眼睛始終追著白尚熙不放，就這樣一直看著他也不會感到枯燥乏味。打從以前就是如此。他直到後來的某天才忽然發現，從首次見到白尚熙的那天起，自己的視線就總是追逐著對方。越漸熱切的心意只會讓自尊受創，令內心煎熬，但是也沒有任何辦法，這是一股不可抗力的吸引。

轉眼已游到島礁附近的白尚熙突然潛入水中，也不知道是在做什麼，很長一段時間都沒有浮出水面。原本還很悠哉的徐翰烈悄悄伸長了脖子，不自覺地踮起腳跟，心急地掃視著白尚熙消失的那塊水域和周遭。彷彿是白擔心了一場，白尚熙很快從水中浮了出來。他環顧著四周，一找到徐翰烈馬上舉起手大喊著什麼。奈何距離太遠，徐翰烈根本聽不清楚。

「我聽不見！」

徐翰烈吼了回去。可惜他的聲音似乎也傳不到對方那裡。白尚熙在海面上漂浮了一會，只是一直注視著徐翰烈，沒有其他動作。後來大概是意識到溝通上的困難，他點了點頭，往遊艇這邊游了回來。在一樓等待的船員協助他重新回到船上。

白尚熙將海灘巾隨意披在肩膀，逕直走上二樓。從他身上各處流淌的點點水珠溼了一地。

「你剛才說了什麼？」

「過來這邊。」

白尚熙沒回答徐翰烈的問題，自顧自拽著他的手腕，把他帶到了三樓的按摩浴缸前。

「送你的禮物。」

白尚熙把東西遞到徐翰烈雙手裡。那是兩個小巧的海星，和密密麻麻長角的白色海螺。

「什麼啊，只是撿了幾個垃圾嘛。」

徐翰烈語氣不滿地發著牢騷，然而卻將手上的玩意翻來覆去地欣賞了好一陣子。白尚熙不假思索地吻上他聚精會神的腦袋瓜，就算被嫌棄說「你把我弄溼了啦」也不管，索性連他雙臂一起納入懷裡親個夠。見到徐翰烈的衣服完全溼透，白尚熙不要臉地說著：「溼了就要脫下來。」慢慢將徐翰烈的衣服下擺往上捲。

徐翰烈看似受不了他，輕嘖了一聲，卻還是乖乖配合他的動作。白尚熙摸了摸徐翰烈的頭，替他撫平被衣領弄亂的頭髮，然後在端正的額頭上印了個吻。他一邊解開徐翰烈的褲頭和拉鍊，同時往徐翰烈臉頰和耳際親了又親。動作之嫻熟，就算在一片昏暗之中，也能輕輕鬆鬆地將對方身上衣物扒得一件不剩。

「竟然已經紅成這樣了，晚一點會開始刺痛的。」

說著，白尚熙心疼地在徐翰烈的手臂上吻了一下。徐翰烈只不過是在烈陽下站了一會，整個手臂就被曬到通紅。白尚熙將掛在肩膀的海灘巾順手罩在徐翰烈頭上。

「有點像新娘子的頭紗。」

他裹住徐翰烈的臉，把海灘巾收攏到下巴底部，偷偷把人拉過來用力啄了一口，然後衝著皺眉的徐翰烈咧嘴笑了笑。白尚熙將人整個抱起來，走進按摩浴缸內。而徐翰烈則是兩手乖乖搗著白尚熙給他的那些禮物。

他被白尚熙安置在大腿上，肚子貼肚子相對而坐。溫暖的熱水包圍了兩人，也流進徐翰烈的手掌心。見徐翰烈還在目不轉睛盯著手裡的東西，白尚熙忍不住又在他腦門上多親了好幾下。

「你不是說想得到替代性滿足感？我想讓你多少體驗一下潛入海中的感覺。」

靜靜聽他說完，徐翰烈噗哈一笑。他鬆開雙手，讓捧在手心裡的海星和海螺沉進浴缸，用解放的雙臂悠悠纏上白尚熙的脖子。

「你怎麼知道我一直想在海上做一次看看？」

「老是這樣，真不知道該說你是太過勇猛，還是不顧後果？」

「我不是說過嗎？做到一半翹辮子可是喜喪啊。」

徐翰烈得意笑了笑，唇瓣貼上白尚熙的鼻尖。彈性極佳的嘴唇柔軟壓在皮膚上的舒服觸感，讓白尚熙的嘴巴也揚起一道長長的弧線。他打算一口含住那默默來到人中處的嘴唇，徐翰烈卻搶先一步向後退開，扶著他雙肩跪立起來。白尚熙抬頭凝望著吊足他胃口的戀人，一邊揉按對方白皙的大腿，也伸出殷紅的舌慢吞吞地舔過自己下唇。

原先臉色欣喜的徐翰烈漸漸收斂笑意，直勾勾俯視著白尚熙。見到他眉毛、睫毛，甚至嘴唇都噙著水氣，顯得色澤格外濃艷，烏黑的瞳孔裡只刻著自己的倒影。徐翰烈搔癢式地輕撫白尚熙眼眶，口中喃喃著：

「眼睛都紅掉了。」

「可以幫我舔嗎？」

白尚熙握住徐翰烈手腕，暗中使力。

「你是認真的？」

「嗯，快點。」

繼不可思議的要求後，隨之而來的是孩子氣的央求，簡直令人沒轍。白尚熙把徐翰烈抗拒的雙手抓過來放在自己的兩頰上，露出喜不自勝的笑，還一再催促，吵著說自己眼睛很痛。徐翰烈長嘆了一口氣，不得不屈服。

他輕輕掰開白尚熙的下側眼瞼。不曉得是不是被海水裡的鹽分刺激，白尚熙的眼白布滿血絲。徐翰烈先用舌尖舔了舔溼潤的睫毛，再輕輕舔了一下眼球。那股異樣的感受讓白尚熙厚實的胸膛緩慢向上膨起，一道「唔嗯」的低吟跟著從他的喉嚨深處流瀉而出。

徐翰烈在心中感嘆這實在太驚奇了，真的不敢相信。那個曾經一心拒人於千里之外的白尚熙，現在卻願意把幾乎等於是要害的脆弱部位完全託付給自己，毫不設防。意識到自己終於成為他唯一的興奮劑，也是最終的安身之所，徐翰烈再次感慨不已。

他吻上白尚熙的眼角，親完慢慢退開來，然後不輕不重地摸著白尚熙比剛才還要紅的耳肉，小聲囁嚅：

「最近太幸福了，感覺就算現在死了，也沒有什麼好遺憾的。」

聽到他突如其來的告白，白尚熙抬起泛著水光的眼與他相望。他如同著了迷地來回看著徐翰烈的雙眼，看著看著，緊緊地擁抱住徐翰烈，緊到讓人快透不過氣來。

「那我得讓你為你所說的話感到後悔、讓你再次產生遺憾才行了。」

白尚熙笑著低喃，在近距離之下仰起臉來。遊艇隨著海浪輕輕搖晃，兩人的鼻尖似有若無地碰觸，反覆交錯。徐翰烈掛在睫毛尾端的淚珠沿著他光滑的臉頰流下，聚積在人中的凹陷處。白尚熙轉動眼珠追逐那道緩慢的流動，最後一口含住徐翰烈的唇珠。垂著眼眸的徐翰烈也終於閉上雙眼，回應這個略微激烈的吻。

兩人的唇發出啾啾的聲響，重重纏扭在一起。張開嘴急促換氣，軟滑的舌便一股腦鑽了進去。充滿口腔的鹹味在蔓延，與唾液混合成了甜味，隨即又因為吸吮唇瓣而變鹹。凝縮在嘴裡的鹹味莫名地觸發了食欲，使人嘴饞。

白尚熙在接吻過程中大幅度地調整了下擁抱徐翰烈的姿勢。兩人肌膚因此重重地摩擦，激得徐翰烈縮了下肩膀。白尚熙啄出響亮的一聲，分開了相連的唇片，暫時觀察徐翰烈的模樣。雪白的皮膚上起了細小的雞皮疙瘩，被自己手臂擠壓著的胸乳也呈挺立狀態。

「會冷嗎？乳頭都站起來了。」

「不冷。」

「噢，那是因為興奮的關係？」

白尚熙慢條斯理地詢問，並沿著胸口長長的疤痕使勁向上舔至乳頭。徐翰烈抓著白尚熙肩膀的手一陣陣加重了力道。

白尚熙張開大掌，更加穩固地支撐他的背部，然後用舌頭不斷地挑弄那一點。先是一番鑽探，讓變硬的淺粉色肉團埋進肌膚內側，再輕輕磨蹭刺激它回彈。徐翰烈逸出微弱呻吟，腰桿抖了起來。舌尖上殘留著一股淡淡的鹹味，讓白尚熙的食欲更加旺盛了幾分。

白尚熙撫摸著徐翰烈越來越緊繃的肩胛骨，同時扭頭張開嘴，一口含住整顆凸起，旋即飢渴難耐地把那小巧的肉團往嘴裡吸。

「呃、嗯呃……」

他吸得太大力，連胸側的皮膚也一併吸附起來，壓低音量呻吟的徐翰烈忍不住開始掙扎。浴缸內平靜的水面被打碎成小水花，發出清脆的聲響。白尚熙帶著想從裡面吸出什麼的氣勢埋頭狠吮，最後啵的一聲分離開來時，徐翰烈肩膀也不由得一縮。被盡情嘬吸的乳頭與另一側形成了鮮明的對比。白尚熙一面輕輕揉著被自己的口水覆蓋的紅腫乳粒，一面問著：

「你真的覺得，就算現在死了也無所謂？」

「嗚……別再摸那裡，感覺它越變越大了。」

「這麼美的東西，不是越大越好？」

「呃、你亂說什麼，這樣穿襯衫的時候會突出來，很不自在。」

「這樣更好，既然不方便在公司待太久，你就有更多時間可以陪你的狗狗玩了。」

白尚熙咧嘴露出一個壞笑，輕輕捏起那一小塊突出部位拉扯。徐翰烈不意外地扭動腰部給予反應。白尚熙佯裝沒發現，移動頭顱，用他的嘴緊密地裹住另一側乳頭。徐翰烈向後仰頭，喟嘆般「啊」了一聲，同時也將胸部確實地貼上白尚熙的臉，兩條手臂緊緊抱住他腦袋。

白尚熙熟練地愛撫著徐翰烈，一邊從泳褲縫中掏出自己勃起的性器。徐翰烈的內褲被水浸溼，完全黏在肌膚上，白尚熙不動聲色地用自己的傢伙抵在他內褲上摩擦。肉柱根本無法忽視的存在感讓徐翰烈身子一僵，坐在白尚熙身上的大腿也不聽使喚地打起了哆嗦。

白尚熙拉開他單薄內褲的下擺，握住了臀瓣。徐翰烈隨即把手伸到後方壓住白尚熙的雙腿。白尚熙有些訝異地確認徐翰烈的意願。

「怎麼了，不要嗎？」

「讓我來。」

「你來？」

徐翰烈用點頭作為回答，然後搭上白尚熙的手握住他直立的性器。白尚熙很乾脆地換手交給徐翰烈，並往他頰側親了兩口，還悄悄扯開他內褲，好讓他的後穴能夠完整袒露。

「呃嗯、呃……」

徐翰烈把白尚熙的性器小心翼翼地抵上自己穴口。因為前幾天不停做愛的緣故，入口一碰到硬梆梆的龜頭馬上柔軟地張開來。但是他還是不敢一口氣直接往下坐，而是一寸一寸地將肥碩的性器吞進身體裡。

一感受到熟悉的體溫和緊緻，白尚熙巨大的肉柱便忍不住彈動，連帶著將它緊密包裹的內壁都跟著震顫。

「呃啊、等等。」

「哈啊……好爽，好舒服，翰烈啊。」

白尚熙小口咬著徐翰烈變燙的耳肉一邊連聲呢喃，也把舌頭伸進耳道裡耐心翻攪。徐翰烈的後脊霎時浮起顆粒，脖子也不禁縮了起來。性器只吞到一半，他重新調整了下呼吸，按住白尚熙鼓脹的大腿來支撐自己無處倚靠的身體。瘦弱的手臂可憐兮兮地發著抖。

白尚熙惋惜地舔了舔下唇，對他說：「要全部吃進去啊。」他的兩手拇指輕輕地揉按著徐翰烈張開的大腿內側，鼓勵他繼續吞食。

只進入一半的性器也點著頭，似乎在表達著不滿。緊纏著性器的肚子內側隨著它的動作被翻攪扯動，讓徐翰烈的腹部不由得使力，穴口也突然一夾，將白尚熙的性器強行絞緊。肉棒快被夾斷的壓迫感讓白尚熙擰起了眉頭。他輕聲乾笑了一下，安撫難受的徐翰烈：

「好啦，我不催你了，拜託你手下留情，嗯？」

說著，白尚熙沿著徐翰烈手臂輕吻至肩膀。徐翰烈艱難地吐出一口氣，下半身重新出力。曖昧地卡在半空中的身體開始逐漸往下坐。奮力開展的穴口也盡可能地擠壓著白尚熙的陰莖，把它陸陸續續塞進後穴裡。

但是才沒過多久，徐翰烈膝蓋又開始打顫，不得不停下動作。他咬緊牙根，大口呼出屏住的氣息。白尚熙把頭靠上徐翰烈肩膀，和喘息不止的他耳鬢廝磨，還用十分體貼寬容的語氣詢問：「要不要換我來？」徐翰烈無聲搖頭，再次牢牢按住白尚熙大腿。白尚熙彷彿明白他的意思，順從地點頭。

「那你要快點吃進去喔，翰烈。好不好？快一點。」

他悄悄轉動被咬得沒有一絲空隙的性器，進行甜美的糾纏。徐翰烈悶哼，再一次抵住白尚熙膝蓋。白尚熙將嘴唇貼上他顫抖的肩膀和脖子，像演奏鋼琴一樣撫摸著他筆直的脊柱。搔癢般的刺激稍微減輕了徐翰烈體內的一些緊繃感。

就在這剎那，白尚熙在水裡偷拽徐翰烈的腿，讓他身子失衡一滑，藉此無預警地頂進他下體。腹腔被一秒頂開的感覺迫使徐翰烈整顆腦袋向後仰。

「……呃啊！」

「呼呃……啊……哈啊、好棒。」

白尚熙大力摟住因強烈的貫穿感而顫抖的徐翰烈，從他後頸向上舔到耳後。他用舌尖仔細地描繪耳殼的輪廓，然後不停吻他，纏著要他繼續，別停下。

徐翰烈被白尚熙串住的身子只是不斷無力哆嗦著。那股填充感直逼喉頭，脹得他連一根手指頭都不敢動，甚至無法正常呼吸。

「哈啊、不行嗎？那讓我來？」

白尚熙的詢問溫柔到不行，但在徐翰烈開口回答之前，就開始旋轉兩人牢固契合的部位。他的陰囊充分擠壓在徐翰烈的會陰上，產生了隱隱持續的快感。插在肚子裡的性器也隨之轉動，咯吱咯吱地刮蹭敏感的黏膜。

「哈呃呃……」

「你要這樣一直騎在上面不動嗎？嗯？」

白尚熙更加使勁地旋繞交合的下體，攪動著內部。徐翰烈豎起膝蓋，撐住白尚熙大腿，想逃避這種極度的刺激。在發著抖的手臂支撐之下，釘在徐翰烈身體裡的性器被一點點、一點點地拔了出來。

然而，就在下個片刻，他的腳再度打滑，撐起的身子復又崩塌。後穴將幾乎快要連根退出的性器重新一口吞了下去。堅硬的龜頭瞬間直達深處，刺進丹田底部。

「啊呃呃！」

徐翰烈的指尖使力豎起。緊繃僵硬的身子被白尚熙貫穿而著急地晃動。緊閉的牙關擠出咬牙切齒的聲音。勉強睜開些微縫隙的雙眼裡甚至蒙著一層淡薄霧氣。

白尚熙也一邊做著深呼吸，腹部慵懶地上下起伏。光滑的額間不知不覺間冒出一條粗大的青筋。

「難受的話就靠著我。」

白尚熙把徐翰烈的頭攬到自己肩膀上。他的語氣無比慷慨，但捏住徐翰烈臀部的手卻一點都不厚道。骨盆也是來回蹭著相連的下體，表現出不耐煩之意。

為了迎合他急迫的期待，徐翰烈好不容易才有了動作。全數沒入的性器被微微推出來又再插了回去。每一次進出，都有種奇異的快感從中心部位瀰漫開來。可是這樣的程度遠遠無法滿足或冷卻體內滾湧的燥熱，慢慢逼人按捺不住。

「哈啊、哈……呃、嗯、好棒，再快一點點。」

「哈呃、呃……啊、嗯……沒辦法、再更快了。」

「沒辦法嗎？」

白尚熙複述徐翰烈的話反問他，問完下身驟然間往上一挺，導致原本被輕輕拔出的肉柱又被他推進去，猛烈地撞上內壁某一處。徐翰烈好似全身過了電般簌簌抖動著。

他吐出發顫的呼吸，抱住自己羸瘦的腹部。不是徐翰烈多心，他的肚子真的明顯鼓了起來。當白尚熙進一步抽動嵌入體內的性器時，他的肚皮也跟著被上下頂動。

「啊呃、啊呃呃……不要、哈呃、這樣子。」

徐翰烈不知道該如何是好，只能不停按著自己肚子。這個動作對狹窄的內壁施加了更大的壓力，造成了甬道瘋狂擠壓性器的結果。隨著黏膜的附著力增強，能感覺到光滑的腸肉正在將性器不斷吸入體內。蝕骨的快感擴散全身，白尚熙繃緊了下巴，大腿肌肉也賁張欲裂。

「哈啊……好啦，不弄你那邊了。」

白尚熙用微啞的聲音輕哄，說完馬上兩手掐住徐翰烈的腰，開始往後穴隨興戳刺。

滾燙發紅的性器退了出來，只留龜頭在體內，下一秒又快又狠地刺進軟嫩的肉穴裡。內壁遭到大肆蹂躪，使得徐翰烈痛苦地掙扎著四肢。就連浴缸裡的熱水都咕嚕咕嚕地湧進體內，把肚子撐得更脹了。

「啊呃、嗯、呃、慢點、啊！等、呃！哈呃！嗯！」

「呃、乾脆做完我再讓你揍一頓吧，好嗎？太舒服了、啊呃、我忍耐不了。」

「不行、啊、不、嗯、啊嗯、呃、啊、啊呃！」

「對不起、呃、太棒了、好棒、翰烈啊、哈呃、呃、哈啊……」

白尚熙瘋狂地啃咬徐翰烈的後頸和肩膀，著魔似的發出呻吟。徐翰烈進水膨脹的鼓膜外全是他的低吼和水花噴濺聲在嗡嗡迴蕩。全身的血液沸騰至頂點，眼前頓時滿片金黃。由於一睜開眼就頭昏眼花，他只好閉緊了雙眼。他現在唯一能做的，就是牢牢攀在白尚熙身上，與他一同沉淪在這將人淹沒的歡愉浪潮之中。

徐翰烈把頭完全埋在白尚熙的頸窩，雙臂使勁攬住他的肩膀和脖子。也不知道有多用力，連短到不行的指甲都發白地嵌進白尚熙的肌膚裡。

「嗯、呃……啊！呃啊！呼、嗯嗯、我愛你。」

徐翰烈嘆息似的表白。但粗重的喘息聲幾乎蓋過了那句話，無法完好表達。即便如此，白尚熙還是聽到了。他「嗯」了一聲，臉頰貼著徐翰烈的臉重重磨蹭，下身頓時脹大了一圈，撐開甬道，做出了明確的反應。重複著深插的性器感覺快要抵到嗓子眼，徐翰烈被肏得全身潮紅，肚子裡有根巨物暢通無阻翻攪抽送的感覺使他顫慄不已。

「呃啊、呃、該死的、哈呃、我愛你、你這臭傢伙。」

「哈啊、嗯，呃、我也是。」

白尚熙確實地挺進下體一邊回答。抓著徐翰烈的兩隻手瞬間發力，甚至眉間也狠狠皺了起來。

「我也愛你。」

對其他情侶來說彷彿口頭禪的這句話，與日常對話沒什麼兩樣，有時甚至流於輕浮。但是當這句告白從他們口中說出來時，卻總是帶著刻骨銘心的真摯。險些錯過彼此、差點永遠失去對方的震撼，體現在每分每秒的迫切感之中。

兩人緊緊相擁，彷彿再也不願放開彼此。下一刻，在徐翰烈裡面一遍又一遍鑿出自己形狀的白尚熙一記重頂，將性器啪地肏進內壁的某一處。緊接著，高度濃縮的欲望終於爆發出白色的殘渣來。

「呃啊、呃、啊呃呃呃！哈嗯、呃！」

「哈嗯、呃呃、呃！」

強烈的顫慄令他們渾身發麻，於是更加死命抱住對方，讓身體緊緊纏擁在一起。兩人甚至無法順暢呼吸，在憋了許久之後才同時長長吁出一大口氣。原本劇烈晃動的水面漸漸恢復平靜。每當水波碰到皮膚時都會加重身上的雞皮疙瘩。

「哈啊、哈啊、哈呃……」

「哈啊、要到床上去嗎？」

白尚熙安撫著沒辦法從自己肩上抬起頭的徐翰烈，還在他留有自己鮮明牙印的脖子上撩撥了幾下。依然喘個不停的徐翰烈只能有氣無力地點了點頭。

隔天，遊艇啟程前往卡布里島。白尚熙躺在彈跳床上享受著海風。螺旋槳飛散的水滴清涼地打溼他的後背，鹹鹹的海風拂過頭髮，令人變得慵懶。

不久之後，一道晃動的影子出現在他臉龐上方。他抬起太陽眼鏡確認來者身分。剛才還睡到像昏過去的徐翰烈不知何時醒了過來，手裡拿著一杯紅酒站在他面前。白尚熙的手從他纖細的腳踝輕輕摸上去，來到白皙的小腿肚，指尖在膝窩處惡作劇地搔癢了一把，惹得徐翰烈赤腳推開他。白尚熙發出了笑聲，摟住徐翰烈膝蓋讓他坐在自己旁邊，接著伸出雙臂環抱他的大腿，頭枕在他腿上。

「什麼時候醒的？」

「剛醒，你在這裡待多久了？」

「大概三十分鐘前來的。本來想繼續躺在你旁邊，但是又怕這樣會吵到你睡覺。」

「你確定我是睡著了？不是昏厥失去意識？」

「是你自己說要把我餵得飽飽，答應說直到消化完成前都會一直陪我玩的。」

「是這樣沒錯，誰叫你這個大色魔精力這麼旺盛。」

「好久沒聽到這種形容了呢。」

面對這般指責，白尚熙依舊笑嘻嘻的。他手臂環上徐翰烈脖子，將他臉蛋輕輕拉下，同時單手撐起上身，讓彼此嘴唇柔軟地疊在一起。像在輕咬棉花糖那樣，他張合著嘴，將徐翰烈的上下唇瓣一併含住繼而輕扯。

徐翰烈緩緩閉上眼，修長的睫毛隨風飄揚，逗得白尚熙眼眶發癢。四片唇瓣分開又再相銜，每個短暫的空檔總會逸出不捨的吐息。時時刻刻都是無上的幸福，不禁要為一分一秒的流逝感到可惜。

白尚熙用拇指指腹摩挲徐翰烈臉頰，唇瓣徐徐分開，張眼凝視著把一切完全交付給自己的對方。徐翰烈也輕抬眼簾與他四目相對。快速收窄的視界內充滿了彼此，無論是腦海裡還是心裡亦然。這是一場自許久前便開始的甜美蠶食。開頭像是激情四射的煙火，中間過程好比坐雲霄飛車，而結局，則是尚未定案。兩人會熱烈地相愛，永遠和對方糾纏在一起，攜手譜寫出接下來的人生篇章。

「翰烈啊。」

「嗯。」

「徐翰烈。」

「幹嘛？」

白尚熙再次捧住徐翰烈的臉，磨磨他鼻尖，一再反覆地呼喚他姓名。

有時，既定的言語無法完全承載內心的情感。這些捉摸不到形體，深度和色彩也各自相異的情感，往往被簡單歸納為同一種詞彙。這樣真的能準確傳達給對方嗎？白尚熙說越多遍，焦急感就益發強烈。不知道是否有將自己的心意百分之百傳達過去。

「我愛你」這句話無法完整囊括此刻的心情，白尚熙只好一直重複叫著徐翰烈的名字。時而輕柔，時而揪心，時而和藹慈祥，時而懇切地連聲呼喚。不知從何時起，伴隨著甜美的嘆息，徐翰烈也開始一聲又一聲地回應。

「翰烈啊。」

「嗯，尚熙。」

毋需字字句句詳述，所有的情感早已忠實傳遞──從那儼然得到了全世界的笑容、從始終溫暖眷戀的目光、從無比小心翼翼的撫摸和戀戀不捨的呼吸，以及每次互相呼喚時甜美蕩漾的空氣當中，皆能感受到這份情愫。

白尚熙把徐翰烈拉到自己身邊躺下，嘴唇貼上他的額頭。徐翰烈也枕著白尚熙胳臂，自然地依偎進他懷裡。鼻息輕柔交纏，心跳透過相觸的肌膚原封不動地傳導交流。

兩人在吹拂著涼爽微風的遊艇上深情對望，觸碰彼此。一下摸摸下巴，一下搔癢臉頰，也揉揉耳朵，將頭髮向後輕撫，親吻不停。他們不厭其煩喚了無數次對方的名字，輕聲低訴著「我愛你」。

海面上的反光影影綽綽映在這一對戀人的面頰上。就連明媚的陽光也像是一盞聚光燈，為這兩人增添一抹璀璨炫目的光芒。

白尚熙和徐翰烈，兩人的生命不知會在何處畫下句點。不過，可以確定的是，就算未來某一天迎來終末，也一定會符合他們的故事走向，擁有一個燦爛耀眼的美麗結局。

——《Sugar Days》全書完

高寶書版集團
gobooks.com.tw

CRS070
Sugar Days 03
슈가 데이즈 3

作　　者　少年季節（Boyseason）
譯　　者　鮭魚粉
編　　輯　賴芯葳
封面設計　犀萬
排　　版　彭立瑋
企　　劃　李欣霓

發 行 人　朱凱蕾
出　　版　朧月書版股份有限公司
Hazy Moon Publishing Co., Ltd.
地　　址　臺北市內湖區洲子街 88 號 3 樓
網　　址　www.gobooks.com.tw
電　　話　(02) 27992788
電　　郵　readers@gobooks.com.tw（讀者服務部）
傳　　真　出版部　(02) 27990909　行銷部 (02) 27993088
郵政劃撥　19394552
戶　　名　英屬維京群島商高寶國際有限公司臺灣分公司
發　　行　英屬維京群島商高寶國際有限公司臺灣分公司 / Printed in Taiwan
Global Group Holdings, Ltd.
法律顧問　永然聯合法律事務所
初版日期　2025 年 6 月

國家圖書館出版品預行編目 (CIP) 資料

Sugar Days / 少年季節（Boyseason）著；鮭魚粉譯 . -- 初版 . -- 臺北市：朧月書版股份有限公司出版：英屬維京群島商高寶國際有限公司台灣分公司發行 , 2025.06
面；　公分 . --

譯自：슈가 데이즈 3

ISBN 978-626-7642-24-5 (第三冊：平裝)

862.57　　114006311

朧月書版

朧月書版